SUPERSBERGER . BRUCHSTELLEN

Franz Supersberger wurde in Ferndorf geboren und hat schon als Jugendlicher mit dem Schreiben begonnen. Nach der Ausbildung zum Buchhändler war er selbstständiger Kaufmann in Arnoldstein. Heute lebt er als Buchhändler in Muse in Villach. Sein literarisches Schaffen wurde im Hörfunk und in Literaturzeitschriften sowie in mehreren Büchern veröffentlicht. Er ist Autor des Blogs *www. schlagloch.at*. Das Blog wird vom Deutschen Literaturarchiv Marbach, *www.dla-marbach.de*, langzeitarchiviert.

Buchveröffentlichungen u. a.: An schean Tog; Gsund bleibn; Zeitenwandel; Die Beobachtungen;

Die Texte von Franz Supersberger haben einen gewissen anarchistischen Zug und sind dabei dennoch nostalgieverhaftet. Es finden sich Aufzeichnungen über menschliche Verhaltensweisen genauso wie Kommentare zu den Zeiterscheinungen, mal mit den Neuerern sympathisierend, mal mit den Bewahrern. Der Beobachter blickt als geschichtlich geprägter Mensch mit seinen persönlichen Erfahrungen auf die inzwischen veränderte Welt und – notiert. Mit seiner Fähigkeit, das Wesentliche zu kurzen Texten zu verdichten, bringt er seine Beobachtungen einfühlsam und wehmütig, aber immer zum Nachdenken anregend ins Wort. (P. D.)

Die Texte in diesem Buch, erweitert und überarbeitet, sowie die Kommentare als Fußnoten stammen aus dem Blog *www.schlagloch.at*. Das Weblog ist seit dem Jahre 2003 im Netz und wird vom Autor laufend aktualisiert.

Franz Supersberger

Bruchstellen

Sätze vom Tag

Bibliografische Information der Deutschen Nationalbibliothek:
Die Deutsche Nationalbibliothek verzeichnet diese Publikation in
der Deutschen Nationalbibliografie; detaillierte bibliografische Da-
ten sind im Internet über http://dnb.dnb.de abrufbar.

Herstellung und Verlag:
BoD – Books on Demand, Norderstedt

ISBN: 978-3-734741555

Inhaltsverzeichnis

Wer handwerkliches Geschick beim Hausbauen zeigt und es zu mehreren Häusern bringt, wird für seinen Fleiß gerühmt. Für jemanden, der Geschichten schreibt, zeigt man wenig Verständnis...

Aus den Wirtschaftsseiten der Tageszeitungen erfahre ich, wie europäische Staaten zahlungsunfähig werden und wie Ratingagenturen plötzlich über die Zukunft eines Staates entscheiden. Von einzelnen Regierungen wurden ohne das Einverständnis der Bürger enorme Kredite aufgenommen und der Schuldenberg immer größer. Der Staat stellt für *auf Pump alle Wünsche sofort* einen Freibrief aus. Das Schuldenmachen ist heute eine Selbstverständlichkeit, eine Vielzahl der täglichen Güter wird auf Kredit angeschafft. Den Wohlstand wollen alle prompt. Warten und sparen, zwei Tugenden aus dem vorigen Jahrhundert. Höre ich mich bei Bekannten um, dann leben Personen mit Schulden fröhlicher und besser als solche, die in alter Tradition sparen. Diese sind eine aussterbende Gattung. Dazumal wurde gespart, um sich eine größere Anschaffung zu leisten und einen unverhofften Schicksalsschlag finanziell abzufangen. Heute bangen die Sparbuchbesitzer um ihr *Ruhekissen*, obwohl der Staat für die Einlagen haftet. Vergnügter leben jene, die damit spekulieren, durch eine Inflation oder Geldentwertung einen Teil ihrer Schulden loszuwerden. Ihnen geht es im Leben um den Spaß, hier und jetzt.

Am meisten leiden wir unter unseren Abhängigkeiten – vom Körper, vom Arbeitsplatz, von der Zuneigung anderer: Wir sind nicht frei. Wahre Freiheit erlangt man durch *Nichtanhaften*. Deren Umsetzung würde uns wirklich frei machen – vom Leib, von Besitz, Beruf und Beziehungen, dies würde zur Autonomie führen. Yoga- und Zenmeister bieten Seminare zur Losgelöstheit und für ein sanftes Denken in Wirtschaftsfragen an. Die Klöster müssen sich heute selbst erhalten und öffnen dafür ihre Veranstaltungsräume. Auch Äbte sind begehrte Vortragende bei Besinnungstagen für Manager. Sie setzen sich für eine Wirtschaft, die dem Menschen keinen seelischen Schaden zufügt, ein. Als zweifelnder Büchernarr habe ich keine Erfahrung, wie weit Klosterregeln und Meditation im Alltag umsetzbar sind. Die Wirtschaftsführung der Abteien ist mir fremd, meine Berührungspunkte beschränken sich auf Seminarbesuche.

Danach habe ich im Klosterladen eine Flasche Wein oder ein Glas Marmelade aus der klostereigenen Landwirtschaft gekauft. Dabei hatte ich den Eindruck, im Klostershop stehen Verkäufer in ausreichender Zahl zur Verfügung. Die Zustände in den ersten Vormittagsstunden im Verkaufsraum eines Lebensmittelmarktes sind andere. Bei den Verkäuferinnen herrscht rege Betriebsamkeit, an allen Enden und Ecken werden Waren nachgefüllt. Die leeren Kartons und die Plastikverpackungen blockieren die Mittelgänge. Die Angestellten, zumeist haben sie nur einen Teilzeitjob, gehören zu den minderbezahlten Arbeitskräften. Die Patres in den Klöstern arbeiten für Gottes Lohn, sie erhalten ein kleines Taschengeld sowie Unterkunft und Verpflegung. Vielerorts werden von ihnen die Pfarreien in der Umgebung betreut und in einer öffentlichen Schule wird Religion unterrichtet. So kommt von *auswärts* Geld in die Klosterkasse. Den Bonus der Freiwilligkeit gibt es in der freien Wirtschaft nicht. Egal, ob Mittel- oder Großbetrieb: Hier ist das Arbeitstempo ein anderes. Die Konkurrenzsituation zwischen den Mitarbeitern und den Mitbewerbern verschärft zudem das Betriebsklima. Etwas vom klösterlichen Miteinander könnte in die Betriebe einfließen.

Die Weihnachtszeit endet mit dem Fest der *Heiligen Drei Könige*. Manche Leute sind froh, wenn die Feiertage vorbei sind und morgen das *geregelte Leben* beginnt. Alles hat dann seine vorbestimmten Abläufe, der Tag beginnt wieder mit dem Weckerläuten. Viele Gläubige sind heute dem Stern von Bethlehem gefolgt und in die Kirche *Heiligste Dreifaltigkeit* gekommen. Der Gottesdienst wird von Radio Kärnten live übertragen. Die *Heiligen Drei Könige* ziehen mit dem Pfarrer in die Kirche ein. Ihr Stern wird von den Radiomikrofonen überragt. Als Friedensbotschafter waren sie in den letzten Tagen bei den Menschen in den Wohnsilos von Völkendorf unterwegs. Es verstört, läutet es an der Wohnungstür und die *Heiligen Drei Könige* haben sich nicht über die Sprechanlage am Hauseingang angemeldet. Was passiert, wenn man die Tür öffnet? Eine

Schlammlawine könnte in die Wohnung hereinbrechen und das Leben radikal verändern. Dem Ruf der *Drei Sterndeuter* haben auch die Erstkommunionkinder gehorcht, alle kommen pünktlich und festlich gekleidet in die Kirche. Dem Pfarrer ist es ein Anliegen, Kinder in die Gestaltung der Messe einzubinden. Gehen die Kinder durch die Reihen, nennen dabei den Erwachsenen ihren Namen und reichen ihnen die Hand, fühlen sich manche Kirchenbesucher in ihrer Andacht gestört. Das Kirchenvolk lauscht dem Gesang der *Capella Trinitatis* und der Singgruppe *Immanuel.* Im Evangelium wird geschildert, wie sich die *Drei Weisen* aus dem Morgenland bei Herodes nach dem neugeborenen König erkundigen. Sie wollen ihm huldigen. Herodes erschrickt bei dieser Nachricht, er sieht seine Macht gefährdet. Er bittet die Gelehrten, nach dem Neugeborenen zu suchen und ihn darüber zu informieren. Sie finden das Kind in der Krippe, beschenken es und kehren auf einem anderen Weg in ihre Heimat zurück. In der Predigt weist der Pfarrer darauf hin: Schon viele Generationen sind dem Stern von Bethlehem gefolgt, jetzt sind wir dran. Herodes, ein Mann aus der Provinz, ängstigt alles Neue, bei ihm drehte sich alles um seinen Machterhalt. Er befürchtet, trotz großartiger Bauwerke, vor dem *wahren Licht* zu verblassen. Die Sterndeuter, internationale Wissenschaftler, erkennen im Stern eine Botschaft der Natur, die auf den Messias hindeutet, das *wahre Licht.* Auf der Suche nach der geheimen Wahrheit sind sie weiter vorgedrungen als alle Egoisten und Herdentiere. Jeder ist eingeladen, den wirklichen Jesus zu finden. Amen. Die Gläubigen verlassen nach dem Segen die Kirche, sie begeben sich auf die Suche nach dem *wahren Stern.* Die elektrischen Weihnachtssterne am Hauptplatz sind es nicht, sie werden mit heutigem Tag abgeschaltet.[1]

---

[1] Kommentar von E: Dass das „geregelte Leben" wieder losgeht: Schön beschreibst du dies. Nach meinem Wissen ist Maria Lichtmess das letzte Datum, um die Weihnachtsdekoration samt Christbaum abzuräumen. Manchmal, wenn ich beruflich sehr eingespannt war, hab ich das ausgenutzt. Es gibt keinen vernünftigen Grund, Weihnachten zu verlängern.

Zu Jahresbeginn fällt es mir schwer, die neue Jahreszahl zu merken. Im Rechnungswesen und beim Kassiervorgang ist heute alles automatisiert, das Datum fügt sich selbst ein. Dazumal wurde für jeden Kauf ein Paragonzettel geschrieben und dabei das Datum händisch eingetragen. Durch die tägliche Umstellung des Datumstempels für den Schriftverkehr habe ich mir die Jahreszahl nach drei Tagen gemerkt. Der Vorteil dieses Jahres ist: Es ist ein *Zehnerjahr*. Keine drei Monate wird es dauern, bis ich mir dieses Mal die Jahreszahl merke. Ist es sinnvoll, das Datum vom heutigen Tag zu merken, denn morgen gibt es ein neues? Eine Trägheit des Alters. Wehmütig denke ich an die Jahrtausendwende zurück. Experten warnten, die Computerprogramme würden die Jahreszahl 2000 nicht erkennen. Sie wären bis zum Jahre 1999 vorprogrammiert, um dann wieder bei 1900 anzufangen. Dies würde Ausfälle in der Energieversorgung oder Flugzeugabstürze verursachen. Deshalb habe ich mich am Silvesterabend geweigert, das Haus zu verlassen. Ich wollte eingreifen, sollte die Steuerung der Heizung oder die Energieversorgung ausfallen. Meine Zugfahrt in den Westen Österreichs habe ich auf den

---

Kommentar von GO: Die heilige Routine, das „Gerüst", das uns ein wenig Sicherheit und Geborgenheit vorspiegelt, damit wir uns nicht an Zeiten gewöhnen, in denen wir dem Geist freien Lauf lassen können. Wie wär' es mit „drei heiligen Frauen" anstatt der Könige, die sicher vor ihnen da waren? Jetzt sitzen diese weisen Frauen irgendwo auf der Ersatzbank, ein kluger Schachzug der Kirche. Es gibt ein Licht am Ende des Tunnels – der Stern als Botschaft der Natur. Wie wir „unsere Wahrheit" nennen, sei jedem selbst überlassen.

Kommentar von P: Weihnachten ist vorbei, in den chinesischen Fabriken mit seinen unterbezahlten Arbeitern, die für uns den Weihnachtsschmuck erzeugen, wird es ruhiger. Millionen von Tieren wurden extra für dieses Fest gemästet und geschlachtet. Viel Blut ist geronnen, damit für uns ein Festbraten ins Rohr geschoben werden kann. Ich bin unbeholfen, aber hat der Mensch irgendwas in den letzten Jahrtausenden gelernt? Genügt es, alte Geschichten bis zum Gehtnichtmehr aufzuwärmen und sich davon Heilung und das Himmelreich zu erhoffen, während wir vor der Schöpfung und dem Leben überhaupt keinen Respekt haben, weder damals noch heute?

zweiten Jänner mit der Begründung verschoben, es könnte wegen falsch gesetzter Signale im Zugsverkehr zu Verspätungen oder zu einem Zusammenstoß kommen. Nichts von alldem ist eingetroffen, auch nicht die Prophezeiungen der Astrologen, weltweite Naturkatastrophen, der Weltuntergang und das Jüngste Gericht. Unser privates Unglück, Wirtschaftskrise, Hungersnot, Kriege und Umweltprobleme schaffen wir uns selbst.[2]

Bei den Gailtaler Bauern wird zum Faschingshöhepunkt für den Eigenbedarf ein Schwein geschlachtet. Unter den Hofleuten verbreitet sich eine Unruhe, überall herrscht emsige Geschäftigkeit. Der *Haartrog* wird auf seine Wasserdichtheit überprüft. Der Dreifuß und die Schlachtbank, zum Aufhängen und Zerteilen des toten Schweines, werden gesäubert. Das Pökelsalz, zum Konservieren des Specks, mit verschiedenen Gewürzen vermischt, die Wurstmaschine aus der Rumpelkammer geholt. Am Schlachttag soll alles geräuscharm und schnell von der Hand gehen. Die Bäuerin sieht dem Tag mit gemischten Gefühlen entgegen. Eines ihrer liebgewonnenen Schweine, welche sie seit dem Sommer gefüttert hat, wird abgestochen. Als Wiedergutmachung wird dem Schwein am Tag davor eine Extraportion Mastfutter verabreicht. Nüchtern sieht der Bauer dem Tag entgegen, er freut sich auf eine Portion geröstete Leber und *Nierndln*. Am frühen Morgen des Schlachttages wird im Futterkessel das Wasser für die Enthaarung erhitzt. Jeder Lärm wird

---

[2] Kommentar von G: Die Tage rauschen nur so vorbei und damit auch die Lebenszeit. Man möchte bei allem eine Art Fortschritt spüren, doch der stellt sich nicht ein. Die Kümmernisse bleiben, man wird nicht gelassener und hat keinen Frieden gefunden. Deshalb empfindet man Zeit als so unerbittlich.

Kommentar von D: Die Zeit genießen, anstatt immer darauf zurückzukommen, dass sie einem im Nacken sitzt. Sich mit ihr anzufreunden, anstatt sie zu verfluchen.

beim Betreten des Schweinestalls vermieden. Mit einem behutsamen Schups wird das Schwein aus der Stallung gestoßen, mit dem Schussapparat getötet und zum Ausbluten mit dem Messer gestochen. Das jüngste Kind fängt teilnahmslos das Blut, welches zu Blutsuppe und Blutwurst verkocht wird, in einem Reindl auf. Nach dem Enthaaren wird die Sau am Dreifuß aufgehängt und ausgeweidet. In sicherer Entfernung lauern die Hauskatzen und warten auf die Abfälle, die ihnen zugeworfen werden. Rund um das Schwein picken die Hühner alles, was zu Boden fällt, auf. Das Verarbeiten der Schweinehälften dauert bis in die Abendstunden, es braucht viele fleißige Hände. Für Schnitzel, Schweinsbraten und Gulasch wird das Fleisch in Portionen aufgeteilt und in der Tiefkühltruhe eingefroren. Achtsam werden die Fleischstücke zerlegt, die für das Speckselchen vorgesehen sind. Diese werden mit der Pökelsalzmischung beidseitig eingerieben und das Einbeizen wird in den nächsten Wochen mehrmals wiederholt. Im ganzen Haus riecht es nach frischem, rohem Fleisch. Manches wird in den nächsten Tagen weiterverarbeitet. Die Innereien werden in den folgenden Tagen für das Mittagessen verkocht, der Schweinskopf in einem großen Häfen ausgekocht. Aus dem Sud bildet sich eine Sulze, die zur Jause mit Essig, Öl und Zwiebel serviert wird. Am Faschingsdienstag findet der traditionelle Sauschädelschmaus statt. Die Gedärme werden gesäubert und als Wursthaut verwendet. Bevor sie über die Düse der Wurstmaschine gestülpt werden, werden sie von der Bäuerin *aufgeblasen*. Auf einer Kunstausstellung in Venedig habe ich ein Video gesehen, in dem der amerikanische Aktionskünstler Bruce Neumann einen Darm *aufbläst*, als wolle er beim Wursten helfen.[3]

---

[3] Kommentar von S: Ich bin mit Hausschlachtungen aufgewachsen, da mein Vater in der Landwirtschaft tätig war und zudem Schlachter gelernt hatte. Für uns war das normal, wir mussten auch manchmal die Hühner oder Kaninchen festhalten, wenn ihnen der Kopf abgeschlagen wurde. Würde es heute noch viele Hausschlachtungen geben und nicht nur diese riesigen Schlachtfabriken, hätten vielleicht etliche Menschen etwas mehr Achtung vor den Tieren.

Die rührigsten Faschingsgilden gibt es in Kärnten, der Steiermark und dem Wiener Raum. Jeder größere Ort in Kärnten hat seine eigene Gilde, mit einem Prinzenpaar und den dazugehörigen Faschingssitzungen. Es ist eine Auszeichnung, wird man zur Faschingsprinzessin oder zum Faschingsprinzen gewählt. In der Öffentlichkeit bekannte Personen hoffen, sie kommen in einer Parodie der lokalen Faschingssitzung vor. Über Nacht ist ein privates Geheimnis dem ganzen Ort bekannt. Vom österreichischen Fernsehen werden zum Faschingsausklang Aufzeichnungen von den Faschingssitzungen aus ganz Österreich gesendet; als letzte die vom Villacher Fasching. Für den Gildenkanzler der Draustadt ist Kärnten die Narrenhochburg Österreichs. Ebenso bühnenreif sind viele politische Vorkommnisse im Land. Die Unfähigkeit, im Alltag über menschliche Gebrechen zu reden, bietet sich als Gag für die Showbühne an. Dabei scherzt man über alte Menschen, Frauen als Lustobjekte und als verrückt stigmatisierte Personen. Über die Aussichtslosigkeit, mit heiklen Alltagssituationen zurechtzukommen, wird ein Witz gemacht und erntet dafür den meisten Applaus.

Die Lebenszeit des einzelnen Menschen ist nicht nur zum Jahresbeginn ein Thema. Vor allem ältere Menschen sind froh darüber, dass sie gut im neuen Jahr angekommen sind und ein Teil vom Winter vorbei ist. In den Wintermonaten ist die Gefahr groß, Opfer einer Verkühlung, Grippe oder Lungenentzündung zu werden. Dazu kommt das Risiko, auf einem vereisten Gehsteig auszurutschen. In Kärnten büßt der Winter etwas an Schrecken ein, es gibt keine durchgehende Kälteperiode und Schneedecke mehr. Es wechseln sich Schneefall und Regen, Kälte und Tauwetter ab. Viele Menschen blicken mit Zuversicht auf das nahende Frühjahr.

Kommentar von EW: Schön, dass es manchmal so klar ist: Die Bäuerin leidet und der Bauer freut sich. Wenn Rollen so gut verteilt sind, weiß jeder, was zu tun ist. Das Schwein hat die ödeste Rolle abgefangen, außer, es weiß um sein Schicksal Bescheid und fügt sich willig in dieselbe.

Trotz längerer Lebenszeit ist es nicht möglich, das Wissen des letzten Jahrhunderts vollständig zu studieren. Es ist schlichtweg unmöglich, das Geheimnis einer tausendjährigen Religion zu erfassen, zehntausende Romane zu lesen oder die neuesten Theorien von Mathematik und Physik zu entschlüsseln. Bei einem Bibliotheksbesuch bleibe ich beim Anblick zigtausender Bücher – einer gigantischen Ansammlung von Erfahrungen – in Fassungslosigkeit zurück. Heute wird dieses Volumen an Erkenntnissen durch das Internet rasant vergrößert. Zwischen diesen *Wissensbergen* bleibt für jeden nur die Hoffnung auf eine *Offenbarung*, was für ihn wichtig ist. Dazumal genügte es, wenn der Vater seine Erfahrungen an die Kinder oder der Lehrherr sein Wissen an die Lehrlinge weitergegeben hat.[4]

In welchem Alter hat man zu einem bestimmten Thema die richtige Einsicht? Welche Meinung hat mehr Gewicht – die des Zwanzigjährigen, des Vierzigjährigen oder des Fünfzigjährigen – in Bezug auf den arabischen Frühling, den Aufstand in Libyen, wo die Bevölkerung versuchte, sich von der Diktatur und dem Polizeistaat zu befreien? Die Meinung eines Zwanzigjährigen wird dazu spontaner ausfallen, er wird die neuen Chancen sehen, die sich für die Jugend auftun; politische Freiheiten und die Aussicht auf einen höheren Lebensstandard. Gedämpft optimistisch wird ein Fünfzigjähriger

---

[4] Kommentar von G: Ich erinnere mich an einen Wissenschaftsjournalisten, der in einem seiner letzten Interviews meinte, dass er es für entsetzlich halte, jetzt gehen zu müssen. Man sei doch so dicht an der Lösung des Rätsels über das Weltall. Nun sind etwa 20 Jahre vergangen, man weiß tatsächlich sehr viel mehr und dennoch ist man von einer Enträtselung himmelweit entfernt. Was der Journalist meinte, war, dass zunehmende Erkenntnis wunderschön sein kann. Das gibt dem Leben deftig Salz.

Kommentar von E: Ich glaube, dass alles Wissen schon immer in uns ist und wir uns nach und nach daran erinnern; die Dinge so sind, wie sie sind. Nicht alles, was geschrieben wird, ist es wert, im Hirn gespeichert zu werden.

sein Urteil abgeben, versehen mit verschiedenen Einwänden. Es könnten die Fundamentalisten die Herrschaft übernehmen und was sind die politischen Folgen für diese Region, kommt es zu einer Verschiebung der Machtverhältnisse? Gewinnt in Zukunft die USA, China oder Europa mehr Einfluss im Nahen Osten? Seine größte Sorge wird der Entwicklung des Ölpreises gelten und den Auswirkungen auf das Wirtschaftswachstum in Europa. Bei diesen Szenarien schwingt auch die Sorge um den eigenen Lebensstandard, den erworbenen Besitz und um die bereits gebuchte Mittelmeerkreuzfahrt mit. Ist es denkbar, sich als Fünfzigjähriger zur Gesellschaft, Wirtschaft und Politik so zu äußern, als sei man zwanzig oder dreißig Jahre alt? Diese Altersstufen kennt man aus eigener Erfahrung. Umgekehrt: Kann sich ein Zwanzigjähriger oder ein Dreißigjähriger in die Welt eines Fünfzigjährigen hineinversetzen?[5]

Die Anrainer einer Umfahrungsstraße ärgern sich über den stärker werdenden Verkehr und fragen den alteingesessenen Nachbar: „Wird der Verkehr in den nächsten zehn Jahren zunehmen?" Beim genauen Hinschauen merken sie, das Gegenüber ist für einen Moment verunsichert. Zehn Jahre sind für einen Zwanzig-oder Dreißigjährigen ein überschaubarer Zeitraum, für einen Achtzigjährigen verbergen sich hinter diesem Zeitraum einige Unsicherheitsfaktoren. Das Unberechenbare im Alter ist die Gesundheit, viele Krankheiten brechen aus dem Nichts aus, bestehende Beschwerden können sich verschlechtern. Mit Bestimmtheit kann keiner im fortgeschrittenen Alter sagen: „Ich werde dies erleben." Auf die Pensions- und die Sozialleistungen ist in Österreich Verlass. Wird die

---

[5] Kommentar von P: Ich kann mich gut in die jungen Menschen dort hineinversetzen. Die letzte Woche hab ich mir freigenommen und beobachtete, was in Ägypten geschieht. Meine Erkenntnis: Egal, was danach kommt, aber der Deckel muss gehoben werden und alles zum Vorschein kommen, was nie angesprochen war. Wann sonst, nur damit unsere Politiker und Wirtschaftseliten ruhig schlafen können?

Wirtschaftskrise bewältigt, besteht Hoffnung, dass der Wohlstand keine Risse bekommt.

Menschen, die aus dem Arbeitsprozess ausscheiden, können sich ihrer inneren Berufung zuwenden. Wer mehr als ein *Talent* sein will, stellt fest, dass einige Jahre notwendig sein werden, um sich durchzusetzen. Wird die körperliche und geistige Gesundheit in den nächsten Jahren gleichbleiben? Vorhaben, für die drei Jahre geplant sind, benötigen jetzt fünf Jahre. Ein junges Wirtsehepaar in Warmbad erzählte während des Servierens, dass die Besucherzahlen seit der Eröffnung ständig steigen. Dies sei auch notwendig, sie müssten bis zum Ruhestand noch dreißig oder fünfunddreißig Jahre arbeiten. Ein älterer Gast stellt ihnen die Frage: „Was ist die schönere Perspektive – bis zur Pensionierung noch dreißig Jahre zu arbeiten oder die Wahrscheinlichkeit, in dreißig Jahren nicht mehr am Leben zu sein?"[6]

---

[6] Kommentar von GO: Ich glaube, dies beantwortet jeder zu bestimmten Zeiten anders. Ich habe vielleicht noch zwanzig Jahre, weiß aber, wie schnell die letzten Dreizehn vergangen sind, seitdem ich krank bin. Mit der Zeit, die für diesen Körper immer weniger wird, muss ich mich arrangieren. Manchmal denke ich, hoffentlich erlebe ich das nicht mehr. Es gab Stunden in meinem Leben, wo ich abgeschlossen hatte.

Kommentar von P: Hätte Vladimir Horowitz im Alter von 62 Jahren kein Comeback versuchen sollen, war er da schon zu alt? Noch älter ist Simeon, von dem der Weihnachtsevangelist Lukas berichtet, er habe sterben wollen, wo er im Tempel zu Jerusalem im Baby Jesus, den Messias erkannte. Was sieht der Greis Simeon, dass ihm die Furcht vor dem Tod abhandenkommt? Fürchten wir den Tod weniger, weil Simeon ihn nicht mehr fürchtet? Wenn es uns gegeben wäre zu wissen, was Simeon zu wissen scheint, so bleibt doch die Frage: Welche Glückseligkeit gewännen wir damit? Nicht mehr auf den gekreuzigten Heiland blicken zu müssen?

Im letzten Jahrzehnt musste ich erleben, dass Kollegen ihr Geschäft wegen Umsatzeinbußen oder nach Erreichung des Rentenalters zusperrten. Die Kinder hatten kein Interesse am Geschäft und es fand sich kein Nachfolger. Die sozialen Standards für Arbeitnehmer, eine geregelte Arbeitszeit, Krankenstand, ein Mindestlohn und Urlaubsanspruch, haben für Selbstständige keine Gültigkeit. Hat ein Geschäftskollege seinen Laden aufgegeben, weil für ihn in der Handelslandschaft kein Platz mehr war, hat dies bei mir Schmerzen verursacht, als wäre ein Freund gestorben. Andere Kollegen zögern damit, obwohl sie Umsatzrückgänge haben, den Betrieb aufzugeben. Sie fühlen sich den Kunden gegenüber im Wort und dienen als Lückenbüßer, wenn von den Bewohnern beim Einkauf in der Stadt etwas vergessen wurde. Ihr ganzes Leben haben sie dem Geschäft gewidmet, auf Hobbys verzichtet und fürchten sich vor dem Wechsel in die Rente. Dies bedeutet einen Schritt in einen unbekannten Raum, so bleibt man lieber im vertrauten Geschäft. Ein zweiundachtzigjähriger Kaufmann ist vor drei Monaten in Pension gegangen und hat bei einer Abschiedsfeier zu seinen Mitarbeitern gesagt, *er möchte jetzt sein Leben genießen.*[7]

---

[7] Kommentar von E: Aus dieser Sichtweise habe ich es noch nie betrachtet. Ich beneide diese Menschen um den Umstand, dass sie ihr eigener Herr sind. Die Arbeit nicht loslassen können trifft fast alle, es ist ein schwerwiegender Schritt. Im Krankheitsfall, wenn du es schwarz auf weiß hast, dass du zu nichts mehr taugst. Gibt es keine verständnisvolle Umgebung, drehst du durch und fällst der Depression anheim.

Kommentar von G: Einer unserer häufigen Fehler ist, dass wir zu lange an etwas kleben bleiben.

Kommentar von I: Die Arbeit ist mein Leben! Ab welchem Alter lässt man los, vor allem, wenn es gut läuft? In jedem Geschäft oder jeder Firma steckt so viel Herzblut, dass die individuelle Antwort für Außenstehende nie nachvollziehbar ist, egal, ob man früher oder später aufgibt.

Kommentar von W: Selbstständig sein heißt frei sein, aber auch frei von Hilfe, wenn man krank, bedürftig oder gar arm wird. Ein hoher Preis, den ich jedoch immer bereit wäre zu zahlen. Den Mutigen belohnt das Leben.

Unter Bergsteigern wird der Begriff *Seilschaft* verwendet. Eine *Seilschaft* gibt bei anspruchsvollen Bergtouren Sicherheit und unterstützt die Schwächeren. Es ist beruhigend, sich auf den anderen in kritischen Momenten verlassen zu können. Unterstützen sich Menschen gegenseitig im Beruf, im politischen und öffentlichen Leben, spricht man von einer *Seilschaft*. Dies kann einen guten oder einen schlechten Beigeschmack haben. Eine *Seilschaft* stößt auf Missbilligung, wenn das Vorwärtskommen aus der Zugehörigkeit zu einem Verein oder einer Partei zustande kommt und keine eigene Leistung dahintersteht. So entsteht Misswirtschaft und Verschwendung von Steuergeldern. Auch eine Freundschaft und eine Lebensgemeinschaft werden als *Seilschaft* bezeichnet. Dort besteht das Risiko, dass jemand aus ihr ausbricht oder sie aufkündigt. Gibt es die lebenslange *Seilschaft*? In den volkstümlichen Schlagern werden die ewige Treue und die große Liebe besungen. Wie ist diese Ewigkeit zu verstehen? Unser Leben währt nicht unendlich, nur der Glaube bietet dies an. *Gottes Seilschaft* gilt für das Jetzt und für die Ewigkeit, wenn es sie gibt. In Völkendorf demonstrierten die Kirchenbesucher dies, indem sie sich an einem Seil festhielten und in einer Prozession durch den Kirchenraum wanderten. Ob diese *Seilschaft* über die Messfeier und das Pfarrcafé hinaus Bestand hat, wird sich beim nächsten *Ausrutscher* im Alltag erweisen.

Hanfseile spielten dazumal in der Schifffahrt und in der Fördertechnik eine große Rolle, die Herstellung war ein eigener Beruf. Während meiner Lehrzeit in der Lieserstadt bin ich in der Mittagspause an einer Seilerei vorbeigekommen. Im Ausstellungsraum hatten die dicksten Hanfseile die Stärke eines Oberarms. In vielen Anwendungsgebieten wurden sie durch Stahlseile verdrängt.

Kommentar von GO: Meine Eltern lebten nur für ihr Geschäft, backen und verkaufen. Sogar in der DDR waren wir sowas wie privat, „Kommission". Was haben sie heute davon? Sie kriegen die Mindestrente. Auch heute noch laufen sie wie ein Uhrwerk und die Arbeit ist für sie immer noch das Wichtigste.

Jeder hat andere Vorstellungen davon, welche Sicherheiten er braucht und welche Risiken er bereit ist einzugehen. Die Entscheidung für ein risikofreies Leben beginnt mit der Berufsausbildung und setzt sich fort bei der Arbeitsstelle. Unterstützung erhält der Jugendliche dabei von den Eltern, sie versuchen ihn bei einer krisenfesten Firma, meistens sind dies halbstaatliche Betriebe, oder einer öffentlichen Körperschaft unterzubringen. Die Berufsentscheidung wird danach gefällt: Welche Sicherheiten gibt es und nach wie vielen Dienstjahren kann er in Pension gehen? Es klingt nicht trendig, wenn man sagt, dass die Tochter, der Sohn bei der Bahn oder der Post einen Job hat. Es hört sich aber krisenfest an. Aus der Vergangenheit weiß man, dass er durch eine starke Gewerkschaft vertreten wird, welche sich mit ihren Forderungen gegen jede Bundesregierung durchsetzen konnte. In den letzten Jahrzehnten haben die Schulden der staatlichen Betriebe das Budget so stark belastet, dass viele privatisiert wurden. Damit sind auch Privilegien verloren gegangen. Es besteht die Aussicht, dass der Sohn bei einem staatlichen Energieerzeuger einen lebenslangen Job haben wird. Scharenweise drängen die Absolventen der Handelsakademie und des Gymnasiums in den öffentlichen Verwaltungsbereich wie Gemeindeamt, Bezirkshauptmannschaft oder Landesdienst. Dort sind auch der Pförtner und das Küchenpersonal pragmatisiert. Beim Spazieren durch den inneren Bezirk der Landeshauptstadt bin ich von den Gebäuden der öffentlichen Verwaltung beeindruckt. Sei es der Sitz der Landesregierung, das Landesgericht oder die Wirtschaftskammer. In diesen – meist hohen – Räumen sitzen überall Beamte, die alles regulieren und aufzeichnen, von der Geburt bis zum Tod. Von hier geht eine Macht aus, es wird über das Volk geherrscht.[8]

---

[8] Kommentar von I: Verwaltungsreform ist schwierig, weil so manch hoher Beamter sich selbst wegrationalisieren müsste, wer will das schon? Wie du sagst: einen krisensicheren Job. Die Gebäude sind dennoch von außen schön, meist denkmalgeschützt.

Kommentar von P: Ich muss deutlich sagen, in dem Büchlein „Der Weg" von Escriva de Balaguer wird mir die Wahl gelassen, mich zuerst unter

Firmen, welche Wärmedämmungen durchführen, erleben zurzeit einen Auftragsboom. Die hohen Energiepreise und die staatlichen Zuschüsse veranlassen viele Eigenheimbesitzer, eine Wärmeisolierung mit Styroporplatten in Auftrag zu geben. Eine Wärmedämmung wird auch bei den Kirchenfassaden angedacht. Die hohen finanziellen Kosten versucht man hier durch Benefizkonzerte und freiwillige Spenden abzudecken. Grau ist der *Renner* bei den Fassadenfarben, dazwischen einzelne Mauerflächen in Dunkelrot. Die markanten Häuser im Ortszentrum verwandeln sich in graue Häuser. Die Vollzugsanstalt war einstmals mit dem *Grauen Haus* gemeint, die *Graue Zelle* war eine Gefängniszelle. Die Zeiten, als man Fassaden in kräftigen Farbtönen wie orange, blau, rot oder grün gestrichen hat, sind vorbei. Damals haben die Hausbesitzer Farbe bekannt und sich nicht hinter grauen Mauern versteckt. Es ergab ein farbenprächtiges Ortsbild. Alte Bauernhäuser büßen ihre Ausstrahlung ein, wenn man die Steinmauern für Energiesparmaßnahmen mit Styroporplatten verkleiden würde. Jeder Stein hat hier seine Geschichte. Die Freuden und die Sorgen der Bewohner sind über Jahrhunderte in die Mauern eingefräst, von jedem Stein geht eine Kraft aus.

Der persönliche Besitz hat in den Landgemeinden von Kärnten einen anderen Stellenwert als bei den Bewohnern von Mietwohnungen am Stadtrand. Die Täler werden von landwirtschaftlichen Betrieben unterschiedlicher Größe geprägt. Von Bauern mit dreißig Stück Vieh und etwas Forstwirtschaft oder von Nebenerwerbsbauern. Hier kreisen die Gespräche am Wirtshaustisch nach dem

---

den Schutz des Lieblingsjüngers Jesus, Johannes, zu stellen, und nicht unter den Schutz eines Engels. Johannes würde mir Klarheit geben, ob ich doch zu einem Zölibat berufen bin und diesen als höhere Lebensform zu begreifen hätte. Nur kann, wer ein Amt als Beichtvater wahrnimmt, mich nicht davon überzeugen, ob ich in meiner Kommunikation mit dem Lieblingsjünger Jesu einerseits oder mit dem Engel Raphael andrerseits einer Täuschung unterliege.

Kirchgang um Grund und Boden. Gesprächsstoff bieten das Gedeihen der Feldfrüchte, die Milchleistung bei den Kühen und der Preis für ein Kilogramm Lebendgewicht bei den Schweinen. Die Auswirkungen der Wirtschaftskrise auf die Holzpreise sind eine spannende Frage. Über all dem liegt die Unberechenbarkeit der Witterung, Regen und Hagel, Trockenheit und Frost, die Sorge vor Überschwemmungen und Murenabgängen. Ein trockener Sommer oder frostiger Winter kann vieles von den Früchten vernichten. Zu diesen Gesprächsrunden können sich der Maschinenhändler, der Tischler und der Fleischhauer dazusetzen. Die erste Frage unter den Kleinunternehmern gilt dem Umsatz der vergangenen Woche, der Kundenfrequenz und der Auftragslage. Berichtet ein Handwerker von steigenden Umsätzen, wird er von den Zuhörern gelobt. Beim Stammtisch geduldet sind auch die Eigenheimbesitzer. Wer handwerkliches Geschick beim Hausbauen zeigt und es zu mehreren Häusern bringt, wird für seinen Fleiß gerühmt. Für jemanden, der Geschichten schreibt, zeigt man wenig Verständnis. Die wenigsten im Dorf können sich darunter etwas vorstellen. Aus Höflichkeit wird gefragt, wann es eine öffentliche Lesung gibt oder ob man an einem neuen Buch schreibt. Auf die Rückfrage, wer eines der Bücher gelesen hat, kommt eine ausweichende Antwort: „Man hat vom letzten Buch etwas gehört." Was macht Sinn: drei Häuser zu bauen oder drei Bücher zu veröffentlichen?[9]

---

[9] Kommentar von G: Ich zeichne. Ich sehe keinen Sinn darin, meine Zeichnungen zu präsentieren, obwohl manche meinen, es würde sich lohnen. Niemand muss wissen, dass ich hier ein Geschick habe. Ich muss es nicht demonstrieren.

Kommentar von H: Es macht Sinn, drei Bücher zu schreiben, es macht Sinn, drei Häuser zu bauen. Es macht Sinn, dazusitzen und blöd dreinzuschauen.

Kommentar von E: Auf dem Land gilt man nichts, wenn man kein „Sach" (Haus, Hof) vorzuweisen hat. Das ist eine schmerzliche, unvergessene Erfahrung, die ich in acht Jahren auf dem Dorf gemacht habe. Manchmal

In der Verwandtschaft nimmt jeder mit den Jahren seinen zugeteilten Platz ein. So hat man seine Rolle – ob als gutgelaunter Unterhalter, als passiver Zuhörer, als Fragender, als Störenfried oder als Besserwisser; egal, wo man ist: bei einer Familienfeier, bei einem Besuch, einem Vortrag und auch am Kirchweihfest. Ähnlich verhält es sich bei einem Ausflug. Unterbricht während der Fahrt zu einem Aussichtsturm eine Beifahrerin ihren Redefluss und fragt, ob man dazu etwas sagen möchte, so verursacht dies beim Angesprochenen eine Irritation. Er hat sich in der Rolle des passiven Zuhörers bequem gemacht und jetzt soll er dazu etwas sagen. So fühlt er sich dabei ertappt, dass er in der letzten Viertelstunde nur teilweise zugehört hat und nichts Konkretes weiß. Ist er schnell im Kopf, kann er aus den Schlagwörtern eine Geschichte konstruieren. Auf die Feststellung, *dass früher alles besser war*, hat er keine Antwort.

Der Aufruf zum lebenslangen Lernen ertönt aus allen Ecken, seit dem Ausbruch der Wirtschaftskrise verstärkt. Scharenweise hören wir auf, in späteren Jahren zu lernen, oder machen wir aus der Not eine Tugend? Das Loslassenkönnen von Besitz, im besten Fall vom Leben wird in vielen Kulturen als eine geistige Tugend gesehen. Loslassen von unserem Wissen, um unwissend in den Tod zu gehen? Wozu ist unser ganzes Wissen gut, da wir sterblich sind? Wir erwarten unseren Tod, wissen aber nicht, wann. Das Bewusstsein um unsere Sterblichkeit ist eine Bestrafung.[10]

---

fragten wir uns, ob die uns unsere Freiheit neidig sind. Wir könnten gehen, die müssen bleiben, auf Teufel komm raus.

[10] Kommentar von DS: Mein Urgroßvater, bereits 100 Jahre alt, sieht das anders. Er empfindet das Wissen um den nahen Tod als tröstlich. Der Gedanke lässt mich, trotz allen Glaubens, frösteln.

Kommentar von D: Der Gedanke an den Tod wird gerne verdrängt, da wir alle am weltlichen Leben haften. Elisabeth Kübler-Ross hat dazu viele schöne Bücher geschrieben, die für mich sehr beruhigend und tröstlich sind; die mir viel Kraft für mein Leben gegeben haben.

Über Generationen wurden in der Verwaltung von den Beamten die Antragsformulare der Bürger entgegengenommen und bearbeitet. Sie sind für die verschiedenen Geschäftsfälle geschult. Die neuerdings mögliche Online-Erledigung von Behördenwegen setzt eine gewisse Praxis und Zeit voraus. Dies müsste uns der Hausverstand nahelegen. Nicht jeder PC-Benützer schafft es, damit Amtswege in kurzer Zeit zu erledigen. Wer vor einigen Jahren auf eine ansprechende Form Wert legte, hat die Geburtsanzeigen in einer Druckerei in Auftrag gegeben. Das Drucken von Geburts- und Vermählungsanzeigen, von Geburtstagseinladungen gehört zum Tagesgeschäft einer Druckerei. Heutzutage betätigen sich viele am PC als Grafiker, Schriftsetzer und Drucker. Die Berufsausbildung im graphischen Gewerbe ist anspruchsvoll und lange. Man darf sich darüber nicht wundern, dauert die Herstellung von Geburtsanzeigen am eigenen Computer einige Tage. Ein weiteres Beispiel für den *Zeiträuber* PC ist die Online-Erledigung der Bankgeschäfte. Der Abschluss einer höheren kaufmännischen Schule wird für eine Bewerbung in einer Bank vorausgesetzt. Es folgt eine dreijährige Einschulung in die verschiedenen Abläufe des Bankgeschäftes. Wer in der Buchhaltung die wesentlichen Aufgaben einer Bank kennengelernt hat, kann am Kundenschalter eingesetzt werden. Diese bankinternen Ausbildungszeiten kann kein PC-Kurs ersetzen. In vielen aufreibenden Nachtstunden bemühen sich manche, ihre Onlinebankgeschäfte zu erledigen, von der Umgebung ernten sie nur Unverständnis. Die allgemeine Meinung ist, dass uns durch den Einsatz von Computern mehr Zeit für persönliche Dinge zur Verfügung steht.

Kommentar von E: Es könnte dem einen oder anderen leichter fallen, die Lebenszeit besser zu nutzen. Wir verschwenden unsere Zeit oftmals für Unsinniges, vergessen zu oft, wie kostbar doch Leben ist. Jede Sekunde kann die letzte sein. Eine Tante sagte vor einigen Tagen zu mir: „Ich bin noch so neugierig auf vieles, zum Sterben ist einfach noch keine Zeit." Recht hat sie.

Auf uns strömt täglich aus der Zeitung, dem Radio, dem Fernsehen und dem Handy eine Fülle von Sätzen ein. In Volkshochschulkursen wird für den Beruf und für die Beziehung trainiert, um alles zu zerreden. So geht das Gespür für den einzelnen Satz verloren, bei einem Satz innezuhalten. Mit ein wenig Glück kommt einem ein Vaterwort oder ein Mutterwort, ein Satz aus der Kindheit in den Sinn. Diese Sätze prägen Menschen, sie legen den Grundstein für ein ganzes Weltbild. Die ganze Lebensweise kann auf einer These beruhen: *Es mag mich niemand.* Wer diesen Satz gesprochen hat, zu wem und in welcher Situation, ist nebensächlich. Dies wird eine Lebenseinstellung. Zu uns Kindern wurde am Bauernhof gesagt: *Ihr müsst gescheiter sein als die Viecher.* Gemeint waren die Kühe, Pferde, Schweine, Hühner und Schafe. Beim *Kühehüten* lag es an unserer Achtsamkeit, dass sie nicht in das Getreidefeld oder in den Obstgarten ausbüxten; wir das Pferd nicht durch eine unachtsame Bewegung erschrecken und es mit den Hufen ausschlägt. Nach dem Verlassen des Hausgartens durfte das Tor nicht offen stehen. Es dauerte keine fünf Minuten und die ganze Hühnerschar zerrupfte den Salat. Die Schuldigen waren wir Kinder.[11]

Bei den Massagen, den Fangopackungen oder der Unterwassergymnastik geht es nicht nur darum, die Beschwerden des Bewegungsapparates zu mildern, es gibt tiefere Gründe. Die Schmerzen haben eine lange Vorgeschichte und die Auslöser liegen nicht allein

---

[11] Kommentar von D: Den Satz mit den Viechern finde ich schlauer als den anderen, wo mich keiner mag. Sicher mögen mich viele, aber leider zeigen sie einem das selten. Es kommt am Ende auf dasselbe raus, dass man das Gefühl hat, keiner mag einen.

Kommentar von EW: Nur ein Satz, auf dessen Schultern alles ruhen soll, der sich nicht mehr ausradieren lässt, der das ganze Leben mitsamt Lebendigkeit sabotiert? Dies ist hart ins Gericht gegangen. Das Gute ist: Es lässt sich lösen, wenn man es erkannt hat.

bei der körperlichen Arbeit. Muskelverspannungen können ihre Ursache in seelischen Verstimmungen haben. Zu viele Verpflichtungen, die auf den Schultern sitzen, unerwartete Sorgen drücken auf die Brust. So nehmen die Muskelschmerzen in diesen Bereichen zu. Die schwindende Elastizität oder eine ungeschickte Bewegung führen im fortgeschrittenen Alter zu Problemen in den Gelenken. Die Kurgäste brauchen neben der Gymnastik und der Massage auch das Gespräch. Dabei wurde die Gesprächstherapie im Rahmen eines Kuraufenthaltes für den degenerativen Formenkreis gestrichen, da die Krankenkassen bei den Ausgaben sparen. Beim Kaffeetrinken, zwischen zwei Behandlungen, wenden sich Kurgäste an ihre Tischnachbarn und erzählen von ihren Belastungen. Von dem, was sie am meisten bedrückt, wollen sich die Menschen befreien. Eine ältere Frau erzählte mir, dass die Kinder halbtags den Vater betreuen, damit sie im Kurzentrum eine ambulante Therapie machen kann. Seit drei Jahren pflegt sie ihren Mann – waschen, füttern und auf das WC führen. Sie ist immer in seiner Nähe, seit Jahren redet er mit ihr kein einziges Wort mehr. Um die Medikamenteneinnahme bei Alzheimer abzustimmen, begab er sich in das Krankenhaus. Während des Aufenthalts wurde er, ihrer Meinung nach, mit Medikamenten *zugemüllt* und dadurch wurde ein Schlaganfall übersehen. Abgemagert, sprach- und hilflos ist er vom Spital nach Hause gekommen und wird jetzt von ihr und den Kindern gepflegt.[12]

Die Kurärztin verweist bei der Abschlussuntersuchung darauf, dass sich der Heilungsfolg zumeist nach vier bis sechs Wochen nach der Kur einstellt. Dies sei wissenschaftlich erwiesen. Der eingeleitete Genesungsprozess hört nicht mit der Kur auf, sondern setzt sich

---

[12] Kommentar von GO: Kur ist heutzutage schon lange nicht mehr die Kur von anno dazumal. Sie dient einzig allein dazu festzustellen, wie weit man in der Arbeitswelt noch eingesetzt werden kann. Um die Gesundheit des Menschen geht es nicht und um die Ursachen der Schmerzen sowieso nicht. Die Menschen sollten lieber zum Schamanen gehen, da wird ihnen „ganzheitlich" geholfen.

danach fort. Dies bedeutet kein Vertrösten der Klienten, welche während den Behandlungen oftmals über mehr Beschwerden klagen als vor der Kur. Aus meiner Kurerfahrung weiß ich, manche Muskelverspannungen lösen sich nicht durch die Galvanisation, Moorbad oder Wassergymnastik, sondern indem sie sich Gehör verschaffen. In Bad Vigaun ist der Kurheurige *Georg* ein Ort, um gehört zu werden. Abends ist dies beschwerlich, das Stimmengewirr ist groß. Viele versuchen jemanden zu finden, der ihnen zuhört. Ein Großteil der Kurgäste sind Pensionisten. Diese klagen zuerst darüber, dass ihnen niemand zuhören will, obwohl sie eine Menge an Erfahrungen haben. In der Rente ist es möglich, manches auszusprechen, was man früher aus Sorge um seinen Arbeitsplatz, eine Geschäftsbeziehung oder einen Kredit verschwiegen hat. Sie kommen zu dem Urteil: Ist man aus dem Arbeitsprozess ausgeschieden, wird man von der Öffentlichkeit nicht mehr wahrgenommen. Der Kurheurige bietet eine der wenigen Möglichkeiten, sich zu äußern, vom überwiegenden Teil wird dies in großem Umfang genützt. Vorrangig kommen in unserer Gesellschaft die Rücksichtslosen zu Wort, nicht diejenigen, die Wesentliches zu sagen haben. Beim Heurigen wird durch das Zusammentreffen von Menschen aus verschiedenen Orten Österreichs offenbar, was andere vom eigenen Heimatort kennen. Der Grenzlandchor und ein Akteur beim Villacher Fasching sind über die Gemeindegrenzen hinaus bekannt. Sie sind die *Aushängeschilder* unseres Ortes.

Begegnen einander Menschen auf der Straße, wird oft gefragt: „Wie geht es Dir?" Die häufigste Antwort: „Ich bin wunschlos glücklich." Wunschlos glücklich kann ich sein, liege ich mit einem grippalen Infekt im Bett; es dabei keine ernsten Komplikationen gibt und ich Zeit habe zum Auszuspannen. Nichts muss funktionieren, niemand verlangt etwas, alles geschieht freiwillig, den Körper baumeln lassen.

Die handschriftlich geführten Journale und Geschäftsbücher von traditionsreichen Firmen, die über Jahrhunderte Bestand hatten, werden im Stadtarchiv gezeigt. Darin wurde genau aufgezeichnet, was von wem wann und wo eingekauft wurde. Ebenso, was wem wann und wo verkauft und wie es bezahlt wurde. Aus Ausstellungen kennen wir ähnliche Aufzeichnungen von den Geldverleihern und den Bankiers des Mittelalters. Jede Kontobewegung wurde penibel festgehalten. Wer alte Handschriften lesen kann, findet in den Bordbüchern der Segelschiffe alle Vorkommnisse und jede Fracht an Bord vermerkt. Diese Aufzeichnungen wären, hätte es die *Siebenjahresfrist* schon vor Jahrhunderten gegeben, nicht mehr vorhanden. Für die heutige Steuerbehörde müssen die Buchhaltungsunterlagen sieben Jahre aufbewahrt werden. Die verjährten Buchhaltungsunterlagen *wandern* in die Papiermülltonne. Hinter diesen trockenen Papieren versteckt sich eine Menge Arbeit: Bestellen, Liefern, Auspacken, Einräumen und viele Verkaufsgespräche mit den Kunden. Jetzt gelangt alles in den Müll, auch die Erinnerungen. Dabei stelle ich fest, dass manche Firmen nicht mehr existieren oder dass ich mit ihnen keinen geschäftlichen Kontakt mehr habe. Solche Veränderungen passieren schon innerhalb von sieben Jahren. Was wird sich alles in siebzig oder in siebenhundert Jahren ändern?[13]

---

[13] Kommentar von G: Auch mit unseren zurückliegenden Vorfahren verhält es sich ähnlich. Von meinen Urgroßeltern weiß ich nichts. Dennoch haben sie existiert. Doch wie haben sie gelebt, was waren sie für Menschen, was hat ihr Leben ausgemacht? Wie Sprengsel ist in der Familie ein „Kunstgen" vererbt worden: Ich habe es, einer meiner Cousins, der Bruder meines Vaters, der als Kirchenmaler im Krieg gefallen ist; seine Mutter, die Sängerin war, aber dann einen schlichten Bundesbahnbeamten ehelichte. Von wem hat meine Großmutter, die ich nie kennenlernte, ihre künstlerische Begabung, die in der dörflichen Gegend einzigartig war? Alles im Dunkeln.

Kommentar von SP: War das Urchristentum nicht kommunistisch? Müssten wir dazu nicht endlich ernsthaft Jean Calvin befragen? Aber vor Calvin noch den geschmähten − „windigen"? − Johannes Hausschein.

Immer noch versehen heimische Firmen ihre Geschäftspapiere und Produkte mit der Aufschrift: *Kaiser- und Königlicher Hoflieferant*. Jede Erwähnung von kaiserlichem und monarchistischem Gedankengut war in Österreich ein halbes Jahrhundert lang verboten. Heute sehnen sich viele nach einer autoritären Ordnung und einem Machtwort, die länger bestehen als eine Frühjahrs- und Herbstkollektion, zurück. Aus unserer nüchternen Gegenwart flüchten manche in eine Nostalgiewelle. Auf der Senftube weist eine Kärntner Firma darauf hin, sie war kaiser- und königlicher Hoflieferant. Mit dem Kauf dieser Tube hofft man, ein Naturprodukt – ohne chemische Zusätze – zu erwerben. *Hoflieferant* kann jemand sein, der spezielle Waren im Sortiment hat, die in den Einkaufszentren ausgelistet wurden, die Umschlaghäufigkeit ist nicht gegeben.[14]

Eine Marotte von älteren Menschen ist, gerne von den früheren Zeiten zu schwärmen: *Damals war vieles besser*. Auf den Straßen hat sich in den letzten vierzig Jahren manches verändert, dies erlebt man täglich im Berufsverkehr. Morgens und abends gibt es in den Großstädten den obligatorischen Stau und die Autofahrer benehmen sich zueinander rücksichtslos. Die wichtigsten Dinge für das tägliche Leben kaufte man früher beim ortsansässigen Gemischtwarenhändler: Lebensmittel, Kleider, Schuhe und Eisenwaren. Für den Kauf von vier Bilderhaken muss man heute in einen überdimensionierten Baumarkt fahren. Die große Auswahl in den Megamärkten – es ist einerlei, ob beim Joghurt, dem Käse, Thunfisch

---

[14] Kommentar von E: In meiner OP-Zeit im Oberschwäbischen/Allgäu wurde die Frau des Gynäkologen auch mit „Frau Doktor" angeredet. Damals hat mich das geärgert und wenn jemand „Schwester" zu mir sagte, erklärte ich ihm, dass ich die Putzfrau bin. Aus heutiger Sicht finde ich diese Zeit durchaus rigide. Man hatte zu kuschen, wenn der Chefarzt einen anschrie, um sich abzureagieren. Ich vermute, bei den Österreichern war das nicht ganz ernstgemeint und mit einem Augenzwinkern. Trotz der langen Zeit geistern meine ehemaligen Vorgesetzten immer noch durch meine Albträume. Dafür beneide ich die Österreicher, die nehmen es lockerer.

oder der Marmelade – macht die Entscheidung beim Einkaufen nicht leichter. Die Lebensmittel waren früher natürlicher, vieles schmeckt nicht besser, trotz der Werbung, *Ja natur*. Die Kleidermode wechselte nicht alle vier Monate. Ohne Gesichtsverlust konnte man dieselbe Hose drei Jahre lang tragen. Im Freizeitverhalten der Jugendlichen hat sich mit den Jahren vielerlei geändert. Vormals wurde alles gemeinsam gespielt, die Spiele am PC und am Handy spielt man alleine. Die Heranwachsenden verständigen sich untereinander über das Handy, jeder bleibt in seinem Zimmer sitzen. Die Erwachsenen waren mit zwei Fernsehprogrammen zufriedener als heute, wo sie aus zweihundert Programmen wählen können.

In einem Gespräch mit einem vierzigjährigen Mann zeigt sich, wie früh Nostalgie einsetzen kann. Er erkundigte sich bei mir im Laden, ob es eine Möglichkeit gibt, *Geli-Flugzeugmodelle* zu bestellen. Nach Jahren möchte er wieder *Geli-Modelle* zusammenbauen. In den sechziger und siebziger Jahren waren dies beliebte Bastelbögen zum Ausschneiden und Zusammenkleben. Es war eine Geduldsarbeit, die mit maßstabgetreuen Zivil- und Militärflugzeugen belohnt wurde. Für wenige Schillinge, von 2,90 bis 24,90 waren die Bastelbögen erhältlich. In vielen Wohnungen sind *Geli-Flugzeuge* auf dem Fernseher oder im Wohnzimmerschrank zu sehen gewesen.[15]

Lese ich in meinen Notizheften, in den Eintragungen vor einem Jahr, gerate ich ins Staunen. Es ist kein nennenswerter Zeitraum,

---

[15] Kommentar von O: Ich bin jetzt 54 Jahre alt und habe meine ersten Geli-Modelle mit zehn Jahren gebaut. Bis auf wenige Ausnahmen habe ich alle Modelle gebaut. Ich bin glücklich zu erfahren, dass es diese einzigartigen Modelle weiterhin geben wird. Alle jene, die schon das eine oder andere Modell gebaut haben, wissen wovon ich rede: einmal Gelianer, immer Gelianer.

auf keinen Fall ein historischer. Dort lese ich über unseren Aufenthalt in Crikvenica und den Besuch des Meeresaquariums. Dabei mussten wir zusehen, wie ein Krebs mit seinen Zähnen einen Fisch zerkleinerte und ihn gefressen hat. Bei den Fischen gab es eine so ungeheure Muster- und Farbenvielfalt, dass wir annehmen konnten, diese sind extra für die Besucher mit schillernden Farben bemalt worden. Danach spazierten wir in den *Konzum*. Die Geschäftseinrichtung des *Konzum-Warenhauses* strahlte das Flair der siebziger Jahre aus. Durch die Vielfalt der Waren herrschte in den Regalen ein Chaos. Die Artikel wurden augenscheinlich dort eingeräumt, wo gerade Platz war. Unter dem Namen *Konsum* gab es in Österreich eine marktbeherrschende Handelskette, bis zu ihrem Konkurs in den neunziger Jahren. In einem Strandcafé blättern wir, nach einer Woche Zeitungsabstinenz, in der Süddeutschen Zeitung. In Mitteleuropa ist die Schweinegrippe und, dass Berlusconi von seiner Frau verlassen wurde, ein Thema. Vor der Heimreise warne ich meine Lebensgefährtin davor, bei der Grenzkontrolle zu husten. Es besteht die Gefahr, dass wir dadurch in Quarantäne kommen. In Kroatien gab es die ersten Schweinegrippefälle und bei den Nachbarstaaten herrscht Schweinegrippealarm. Im darauffolgenden Winter hatte fast jeder dritte Patient eine leichte Form von Schweinegrippe.

Die Geschäfte im Megaeinkaufszentrum laden zu einem Rabatteinkaufswochenende, alles minus zwanzig Prozent, ein. Beim Einkaufen werden die Kunden nicht mehr gefragt: „Haben Sie noch einen Wunsch?" Beim Krämer in St. Paul war dies, wenn alle gewünschten Artikel auf der Verkaufsbudel standen, eine Standardfrage. Die Stückzahl wurde mit den Posten am Kellnerblock verglichen, zur Überprüfung ein zweites Mal zusammengezählt. Alles ging flott von der Hand, nicht ganz so schnell wie heute beim Kassieren im Selbstbedienungsladen. Eine Supermarktkassiererin muss in einer gewissen Zeit eine bestimmte Anzahl von Positionen einscannen. Erreicht sie die vorgeschriebene Stückzahl nicht, ist sie ihren Job los. Da bleibt keine Zeit für: „Darf es noch etwas sein?"

Zwischen den Besichtigungen der Sehenswürdigkeiten legen die Draustadttouristen in der Lederergasse eine Pause ein. Die Pauschalreisenden haben meistens Zimmer mit Halbpension, da genügt ihnen zu Mittag ein Kebab. Die Kebab-Imbisse sind für die traditionellen Würstelbuden eine starke Konkurrenz. Gäste mit Kindern besuchen lieber eine von Zuwanderer aus Süditalien geführte Pizzeria und die McDonald's-Filiale. Im Zentrum gibt es noch traditionsreiche Gaststuben, die Kärntner Küche anbieten. Der eine und andere Gast kehrt dort ein, um eine heimische Spezialität zu verkosten. Andere Innenstadtlokale locken die Berufstätigen mit einem günstigen Mittagsmenü. Am Stadtrand sind die urigen Bierlokale angesiedelt, wo sich Männer zu einem Plausch treffen. Gleichzeitig erfüllen sie die Funktion eines Vereinslokals für die Feuerwehr, den Fechtklub und den Fischereiverein. In solchen Vororten befinden sich günstige Speiselokale, wo sich die Pensionisten aus den Wohnsilos am Sonntag ein Menü leisten können. Durch den Besuch wird die Eintönigkeit des Alltags unterbrochen. In den Sommermonaten spielt dazu im Biergarten eine zünftige Musikkapelle. Junge Leute verbringen ihre Wochenendfreizeit in der Gastronomie der Kinopaläste. Von den Möbelhäusern werden die Kunden mit Menüs ab € 3,90 angelockt. Hier sind die Restaurantplätze zu Mittag dreifach belegt. Die Nächsten warten schon auf den Sitzplatz, bevor einem die Nachspeise serviert wird. Manche Familien gehen im Kreis und hoffen auf ein Schnäppchen bei der Platzsuche.

Selbständige im Handel und im Gewerbe sind oft länger, als es das Pensionsgesetz verlangt, tätig. Sie halten weiterhin das Geschäft und die Werkstätte geöffnet, obwohl sie zu Hause den Ruhestand genießen könnten. Im Ortszentrum eines Skiorts im Montafon befindet sich ein Gemischtwarengeschäft alter Prägung. Die eloxierten Rahmen der Eingangstür und der Schaufenster erinnern an die goldenen Handelszeiten in den siebziger Jahren. Man findet in den

Regalen die Lebensmittel neben den Rucksäcken, die Farbstifte neben den Butterkeksen, alles bunt gemischt. Der Verkaufsständer mit Besen und Rechen sowie ein Zeitungsständer stehen Tag für Tag am Gehsteig vor dem Geschäft. Trinkgläser, Essgeschirr und Spielwaren liegen dem Aussehen nach schon seit Jahren hinter der beschädigten Auslagscheibe. Das Geschäft hat Kultstatus und im Dorfzentrum würde ohne den Laden etwas fehlen. Vor einigen Jahren wurde am Ortsrand ein Supermarkt eröffnet. Einheimische und Gäste kaufen weiterhin ihre Getränke, Süßigkeiten, Waschmittel, Zigaretten und Zeitungen beim *Gemischtwarentandler* ein. Die erste Adresse für Fleisch, Wurst, Käse und Obst ist der Laden nicht. Die Regale sind wahllos mit Waren vollgestopft. Das Einkaufen zwischen den am Boden stehenden Getränkeflaschen und den Süßwarendisplays bereitet Mühe. Der *Greißler* steht knapp vor seinem neunzigsten Geburtstag und gönnt sich seit ein paar Jahren eine Mittagspause.

Am Postplatz, in der Nähe der Gemischtwarenhandlung, befindet sich eine Schneiderei. Der Schneidermeister blickt auf ein langes Berufsleben zurück, in seinem Alter sind andere schon seit zwanzig Jahren in Pension. Er ist Witwer und weiß nicht, wie er zu Hause seine Zeit verbringen soll. Er kommt lieber täglich, auch sonntags, in seine Werkstätte. Die Stellagen sind bis zur Decke mit Stoffen, Knöpfen, Schnallen und Bändern angefüllt. Jeder freie Platz ist mit Modezeitschriften und Schnittmusterbögen, teilweise stammen sie aus den siebziger und achtziger Jahren, bedeckt. Wo sich was befindet, weiß nur der Schneider. Alle Maschinen werden von einem zentralen Motor aus mit Keilriemen betrieben. Von der Decke hängen mehrere Kleiderbügel mit halbfertigen Blusen und einem Sakko. Konzentriert sitzt der Meister stundenweise über die Nähmaschine gebeugt in der Werkstätte. Blickt er einmal kurz von seiner Arbeit auf, sieht er im Fenster die staunenden Blicke der Touristen. Werden sie bei seinem Anblick an die Geschichte vom tapferen Schneiderlein erinnert? Seine Statur, klein und schmächtig, erinnert mich an den *Avemichlschneider* in der Beinten. Dieser hat für mich, für das Internat, einen Kärntner Anzug genäht. Bei der Anfertigung wurde beim Stoff nicht gespart und überall wurden *Reserven* eingebaut. In meiner Wachstumsphase habe ich den Anzug vier Jahre lang getragen. Der *Kärntner* wurde zum Erweitern und Verlängern in den großen Schulferien zum Avemichlschneider gebracht. Die Anzugproben fanden sonntags nach dem Kirchgang statt.

Älteren Leuten erlaubt es ihr Gesundheitszustand nicht immer, dass sie noch Fahrrad fahren. Dabei hat man die über Siebzigjährigen im Visier. Eine Möglichkeit, das Konditionsdefizit auszugleichen, sehen Zahlreiche im Kauf eines Elektrofahrrades. Dieses bietet kraftvolle Unterstützung an, eine Steigung zu bewältigen, oder bei Ermüdung. Die Anschaffung eines E-Bikes wird von der Kärntner Landesregierung unterstützt. Frauen sind beim Kauf eines Elektrofahrrades wählerisch, es soll das Aussehen eines trendigen City Bikes haben, die Batterie und der Antrieb müssen *gut getarnt* sein. Sie wollen sich keine modische Blöße geben und an der eigenen Sportlichkeit keinen Zweifel aufkommen lassen. Das Elektrofahrrad soll den Anschein erwecken, als ist Frau mit siebzig oder achtzig Jahren noch genauso leistungsfähig wie mit fünfzig. Dies ist einer der Mythen unserer Gesellschaft. Im Rahmen eines Verwandtenbesuches will man seine Fitness unter Beweis stellen. Bei der Betreuung des Enkels und dem Angebot an die Tochter, bei der Wohnungsrenovierung zu helfen, täuscht man Stärke vor. Aus Scham verschweigen die meisten Großeltern, dass man gerne einen halben Tag hilft, aber nicht länger, weil man körperlich nicht mehr so belastbar ist. Im fortgeschrittenen Alter legt man den Bekannten als Beweis für die gute körperliche Verfassung den positiven Befund von der Untersuchung beim Internisten vor. Das *Gesundheitspickerl,* wie bei der technischen Überprüfung eines Kfz. Es gibt kaum jemanden, der nicht von sich sagt, er ist völlig gesund, obwohl er täglich sechs Tabletten schluckt.[16]

Die über Achtzigjährigen finden bei anderen Verkehrsteilnehmern wenig Verständnis, wenn sie mit dem Auto unterwegs sind, sei es nur im Nahverkehr. Bei meinem Besuch von Bekannten in der Steiermark ist ein älterer Nachbar mit seinem neuem Renault Clio vorgefahren. Die Freunde haben mich aufgefordert, das Alter des Nachbarn zu schätzen, ich habe auf Mitte Siebzig *getippt*. Der Herr war siebenundachtzig Jahre alt und hat mir seine Situation erklärt: Er habe sich vor kurzem ein neues Auto gekauft, weil die Kraft seiner Füße nachlässt und er nicht mehr so gut gehen kann.[17]

---

[16] Kommentar von GO: Eigentlich dachte ich, dass ich nie mehr Fahrrad fahren würde. Eine ebene Strecke gibt es hier kaum und daher strengt das Radfahren einigermaßen an. Aber irgendwie kann ich mir nicht vorstellen, mit einem E-Fahrrad durch N. zu brausen.

[17] Kommentar von SP: Betagten Herren soll das Autofahren verboten werden, darüber gibt es seit längerer Zeit Diskussionen. Aber weiß man es zu verhindern, dass betagte Damen ihr Auto noch benützen? Herrscht hier nicht eine enorme Ungleichheit der Geschlechter? Den Park auf dem Schlossberg in Graz legte der deutsche Offizier Ludwig von Welden an. Der Park soll „durch sanft ansteigende Wege Menschen jeden Alters den Aufstieg" ermöglichen.

Kommentar von MW: Ich durfte vor weniger als vier Tagen in einem Geschäft, welches E-Bikes verkauft, meine schon ziemlich lange Diskussion über das Elektrofahrrad fortsetzen. Ich glaube sagen zu können: Das Motorrad stellte nie eine „Versuchung" für mich dar. Es gab auch in meiner Jugend kein Geld dafür. Vor allem aber hatte ich keine Kenntnis davon, dass Motorräder für Linkshänder und Linksfüßler angeboten werden. Ich lese im Augenblick die Beschwerde der Jägerschaft, dass Elektrofahrräder dem Wild schaden würden. Nun kann auch das Elektrofahrrad missbraucht werden. Es wurde mir aber berichtet, dass es insbesondere für Behinderte auch seinen Zweck erfüllen könnte. So würde ich trotzdem denken, dass insbesondere auch die Jägerschaft den Schaden, den die

Wir behaupten von uns, wir benehmen uns normal, dabei stecken manche voller Verrücktheiten. Erfindungen, die unser tägliches Leben angenehmer machen, wären ohne die kuriosen Ideen einzelner Menschen nicht möglich gewesen. So etwas Naheliegendes wie die Fortbewegung mit dem Auto, der Eisenbahn und dem Flugzeug. Es ist irrwitzig, wenn wir uns, von der Natur mit zwei Füßen ausgestattet und seit Millionen Jahren mit einer Geschwindigkeit von vier Kilometern pro Stunde unterwegs, in ein Auto setzen und damit die dreißigfache Geschwindigkeit erreichen. Dafür geben wir bereitwillig bis zu dreißig Prozent von unserem Gehalt aus, um unser Leben einer ständigen Gefahr *auszusetzen*. Zu dem kommt die Lärm- und Abgasbelastung durch den Straßenverkehr, welche unsere Gesundheit und Umwelt gefährden. Viele Länder, die wir aus Reiseerzählungen, von TV-Reportagen oder Diashows kennen, wollen wir mit einer Autoreise selbst erkunden. Eine Steigerung bedeutet das Verreisen mit dem Flugzeug. Wir nehmen dafür lange Wartezeiten bei der Abfertigung im Schalterraum, bei der Gepäcks- und Leibeskontrolle in Kauf. Würden bei einem Einkauf in einem Geschäft von uns die Personaldaten erhoben, danach gefragt, woher wir kommen, und um den Grund des Einkaufes, wir würden ein anderes Geschäft ansteuern. Müssten wir beim Betreten eines Shoppingcenters einen Ausweis vorweisen und einen Fingerabdruck hinterlassen, würden wir schnellstens umkehren. Anders verhalten wir uns bei einer Flugreise, alles freiwillig und zur eigenen Sicherheit, die eine Illusion ist. Irgendwann wird wieder jemand so fanatisch sein und ein Flugzeug in die Luft sprengen oder ein technisches Gebrechen wird auftreten. Die körperlichen Beschwerden nach einem Flug nimmt man ohne Murren in Kauf. Am Arbeitsplatz wird bei ähnlichen Symptomen der Arbeitsinspektor eingeschaltet.[18]

Lichtverschmutzung Menschen und Tieren zufügt, als dringender erwägen sollte.

[18] Kommentar von G: Verrücktsein gehört zum Leben. Man macht Sachen aus Leidenschaft, aus Ehrgeiz, aus Geltungssucht, aus einem Traum heraus, auch manchmal einfach durch fehlendes Bewusstsein. Wie soll

Während der Bahnfahrt lege ich die Zeitung zur Seite, die mir zu viel von bombardierten Dörfern und zerfetzten Körpern berichtet. Ich unterhalte mich mit Mitreisenden, dabei rückt das Thema Flugreisen schnell in den Mittelpunkt. Meine Bodenständigkeit und Vorliebe für das Zugfahren erweisen sich dafür als nicht ergiebig. Am Bahnhof Chiemsee kommt vom Zugbegleiter die Aufforderung, die Reisenden nach München sollen in den Regionalzug umsteigen, der EC-Zug sei restlos überfüllt. Im Eingang zum Zugabteil sitzen drei Burschen am Boden, überall stapeln sich die Koffer und für einen Kinderwagen soll im Vorraum auch noch Platz sein. Die Reisenden im überfüllten Zug verhalten sich ganz unterschiedlich. Einige schlafen, sie verschlafen die *Überfüllung*, ihnen begegnet man mit Zurückhaltung. Andere packen den Laptop aus und sind auf einer virtuellen Reise oder haben die Kopfhörer vom IPod im Ohr. Auf der Suche nach den restlichen Familienmitgliedern drängen sich einzelne Personen mühsam durch den Mittelgang. Drei Kinder spielen am Boden *Fang den Hut*, die Würfel rollen immer wieder unter die Sitze. In der Mitte vom Zugabteil *läuft* ein dunkelhäutiges Mädchen mit dem Zug mit. Sie hat die Fantasie, dass, hört sie zum Laufen auf, der Zug zum Stillstand kommt. Auf der Stirn beginnt sie zu schwitzen, nach einiger Zeit gibt sie auf und verlangt nach ihren Haribo Gummis. Ein graumelierter Herr im hellen Anzug ist in ein Piper-Taschenbuch vertieft. Die ständig drängenden und stoßenden Passanten verleiden ihm das Lesen, er verschränkt seine Arme und schaut aus dem Zugfenster. Ein Mädel und ein Bub haben auf den Oberschenkeln eine Obststeige, sie dient als Transportbehälter für zwei Zwerghasen. Die unterschiedlichen Handyklingeltöne ergeben eine eigenwillige Komposition. Zwei Ehepaare

---

man dies beurteilen, dass jemand mehrere Stunden durch die Gegend fährt, um mit seiner Liebsten für sechzig Minuten ins Museum zu gehen, um dann wieder nach Hause zu fahren? Was macht es für einen Sinn, so wie meine Oma jeden Tag, bei jedem Wetter zweimal in die Kirche zu laufen? Erfahrungen anzuhäufen, macht dies Sinn? Manche können die haarsträubendsten Erlebnisse vorweisen, haben vieles bis zum Grund ausgelotet. Sie sind wissend, aber wissen sie mehr als einer, der sein Leben völlig dem Studium der Violine gewidmet hat?

sitzen sich gegenüber und haben ein *Sechsertragerl Löwenbräu* auf der Ablage stehen. Gemeinsam lesen sie die Bild-Zeitung und nehmen dazwischen einen Schluck aus der Bierflasche. Argwöhnisch blicken andere drein, wenn sich jemand zu ihnen setzt.

Die Entscheidung, welchen Platz man wählen soll, fällt beim Kauf einer Eintrittskarte. Bei nummerierten Plätzen ist diese Wahl nicht mehr zu ändern, obwohl man nach dem Betreten des Saals den Platz noch tauschen möchte. Ungezwungener ist es bei der freien Platzwahl, da hat jeder seine Vorlieben. Manche sitzen gerne nahe bei der Bühne, andere lieber in der Mitte vom Saal, am rechten oder linken Seitenrand. Verändern sich die Sichtverhältnisse durch hereinströmende Besucher, besteht die Alternative, den Platz zu wechseln. Deshalb wechsle ich zwei- bis dreimal den Platz, bis sich die Partnerin sträubt, noch einmal aufzustehen. In den seltenen Fällen gefällt mir das zugewiesene Hotelzimmer, ein zweites anzuschauen gehört zur Regel. Im Villacher Parkcafé weiß ich aus Erfahrung, wo ich sitzen muss, um in Ruhe die Zeitung zu lesen, meine Notizen zu schreiben, und wo ich zudem die Menschen beobachten kann.[19]

Die Wortkomposition *Radiomüll* könnte für eine Recyclingidee stehen, bei der man aus Altstoffen ein preiswertes Radio erzeugt. Nach dem Vorbild der PC-Branche ist es bestimmt möglich, einen günstigen Universalempfänger für Dritte-Welt-Länder herzustellen. Ob

---

[19] Kommentar von E: Deine Frau kann ich gut verstehen. Ich sitze gerne in der Nähe des Ausgangs. Auf die Idee, mir ein anderes Zimmer zeigen zu lassen, bin ich noch nie gekommen.

Kommentar von G: Einen besseren Platz suche ich fast nie. Und das Zimmer im Hotel? Das akzeptiere ich zunächst einmal.

Kommentar von D: Du klingst wie eine Frau, dabei behauptete Mario Barth, dass Männer so glücklich sind, weil sie primitiv sind.

dort die passende Infrastruktur für den Rundfunkempfang besteht? Die Ära des Festnetztelefons wurde in Teilen von Afrika übersprungen, jetzt sind die Bewohner eifrige Benützer des Handys. So dürfte manche Radiotradition übersprungen worden sein. Beim Hören der Frühsendung im Regionalradio fällt mir das Wort *Radiomüll* ein. Frühmorgens bin ich empfindsam für alles. Meine Psyche liegt nackt auf dem Frühstückstisch. Während der Nacht löst sich eine Schutzfolie um die andere von der Seele, die letzte hat sich durch die Träume verflüchtigt. Nachts hat es die Innenwelt nicht notwendig, sich durch eine Folie zu schützen. So spaziert sie frühmorgens ungeschützt durch die Wohnung und will von keinem Wort und von keiner Schlagermusik berührt werden. Mit eingeübten Ritualen zieht sich die Seele eine Schutzfolie um die andere für den Tag über. Dieses *Auftanken* ist ähnlich der Situation, wenn einer Wunde ein neuer Verband angelegt wird.

Die *Wecker-Sendungen*, wie sie in vielen Haushalten oder in den ersten Stunden am Arbeitsplatz gehört werden, schießen ein Feuerwerk an *Gute-Laune-Giftpfeilen* auf meine Seele ab. Der musikalische Müll ergießt sich über mein bloßgelegtes Inneres. Dazu gesellen sich die aktuellen Nachrichten mit den Verkehrsunfällen, den Einbrüchen und den Toten bei einer Bombenexplosion. Die Wetteraussichten werden jede halbe Stunde wiederholt, einmal scheint für die Seele die Sonne, in der nächsten Viertelstunde schneit es. Den Radiohörern wird ein *Gute-Laune-Cocktail* verabreicht, für mich ist es ein Giftbecher. Eine Aufforderung, bei fröhlicher Schlagermusik den Schierlingsbecher zu leeren.

Am Gehsteig, im Geschäft, im Café, auf dem Bauernmarkt und im Einkaufszentrum – überall sind im Hintergrund Musik und Werbedurchsagen zu hören. Diese *Hintergrundmusik* soll bei den Besuchern die Einkaufsstimmung wecken. Als Konsumenten haben wir uns an diese Berieselung gewöhnt. Umgekehrt: Es fehlt uns etwas, ist keine da. *Läuft* in einer Gaststätte keine Musik, löst dies bei manchen Menschen Unruhe aus. Der Spruch *Mit Musik geht alles besser* hat sich tief in unser Gehirn eingeprägt. Bei der Äußerung *Ich habe Musik im Kopf* wird niemand weiter nachfragen. Sagt jemand, *er kann Stimmen hören*, dann nehmen dies die Umstehenden mit Argwohn zur Kenntnis. Von manchen Entscheidungen sagen wir: *Wir sind der inneren Stimme gefolgt.* Sie gilt als Indikator für die richtige Wahl. Es ist nicht immer leicht, aus verschiedenen inneren Stimmen die richtige zu wählen, verzichten kann darauf niemand. Die Menschheitsgeschichte wird mitgeprägt von Prophetinnen und Propheten, die einer inneren Stimme gefolgt sind und diese Offenbarungen aufgeschrieben haben. Vom gesprochenen Wort fühlen wir uns stärker angezogen als vom geschriebenen Text. Bei einer Wanderung in unbewohnten Berggegenden fühlen wir uns wohler, wenn wir ein Stimmengewirr hören. Lange, bevor man die Menschen sehen kann, hört man ihre Stimmen. Beim Telefonieren benutzte man früher eine Wählscheibe. Nach dem Herstellen der Sprechverbindung hat man gerufen: „Wie schön, deine Stimme zu hören!" und am Ende des Gesprächs: „Ruf doch bald wieder an." Die SMS sind dagegen eine tonlose Angelegenheit.[20]

An den Wienern wird ihre Kaffeehauskultur gelobt. Sie verbinden damit, in Ruhe einen Kaffee zu trinken und dabei die Tageszeitungen zu lesen oder sich mit Freunden zu unterhalten. Als Stammkunde wird man vom Ober beim Eintreten namentlich begrüßt und bekommt ohne Bestellung seinen gewohnten Kaffee serviert. Die Stadt Wien hat einige Kaffeehausinstitutionen – das Café Sacher, das Café Landmann und das Café Hawelka. Wie der Stephansdom

---

[20] Kommentar von S: Eine innere Stimme höre ich nicht. Aber ich spüre ein „gutes Gefühl" in mir, wenn ich eine Entscheidung getroffen habe. Ich fühle mich dem gesprochenen Wort verbunden. Im Internet bemerke ich öfter, dass Geschriebenes oft zu Missverständnissen führt. Vielleicht, weil man die Stimmung nicht herauslesen kann. Empfindungen, die hinter dem nüchternen Wort stehen, geben diesem erst die richtige Bedeutung.

ist das *Sacher* eine touristische Institution. Unter dem Touristenansturm leidet dort die Wiener Gemütlichkeit. Zu einer Legende geworden ist das Café Hawelka. Seit seinem Bestehen verkehren dort Schriftsteller, Maler und Schauspieler. Die Einrichtung, der Boden, die Wände und die Decke: Alles ist in schwarz gehalten. Die zum Schwarzsehen geneigten Künstler fühlen sich hier wohl. Dies wird auch bei den Stadtführungen erwähnt. Bekannte Wiener Literaten ziehen sich in ihre Kaffeehäuser zurück, um dort ihre Texte zu verfassen. Die Nostalgie des Wiener Kaffeehauses wird nicht von allen geschätzt. Die Jugendlichen ziehen das modern gestylte, mit Videoleinwand und Musikboxen ausgestattete Café dem traditionsreichen vor. Im Firmenfolder verweist das Café vom Stadtteil Völkendorf auf die Wiener Kaffeehauskultur: *Ob in einem Café zu schreiben, wie es viele berühmte Literaten dieses Landes taten, oder zu lesen – beides ist für uns Ausdruck österreichischer Kaffeehauskultur. Deshalb bieten wir in unserem Lokal neben den Tageszeitungen auch Bücher an, um darin zu lesen und zu schmökern. Es ist erlaubt, ein Buch mit nach Hause zu nehmen und zu behalten, wenn man im Gegenzug dem Café ein Buch zur Verfügung stellt.* Es ist der Wunsch der Inhaber, die Gäste zu animieren, neben der Tageszeitung auch in einem Buch zu lesen. [21]

Die Auseinandersetzung mit religiösen Gedanken ist ein sinnvoller Weg, um eine Antwort auf die Vorgänge von Geburt, das Leben und den Tod zu finden. Zwischen den Pfeilern Geburt und Tod sind wir eingezwängt und gezwungen zu leben. Bei einer Frühgeburt beginnt der Überlebensdrang gleich nach der Entbindung,

---

[9] Kommentar von P: Klagenfurt ist die einzige Landeshauptstadt ohne Bücherei, dafür mit einem millionenteuren Stadion, das keiner braucht. Umso besser, dass es so ein Lokal gibt.

Kommentar von G: Eines meiner Lieblingsbücher ist das von Fritz Muliar über Kaffee und Kaffeegenuss. Ich habe das eine oder andere Café, was von ihm empfohlen wurde, aufgesucht. Fritz Muliar hat auf die Frage „Einen Kaffee?" stets mit „Immer!" geantwortet.

Frühchen brauchen einen starken Lebenswillen. Später kommt es zum Tauziehen um einen guten Platz in der Klassengemeinschaft. Hier herrscht das Recht des Stärkeren oder des Gescheiteren. Verfügt man über keine der beiden Eigenschaften, muss man versuchen, eine Nische zu finden. Ein geschickter Fußballer, eine schöne Gesangsstimme, ein schneller Läufer oder ein guter Zeichner zu sein, ist schon von Vorteil. Dieses Gerangel setzt sich im Leben fort und nimmt an Heftigkeit zu. Die meisten Chancen haben diejenigen, welche die Besseren oder Stärkeren sind oder für sich eine Nische gefunden haben. In den Nischen funktioniert vieles ohne das *Nach-unten-Treten*, das Verdrängen von anderen.

Bei den Fernsehliveberichten über *das Wunder von Chile*, die Rettungsaktion für die eingeschlossenen Bergleute nach einem Grubenunglück aus 700 Meter Tiefe, wurde jede Gesichtsfalte, jede Träne, jede Regung der Geretteten und der wartenden Angehörigen von den Fernsehkameras live übertragen. Diesen Nahaufnahmen konnte man sich emotional nicht entziehen. Manchen Zuschauern haben diese Bilder für Stunden geholfen, ihrer eigenen misslichen Lage zu entfliehen. Es ist kaum vorstellbar, selbst in eine so lebensgefährliche Situation zu geraten. Nach der Bergung wurden die Bergleute den Millionen Fernsehzuschauern frisch geduscht, rasiert und mit sauberer Kleidung präsentiert. Ich hatte den Eindruck, als kämen sie von einer aufregenden Höhlenexpedition mit überraschenden Entdeckungen zurück. Die Kleidung wurde von der Firma Oakley gesponsert. Nach einem solchen Ereignis stellt sich die Frage: Wie lange können wir ohne Radio, Fernsehen und Internet auskommen? Diese Katastrophe lässt uns alle, auch nicht Betroffene, enger zusammenrücken. Es ist ein Anknüpfungspunkt für ein Gespräch mit Unbekannten. Nach einer Woche Urlaub ohne Medien kann ich feststellen, nichts versäumt zu haben. Auch sonst verschwinden Nachrichten, die keine persönliche Bedeutung haben, bald aus meinem Gedächtnis. Neuigkeiten, die für mich etwas bedeuten, erfahre ich über den Gartenzaun von den Nachbarn.

Das Regelwerk des biologischen Lebens bleibt für mich in vielem unverständlich. Noch geheimnisvoller sind die Strukturen der Seele. Das Verstehen von Geburt, Leben und Tod wird einfacher, wenn ich diese als gegeben akzeptiere. Meinem Dafürhalten nach beschäftigen sich Maler, Komponisten und Schriftsteller wenig mit den Auswirkungen ihrer Kunst. Von den Betrachtern, den Hörern und den Lesern wird vieles in das Werk hineininterpretiert.

Können für uns Tiere Lehrmeister sein, für mich wären dies die Wohnungskatzen Undine und Charly. Will Undine aus dem Wohnzimmer, kratzt sie mit zeitlichem Abstand zwei- bis dreimal an der Tür und schaut mich dabei fragend an. Reagiere ich nicht, springt sie hoch und hält sich für einen Moment mit beiden Vorderpfoten an der Türschnalle fest, die Tür ist offen. Die Hutablage von der Garderobe ist der Lieblingsplatz von Charly. Damit er dorthin gelangt, mache ich ihm die *Brücke*. Auf mein Geheiß, *hüpf halt!* springt er vom Boden auf meinen gekrümmten Rücken, von dort auf den Schuhkasten und weiter auf die Hutablage. Die Katzen können ein Vorbild sein für einen erholsamen Schlaf und bei unerträglichem Lärm einen ruhigeren Ort aufzusuchen.

Wir haben die Untugend, vieles auf später zu verschieben, anstatt es sofort in den Lebensalltag einzubauen. Manches Mal verliert man die Kraft dazu und plötzlich ist es zu spät...

Bei einer Neuanschaffung können die Radfahrer unter einer Vielfalt von Fahrradmodellen wählen. Die meisten Räder sind mit einem Alu-Rahmen und weiteren technischen Raffinessen ausgestattet: Federgabeln, Narbendynamo, Scheibenbremsen, hydraulische Bremsen, dazu ein Shimano-Schaltwerk von 24 Gängen. In unterschiedlichen Ausführungen, entsprechend dem Verwendungszweck: Mountainbike, Trekkingbike oder City Bike. Dazu gehört die funktionelle Radbekleidung, Schweiß absorbierend und in allen Farben erhältlich. Das Fahrrad kann für das Kraft- und Ausdauertraining, für einen Familienausflug oder für ein Gruppenerlebnis eingesetzt werden. Das Vergnügen und die körperliche Fitness stehen heute dabei im Vordergrund. Aus Kostengründen und zur Schonung der Umwelt erledigen viele ihre Einkäufe mit dem Rad. Ältere Frauen mit Kopftuch und Herrn mit Hut sieht man sonntags mit einem schmucklosen Fahrrad, Antrieb gekoppelt mit Rücktritt, auf Feldwegen unterwegs. Das Fahrrad wird benützt, um die Verwandten im nächsten Dorf zu besuchen oder Feldfrüchte zu transportieren.

In den fünfziger Jahren bildeten die Radfahrer in Friaul eine politische Gruppierung. Die Landarbeiter fuhren Sonntagnachmittags mit den Rädern zu den Parteiversammlungen. Der Maler Zaigane aus Friaul bringt die soziale Funktion der Fahrräder in seinen Bildern zum Ausdruck. Er malte Landschaften mit Fahrrädern, in Blau- und Grüntönen. Wo Sensen zu den Rädern hinzukommen, wirken die Bilder bedrohlich. Das Rad und die Sense waren die Waffen der Landbevölkerung. In späteren Jahren kommen in den Bildern die Landarbeiter dazu. In manchen Darstellungen verschmelzen der Fahrer und das Rad zu einer Kampfmaschine.

Die Anwohner der Saint-Julien-Straße bereiteten zu Beginn dieses Sommers den Autofahrern eine *Atempause*. Sie sperrten die Straße an einem Wochenende für den Autoverkehr und feierten dort das

Fest *Fairkehr*. Die Straße ist ein Zubringer zum Salzburger Haupt-
bahnhof und täglich stark befahren. Große Abschnitte der Fahrbahn wurden mit Rasen belegt und dazwischen Blumeninseln geschaffen. Die Rasenflächen benützten die Menschen zum *Mensch-
ärgere-dich-nicht-*, *UNO-* und Ballspielen. An mehreren Standorten
wurde, mit Gitarre und Ziehharmonika, musiziert. Die *Freizügigen*
lagen oben ohne in den Liegestühlen und lasen in einem Buch. Die
Biertische und -bänke waren gut besetzt, die *Autonomen* brachten
den eigenen Klappstuhl mit. Es herrschte ein dichtes Gedränge von
Einheimischen und Zuwanderern, von der Oma bis zu den Klein-
kindern. Darunter mischten sich die Radfahrer und die Inlineskater.
Die Besucher konnten beim Essen unter türkischen und persischen
Spezialitäten, zwischen Pizza und Kebab oder Weißwurst mit Bier
wählen. In der Feldküche wurden eine vegetarische Gulaschsuppe
und ein Gulasch mit Polenta ausgekocht. Nützliche Informationen
über Umwelt und Soziales gab es bei den Info-Ständen der katholischen Frauenbewegung, den Kinderfreunden, der Arbeiterkammer, dem Klimabündnis und beim Stadtbus. Auf vier Füßen bewegten sich bunt bemalte Kartonautos vorwärts.

Die vielen Besucher machen es im Sommer fast unmöglich, die
Stadt Salzburg mit dem Fahrrad zu erkunden. In der Getreidegasse,
der meistbesuchten Straße der Stadt, gibt es kein Durchkommen.
In der Gesäßtasche habe ich Notizbuch und Kugelschreiber
schreibbereit – soviel ich schaue, ich entdecke nichts Neues. Auf
dem Residenzplatz setze ich mich im Freien beim Café Demel nieder und bestelle einen Cappuccino. Endlos viele Gruppen ziehen
in der Sommerhitze mit ihrem Stadtführer vorbei. Die Mittags-
sonne bringt sie zum Schwitzen, mit einem Regenschirm schützen
sich einige davor. Bei der Betrachtung einzelner Personen komme
ich zum Schluss, dass alle Amerikaner übergewichtig sind. „Gibt es
Torten für Milchallergiker?", wird der Ober am Nebentisch gefragt.
Diesen seltenen Wunsch kann die ehemalige K. u. K. Hofbäckerei
erfüllen. *Christkönig kommt Ende November*, davon versucht ein junger

Mann die Kaffeehausbesucher zu überzeugen und legt ein Heiligenbildchen auf die Tische. Junge Paare spazieren mit Einkaufstaschen von Zara und Tommy Hilfinger vorbei. Am Kapitelplatz steht in der Mitte eine große goldene Kugel und darauf ein kleiner Mann, der fragend und orientierungslos in die Welt schaut. Von hier fahre ich weiter zu dem kaum frequentierten Kajetanerplatz. Vor einem Souvenirgeschäft lehnt ein Plakatständer: *Letzte Möglichkeit vor der Autobahn, 18 Stück Mozartkugeln um € 4,95.* Die nächste Autobahnauffahrt liegt weit entfernt am Stadtrand. Wozu diese Tafel in der verkehrsberuhigten Zone in der Innenstadt? In jeder Gasse der Innenstadt hat W. A. Mozart gewohnt und lebt weiter in Form von Mozartkugeln. Noch schnell besorgt, bevor man die Stadt über die Autobahn verlässt. Der bekannte Barockmaler Sylvester Bauer hat in diesem Viertel gelebt. An der Fassade des Cafés gibt es für ihn eine Gedenktafel.

In Gedanken sitze ich schon im Zugabteil, bevor die Reise beginnt. Ich grüble darüber nach, welchen Platz ich bekommen werde und wer die unmittelbaren Nachbarn sein werden. Zumeist treffe ich knapp vor der Abfahrt am Bahnhofsgelände ein und habe es sehr eilig. Es bleibt keine Zeit, um einen Blick auf das Treiben am Bahnhofsvorplatz und in der Bahnhofshalle zu werfen. Diesmal verweile ich vor der Abfahrt auf dem neu gestalteten Villacher Bahnhofsvorplatz, um ihn zu genießen. Der Platz – es sind zwei Plätze, einer links und einer rechts der Bahnhofsstraße – ist offen, luftig und übersichtlich gestaltet. Eine Gruppe von Volksschülern, alle mit gelben Sicherheitswesten ausgestattet, überquert diesen am frühen Morgen. Beflissene Vertreter eilen zu den angrenzenden Geschäften, ein Thyssenmonteur macht sich an der Fahrstuhlsteuerung des Hochhauses zu schaffen. Frauen – verschiedenen Alters – gehen zum Billa Lebensmittel einkaufen, ein junger Schlosserlehrling holt für seine Kollegen die Jausenbrote und ein paar Flaschen Bier. Am Vorplatz herrscht ein ständiges Kommen von Rad- und Zugtouristen. Die Raucher sitzen an den Cafétischen im Freien bei einem

Cappuccino und der ersten Zigarette. Das Lieferauto von Ölz parkt rückwärts ein.

Das Zugabteil ist unterbesetzt, die wenigen Fahrgäste bevorzugen einen Fensterplatz oder einen Platz mit Fußfreiheit. Ein junger Bursche packt auf der anderen Seite seinen Laptop aus einer Tasche mit der Aufschrift *Studieren in Innsbruck* aus. Der Zug fährt pünktlich ab. Nach etlichen Kilometern hallen Schmerzenslaute, Schreie und Stöhnen durch das Abteil. Einige Bänke vor mir sitzt eine junge Frau, neben sich einige Illustrierte. Sie beginnt von neuem ein Selbstgespräch, wird lauter und beschuldigt jemanden Abwesenden, sie betrogen und hintergangen zu haben. Sie hat keinen Ansprechpartner, sinkt in sich zusammen und stimmt ein Wehklagen an. Die meisten Reisenden fühlen sich in ihrer Ruhe gestört, es bildet sich eine aufgeheizte Situation. Als Mitreisende sind wir hilflos und können mit der Situation nicht umgehen. Die direkten Sitznachbarn befreien sich daraus, indem sie den Platz wechseln. Vom Schaffner will sie wissen, wann der nächste Tunnel kommt. Gibt es einen Lichtblick nach dem Tunnel? [22]

Werde ich nach einem Wienbesuch nach einer typischen *Wiener Geste* gefragt, dann erzähle ich dieses: „In der U-Bahn verschränkte Arme auf den Oberschenkeln, welche die Handtasche oder den Stadtrucksack fest umschließen. Die Taschen werden krampfhaft mit beiden Händen festgehalten." Aufgefallen ist mir bei den Fahrgästen ein offenes Misstrauen gegenüber dem Sitznachbar. Sieht ein Sitznachbar äußerlich unordentlich aus, erfolgt ein plötzlicher Platzwechsel. Die U-Bahn bringt einen schnell zu den Zentren und

---

[22] Kommentar von G: Der einzige Unterschied zwischen obiger Frau und uns ist, dass wir lautlos klagen über Untreue, Erlittenes, über Unrecht und seelische Schmerzen. Das ist oft unser tägliches Brot. Es gibt einen kulturellen Mechanismus, der dies alles drin lässt. Bei der Frau existiert er nicht, that's all.

wichtigsten Plätzen der Stadt. Es ist nicht ungewöhnlich, dass jemand seinen Big Mac mit dem Hund teilt. Die Gratiszeitungen, welche beim Eingang zur U-Bahn-Station stapelweise liegen, werden mitgenommen, durchgeblättert und im Waggon achtlos auf den Boden geworfen. Beim Gehen durch die Waggons muss man über einen Zeitungsblätterwald steigen. Im Stephansdom angelangt, befinden sich rechts und links vom Eingang die Altäre der Heiligen. Dort kann man gegen Bezahlung ein Teelicht anzünden, um der persönlichen Fürbitte mehr Nachdruck zu verleihen. Die Bitte auf einen Zettel zu schreiben und in einen Korb zu werfen, ist bequemer. Der Dompfarrer versichert mir, dass bei einer Spende für alle Bitten im Korb am 18. 8. gebetet wird.

Vor kurzem bin ich mit dem Fahrrad an der Villacher Stadthalle vorbeigeradelt. Aus mehreren Seitenstraßen kamen Frauen und Männer, Mädchen und Burschen, die auf den Eingang der Stadthalle zuströmten. Sie waren mit einem heiteren Gesicht, gut gelaunt und in farbenfrohen Kleidern unterwegs. Die verschiedenen Gruppen begrüßten sich vor dem Eingang herzlichst und redeten angeregt miteinander. Ich kam zufällig vorbei und konnte die Begeisterung, welche diese Menschen ausströmten, spüren. Die Fröhlichkeit war ansteckend, in der Stadthalle erwartete sie die *Frohe Botschaft*. An diesem Wochenende hielten die *Zeugen Jehovas* ihren Jahreskongress ab. In der Nähe der katholischen Kirche vermisse ich am Sonntag, dass Junge und Ältere mit Fröhlichkeit auf die Kirche zusteuern. Dort nähert man sich dem Gotteshaus mit ernstem Gesicht und in sich gekehrt. Die Christen konfrontiert man zuerst mit der Sünde, mit allem, was sie falsch machen und an dem sie scheitern. Hoffnung wird durch Reue, Askese und Verzicht geweckt. Den Gläubigen muss es schwerfallen, den Zustand der Glückseligkeit zu erreichen, dieser Prozess muss schmerzhaft sein. Die Kirchenbesucher folgen – in den schlecht ausgeleuchteten Kirchen – mit ernstem Gesicht dem Ablauf der Dramaturgie. Die Messliturgie wirkt bedrohlich, nie kommt Fröhlichkeit auf. Lieder, die während der Feier gesungen werden, verkünden von Opfer und Schmerz. Bin ich bei der richtigen Glaubensgemeinschaft oder kommen die ausgesandten Signale bei mir falsch an?[23]

Der Ausspruch *Gottes Tiergarten ist groß* trifft nicht nur auf die Vielzahl der Tiere in der freien Wildbahn zu, damit kann auch ein Bekannter gemeint sein, dessen Verhalten verwunderlich ist. So wie ein Mann aus der Nachbarschaft. Er ist zu Fuß, mit einem Motorradhelm am Kopf, in Richtung *Maibachl* unterwegs. Am Rücken trägt er einen Rucksack, in der linken Hand hat er einen Skistock und redet mit sich selbst. Sein Ton wird immer lauter, man hört ihn schon in dreißig Meter Entfernung. Er schimpft über den Freund, dem er in seiner Keusche ein Zimmer überlassen hat, und jetzt soll er dessen Strom- und Heizkosten bezahlen. Noch dazu stiehlt er ihm seine Jause aus dem Kühlschrank, da dieser sein Geld für alkoholische Getränke ausgibt. Die meisten Spaziergänger ignorieren ihn, andere werfen einen mitleidigen Blick hinterher. Er und sein Freund bilden seit Jahren eine Wohngemeinschaft.

---

[23] Kommentar von SP: Haben „wir Christen" nicht die Kunst? Aber, was mir schon seit geraumer Zeit einer Erklärung bedarf: Jesus trägt in der Bretagne, dargestellt als Gärtner mit Maria Magdalena, seinen Spaten in der linken Hand. Weshalb trägt Jesus seinen Spaten in der linken Hand?

Kommentar von E: Von Linkshändern sagt man heutzutage, sie seien kreativer als Rechtshänder. Früher war das anders. In dem Zusammenhang wäre auch interessant, ob Jesus' Ohrläppchen angewachsen waren oder nicht. Menschen mit angewachsenen Ohrläppchen sagt man laut Test nach, dass sie intelligenter sind als die mit freischwingenden Ohrläppchen.

Kommentar von SP: Trotzdem, wie können Sie eine Linkshändigkeit Jesu ins Spiel bringen? Die Erzählung wurde doch oft genug erzählt, dass Jesus nach seiner Auferstehung durch eine geschlossene Tür geht; an einem „Abend" – wie jetzt, zur Stunde. Dann tritt er in die Mitte der Jünger. Sind nicht Türen im Allgemeinen für Rechtshänder verschlossen?

Am ökumenischen Weltgebetstag der Frauen erkundige ich mich in einer Drautaler Pfarre, ob dazu auch Männer eingeladen sind. Die Organisatorin erklärt mir in einem Telefongespräch den Ablauf der Aktion. Am Frauengebetstag nehmen nur wenige Männer teil. Die Ursache liege nicht am Motto, sondern für religiöse und spirituelle Themen engagieren sich mehr Frauen als Männer. Dieses Jahr stehen das Beten und Singen afrikanischer Lieder im Mittelpunkt. Es gibt einen Diavortrag über die wirtschaftliche und politische Lage der Frauen in Kamerun. Dazu wird eine typische Speise aus Kamerun serviert. Ein Kaffee und ein Butterbrot bilden den Abschluss eines jeden Frauengebetstages. Als Verantwortliche für die Butterbrote legt sie besonderen Wert darauf, dass *Drautaler Butter* verwendet wird. Als Kinder mussten wir stundenlang am Rührkübel drehen, bis aus Milch Butter wurde. Eine Verbindung mit den Installationen von Joseph Beuys, der dabei Butter verwendet hat, konnte sie nicht herstellen. Die Butter, ein vergängliches Material, führte nach einiger Zeit zum *Beuys'schen Fettfleck*. Mir wird bewusst: Zu vielen religiösen Veranstaltungen kommen hauptsächlich Frauen. In einem Untergailtaler Pfarrhof besuchte ich ein Referat von J. Atzmüller. Er berichtete von seiner persönlichen Sterbeerfahrung. Als einziger Mann wurde ich von ihm persönlich begrüßt. Beim Umschauen habe ich nur in Frauengesichter geblickt.

In den neunziger Jahren wurde der mehrteilige Fernsehfilm *Die Dornenvögel* als Straßenfeger bezeichnet. Die Straßen und Plätze in den Siedlungen waren während der Sendezeit leer, alles saß vor dem Fernseher. Bei wenigen TV-Ereignissen trifft dies heute noch zu – bei einem Abfahrtslauf und für die erste Hochrechnung bei einer Nationalratswahl. Für die Generation unter dreißig gibt es die Straßenfeger nicht mehr, sie beziehen ihre Unterhaltung vom Handy oder IPod. Als *leer gefegt* empfinde ich den Villacher Hauptplatz außerhalb der Eventzeit. Ist die Faschings- und die Osterdekoration, zuletzt die Kirchtagsbeflaggung entfernt, falle ich in ein tiefes *De-*

koloch. Das Gehen über den Hauptplatz verbreitet Unsicherheit, anderseits gewinnt der Platz ohne Dekorationen an Ausstrahlung. Die neuen Treffpunkte der Jugend sind die Tankstellen, die Buswartehäuschen und die Pizzerias in den Fitnessstudios. Eine Autowaschanlage hat für die Twens mehr Anziehungskraft als eine historische Häuserzeile. Das Bummeln über den Hauptplatz ist nicht ihres, außer es gibt eine Musikveranstaltung. Den Besuch eines Museums vermeiden sie, weil die meisten Ausstellungsobjekte aus der Zeit vor dem Web 2.0 stammen.

Stirbt die Lebenspartnerin, mit der man über Jahrzehnte zusammengewohnt hat, ist dies ein schmerzlicher Verlust. Die Verstorbene wird in den höchsten Tönen gelobt, obwohl das Zusammenleben nicht immer reibungslos war. In der Wohnung erinnern viele Gegenstände an sie, dies tut weh. Die alten Fotoalben werden aus der Kommode geholt, darin geblättert und von ihr Bilder im Wohnzimmerschrank aufgestellt. In Zukunft wird sich dies ändern, da die Bilder am PC oder auf einer Foto-CD gespeichert sind. Die Frau des Nachbarn, sie waren über Jahrzehnte verheiratet, ist vor einem halben Jahr verstorben. Um seine selige Ehefrau über die Ereignisse in der Dobratschstraße zu unterrichten, geht der Nachbar mit dem Bild seiner Frau einmal in der Woche die Straße auf und ab. Dabei spricht er zur ihr und erzählt, was sich in den letzten Tagen zugetragen hat. Beim dritten Haus auf der linken Straßenseite wurde die Fassade neu gestrichen, beim nächsten hat sich das einzige Kind beim Spielen verletzt. Die Familie von der gegenüberliegenden Straßenseite ist in den Sommerurlaub gefahren. Die siebzehnjährige Tochter von nebenan hat seit drei Monaten einen festen Freund. Es dauert einen Nachmittag, bis er die ganze Siedlung durchquert hat, seine verstorbene Gattin ist danach über vieles informiert. Bekannte berichten mir, Frauen gelingt es leichter, über den Verlust des Partners hinwegzukommen als den Männern. Sie finden in der Hausarbeit und im Zubereiten der Mahlzeiten eine fortlaufende Aufgabe. Hinzu kommen der tägliche Friedhofbesuch und die

Grabpflege. Am Friedhof konnte ich zusehen, wie Frauen ein stilles Zwiegespräch mit dem verstorbenen Mann führen und ihren Kummer bei ihm abladen.

Der Sommer kann nicht alle Wünsche zufriedenstellen, für kurze Zeit war es zu heiß, dann wieder zu kalt. Die wenigsten sind mit dem Sommerwetter zufrieden. Es regnete, als man daranging, am Haus eine Wärmeisolierung, die jetzt im Trend liegt, anzubringen. Dafür gibt es einen namhaften Zuschuss von der Umweltschutzabteilung. Die Isolierungsarbeiten führen viele, unter Beiziehung einer Baufirma, in Eigenregie durch. Ein Großteil der Arbeiten wird von Freunden und Verwandten geleistet. Der Hausherr erweist sich bei den Vorbereitungsarbeiten als Allroundkönner. Für die Ehefrau ist es selbstverständlich, dass er dafür seine Urlaubstage verwendet. Alles zum Wohle der Kinder, die bereits im Nachbarort einen eigenen Hausstand gegründet haben. Niemand weiß, ob sie in das Elternhaus zurückkehren werden. Diese geheime Hoffnung im Visier, wird die Wärmeisolierung angebracht. Mit jeder Schraube, es sind Tausende, die in die Wand gedübelt werden, wird diese Zuversicht dingfest gemacht. Die Erwartungen werden niet- und nagelfest angeschraubt. Für den Hausherrn ist dies, nach dem beschwerlichen Arbeitstag, die letzte große Herausforderung vor der Pension. Auch wenn das Wetter nicht immer mitmacht und er ein höheres Risiko eingehen muss. Die Gerüstbretter sind nass und rutschig, trotzdem wird an der Fassade weitergedübelt. Unter den wohlwollenden Blicken der Hausfrau ist seine Sicherheit nicht immer gewährleistet.

Wer durch die Bahnhofstraße in Villach spaziert, trifft auf Menschen verschiedener Kulturen. Die Unterschiede zeigen sich im Gesichtsausdruck und der Bekleidung. Diese Region ist seit jeher ein Schmelztiegel von Germanen, Romanen und Slawen. Auffassungsunterschiede in der Lebensart gibt es auch zwischen den Bewohnern der Bundesländer, wie Vorarlberg und Kärnten. Erwin Ringel hat darüber vor Jahren ein Buch verfasst – *Die österreichische Seele*. Auf die Besonderheit *der Kärntner Seele* hat er in seinem Vortrag im September 1985 in Keutschach am See hingewiesen. Die Verschiedenheit zwischen dem Vorarlberger und dem Kärntner Gemüt zeigt sich bereits im Verhalten der Kinder. Dazu kommt die unterschiedliche Erziehung. Beim Radfahren entlang der Ill kommt Jasmin, das Mädchen aus dem Montafon, auf dem nassen Laub ins Rutschen und stürzt zu Boden. In den ersten Schrecksekunden weint sie. Sie hat sich die Haut am Unterschenkel ein wenig abgeschürft, ist aber schnell wieder gefasst. Als sie feststellt, dass das Fahrrad unbeschädigt ist, strahlt sie über das ganze Gesicht und verkündet: „Die Abschürfungen am Fuß sind nicht schlimm, wäre das Fahrrad beschädigt, wäre es tragischer. Wir müssten es in einer Werkstatt reparieren lassen und dies würde Geld kosten." Lilly, das Mädchen aus dem Rosental, erwidert: „Sei froh, dass dir bei dem *Ausrutscher* nichts Schlimmeres passiert ist, ein Fahrrad kann repariert werden." Bei einer Wanderung um den Kopsstausee suchen die Mädchen Jasmin und Lilly nach schönen Steinen. Jedes der Mädchen findet eine Handvoll Steine und wäscht sie in einem Bach am Wegrand. Lilly strahlt: „Die schönsten Steine nehme ich nach Kärnten mit und verschenke sie an meine Freundinnen." „Nein", sagt daraufhin Jasmin, „die nehmen wir zum nächsten Flohmarkt in Schruns mit und verkaufen sie."

Viele Kärntner haben eine schöne Gesangsstimme und stimmen in die schwermütigen Kärntnerlieder ein. Als unmusikalischer Mensch höre ich dem gerne zu. Dabei finde ich viele der Liedertexte nicht besonders aussagekräftig. Auch bei den Neuen Kärntnerliedern haben sich die Inhalte nicht verändert. Es ist für ein Tal lobenswert, wenn die Wiesen so grün und die Bächlein so klar sind. Aber müssen wir dies in den Liedern hundertfach wiederholen? Wer ist heute noch *valossn wia a Stan auf da Schtroßn*? Fast jeder hat sein Handy dabei und ist überall erreichbar oder schickt per E-Mail Fotos vom Aufenthalt nach Hause. Der heutige Heimatbegriff hat sich etwa vor hundertfünfzig Jahren gebildet. In der Zeit der Industrialisierung sind aus den Tälern tausende Menschen in die Städte gezogen, um in den neu gegründeten Fabriken zu arbeiten. Um das Heimweh zu lindern, wurden damals die ersten Heimatlieder komponiert. Darin wurden die Naturschönheiten des verlassenen Tales besungen. Im Verhältnis zur Einwohnerzahl gibt es in keinem Bundesland so viele Chöre wie in Kärnten. Treffen sich drei Kärntner, beginnen sie zu singen. In einem anderen Bundesland wird einem Kärntner zuallererst die Frage gestellt, ob er bei einem Chor mitsingt. Frank, welcher seit über fünfzig Jahren in Australien lebt, hat bei einer Geburtstagsfeier im Rosental die schönsten volkstümlichen Schlager gesungen. Mit einer Hingabe, wie ich es noch nie erlebt habe. Melodien, die man bei uns kaum noch hört.

Beim ehemaligen Gemischtwarenhändler in Ferndorf konnte man außer Lebensmitteln auch ein Paar Gummistiefel, einen Besen und eine Packung Stahlnägel kaufen. Diese Produktbreite findet man in keinem der jetzigen Nahverkehrsläden, deren Geschäftsflächen dreimal so groß sind. Sie bieten Nahrungsmittel, Körperpflegeprodukte, Putzmittel und Getränke für den täglichen Bedarf an. Die größte Fläche steht für die Getränke zur Verfügung. Wasser als Durstlöscher ist nicht mehr so gefragt, dafür gibt es Limonaden in allen Farben und ein breites Sortiment an Bier- und Weinsorten. Auch bei der Freundlichkeit gibt es keine Ähnlichkeit mit dem früheren Krämer.

Der Einkauf für den täglichen Bedarf in einem Megamarkt ist eine ungemütliche Sache. Bis ich einen Bioapfelsaft und ein laktosefreies Joghurt zwischen siebenundvierzig verschiedenen Sorten aus allen EU-Staaten im Kühlregal finde, kann es zwanzig Minuten dauern. Ein schrilles Angebot an Nahrungsmitteln habe ich *am Graben in Wien* in einem Feinkostgeschäft gesehen. Hier werden Delikatessen unter dem Motto *Wer hat noch nicht, wer will einmal?* angeboten. In der

Gemüseabteilung kann ich zwischen achtzehn verschiedenen Kartoffelsorten wählen, passend zum Steak gibt es welche mit rotem Fruchtfleisch. Zwanzig Apfelsorten werden für die gesunde Jause angeboten. Die prall gefüllte Speck- und Wurstvitrine ist eine Augenweide, von der Decke baumeln die Salamistangen. So ähnlich hingen in meiner Kindheit am Bauernhof von der Schlafzimmerdecke die Hartwürstel. Beim Einpacken an der Kassa gibt es keinen Stress, dies erledigt ein Verkäufer. Egal, ob der Einkauf aus drei oder dreißig Artikeln besteht. Der mitgebrachte *Reindling* war der beste seiner Art, sagte die Partnerin.

Geht ein Lebensabschnitt zu Ende, dann kommen die Erinnerungen an die Anfänge. In einem Inserat der *Volkszeitung* wurde im Dezember, Anfang der siebziger Jahre, ein Nachfolger für ein Papiergeschäft in Arnoldstein gesucht. Dieses Inserat war die Initialzündung zu meiner Selbstständigkeit und meine Hoffnung, als eigenständiger Papier- und Buchhändler viel Zeit mit dem Lesen zu verbringen. Nach einem Telefongespräch mit dem Verpächter-Ehepaar fuhren mein Vater, der Bruder und ich am 24. Dezember mit einem VW-Käfer in das Gailtal, um das Geschäft zu besichtigen. Die Schneewände rechts und links der Straße reichten bis zum ersten Stock der Häuser. Das Geschäft, im Ortszentrum, war ein Zubau zum bestehenden Wohnhaus. Der Verkaufsraum hatte ein Ausmaß von ca. 25 m². Heute würde diese Verkaufsfläche für den Betrieb einer Würstelbude oder eines Süßwarenkiosk am Bahnhof reichen. Mit den Verpächtern wurden wir bei einem Glas Wein handelseinig und fuhren mit ein paar schriftlichen Zeilen nach Hause. Wir wollten zur Fütterung der Viecher und zur weihnachtlichen Bescherung rechtzeitig am Bauernhof im Drautal ankommen. Zu dieser Zeit war ich in einer Damenschuhfabrik in Spittal/Drau als *Absatzschrauber* beschäftigt. Im Akkord verschraubte ich pro Schicht etwa 2800 Stück Damenabsätze. Eine Woche vor der geplanten Geschäftseröffnung informierte ich den Personalchef: „Ich komme am Montag nicht mehr zur Arbeit." Dieser forderte mich auf, die vierzehntägige Kündigungsfrist einzuhalten, was ich ablehnte. Kurze Zeit später erschien der deutsche Betriebsleiter und drohte mir, sollte ich die Kündigungsfrist nicht einhalten, wird mir jeder Schuh, der durch meinen plötzlichen Abgang weniger produziert wird, von meinem ausstehenden Lohn abgezogen; die Firma diesen Produktionsausfall notfalls bei Gericht einklagen. Zu Jahresbeginn nahm ich einen Kredit auf, kaufte einen gebrauchten Renault 4 und bestellte bei einem Papiergroßhändler nach dem Bauchgefühl Waren für die Geschäftseröffnung. Das Auto war bemalt wie eine alte Bauerntruhe, der Vorbesitzer war ein Möbelrestaurator. Beladen mit einem Ölofen und einem Diwan, bin ich einen Tag vor der Geschäftseröffnung mit dem R4 nach Arnoldstein gefahren. Am nächsten Tag habe ich als schrulliger Papierhändler das Geschäft um sieben Uhr aufgesperrt.[24]

Schneller als ich es mir vorgestellt habe, sind die Jahre vor der Pensionierung vergangen. Wurde ich vor Jahren darauf aufmerksam gemacht, dann habe ich geantwortet: „Ich will nicht daran denken." Vor einem Jahre habe ich diesbezüglich bei der Pensionsversicherung nachgefragt, an den Gesetzen hatte sich nichts geändert, mit fünfundvierzig Versicherungsjahren kann ich in Pension gehen. Diese Regelung wurde von Pensionsexperten immer wieder in Frage gestellt. Die meisten Jugendlichen beginnen zurzeit ihre Berufslaufbahn mit fünfundzwanzig Jahren. In diesem Alter hatte ich schon seit zehn Jahren Beiträge in die Pensionsversicherung eingezahlt. Manches Mal schießt es mir durch den Kopf, wie es möglich war, als Krämer über vierzig Jahre selbstständig zu sein. Die Anforderungen im Handel haben sich in diesem Zeitraum immer wieder verändert. Für die kleinen Einzelhandelskaufleute haben während

---

[24] Kommentar von PZ: Hätte sich nicht zufällig der schrullige Papierhändler in unseren Ort verirrt, dann wäre die Literatur an mir abgeprallt wie die Fächer Physik, Chemie und Nachmittagsturnen. Ich war betrunken von Literatur und es war mir egal, ob mir das im wirklichen Leben nützte oder nicht.

dieser Jahre oft die *Sterbeglocken* geläutet, zuletzt durch die Onlineshops. Nach der Spontanität der Jugend braucht es Menschen, die einen unterstützen, wenn Tiefschläge kommen. Im Körpergefühl kommt es zu Rissen, weil man von der Umgebung anders wahrgenommen wird, als man sich selbst wahrnimmt. Es gibt Vermittler, die nicht dem Perfektionismus das Wort reden, sondern für die Unvollkommenheit eintreten.

Stirbt man, welchen Wert haben dann Ersparnisse auf einem Bankkonto? Es ist eine qualvolle Vorstellung, über einen größeren Geldbetrag zu verfügen und gleichzeitig zu wissen, in den nächsten Wochen zu sterben. Der Tod ist unbestechlich, er gewährt keine Stunde, keinen Tag zusätzlich. Was wird einem in der Todesstunde beschäftigen? Über das, was man alles nicht getan hat, wird die Aufregung größer sein als über das, was man getan hat. Bei menschlichen Verbindungen, wo man sich fragt: Warum habe ich diese nicht schon früher in die Wege geleitet? Sich anderen Personen gegenüber öffnen, Menschen unterstützen und bei gesellschaftlichen Veränderungen mitarbeiten. Wir haben die Untugend, vieles auf später zu verschieben, anstatt es sofort in den Lebensalltag einzubauen. Manches Mal verliert man die Kraft dazu und plötzlich ist es zu spät. Es gibt schicksalhafte Ereignisse, nach denen wir eine Kurskorrektur vornehmen. In den siebziger Jahren wurde Friaul von einem Erdbeben erschüttert und es gab tausende Tote. Die Erdstöße, wellenartige Bewegungen, waren auch in Südkärnten zu spüren. Am Abend des 6. Mai wurde ich im Wohnzimmer mit dem Stuhl wie von einer *Welle* hochgehoben und dann wieder fallen gelassen. Die Mauern knirschten, die Fenster und die Gläser klirrten, Dachziegel und Mauerbrocken schlugen am Asphalt vor dem Haus auf. Danach Totenstille, bis die Menschen schreiend aus den Häusern ins Freie stürmten. Ein Durchschlafen war in den nächsten Tagen unmöglich, immer wieder gab es leichte Nachbeben. Im Haus standen alle Türen offen, für eine schnelle Flucht nach draußen. Die Zeitungen und das Fernsehen berichteten von den Opfern und den Zerstörungen bei den südlichen Nachbarn. Manche Ortschaften waren dem Erdboden gleichgemacht, wie nach einem Bombenangriff. Am folgenden Wochenende waren die Gasthäuser und die Discotheken in Südkärnten gut besucht. Viele Bewohner holten das Leben nach, bevor es zu spät sein könnte. Ein Totenschmaus ist in Kärnten so unterhaltsam wie eine Hochzeitstafel.

Täglich verfolgen uns Gedanken über fassbare und unfassbare Dinge. Wir überlegen: Gibt es für unsere nächsten Familienangehörigen Grund zur Freude oder sind sie über gewisse Lebensumstände besorgt? Hängt das vielgepriesene Glück davon ab, ob jemand schmerzfrei ist und sich gesund fühlt? Organische Schmerzen und der Kampf um die täglichen Grundbedürfnisse trüben die Gedanken ein. In der mittleren Lebensphase gehört die Energie der Partnerschaft, der Zukunft der Kinder und wie sie einmal wohnen werden. Den Kreis kann man um die Arbeitskollegen, das Arbeitsklima in der Firma und wie man mit dem Arbeitsplatz zufrieden ist, erweitern. Hoffen, dass der Arbeitsplatz gesichert ist und die Firma ausreichend Aufträge hat. Ist jemand an der Öffentlichkeit interessiert, lobt oder tadelt er schnell die Arbeit der Politiker, die Vorkommnisse im Dorf. Vorfreude löst das Näherrücken des eigenen Urlaubs aus, losgelöst davon, ob große oder kleine Vorhaben geplant sind. Zu den Absichten zählen ein Schaufensterbummel in der Bezirksstadt, ein Badetag am Faakersee und eine Wanderung in den Julischen Alpen. Am Fuße des Vitranc breitet sich eine Geröllhalde aus. Welche Schwierigkeiten müssen die Wagemutigen, die in die Felswand einsteigen, bewältigen? Mir genügt eine Rundwanderung am Fuße des Berges. Dabei kann ich spüren, wie der Berg, den ich dabei von allen Seiten betrachte, über die Furchtsamen lächelt. Angesichts der Erdgeschichte ist meine Bewunderung für das Bergmassiv ein Eingeständnis an meine Kurzlebigkeit. Jene, die ihn heute besteigen, sich am Gestein festkrallen, nimmt er für einen Augenaufschlag lang als lästige Fliegen wahr. [25]

Die Völkerverständigung im Dreiländereck wird durch unterschiedliche Aktionen gefördert. Durch sportliche und musikalische Veranstaltungen, mit der grenzübergreifenden Zusammenarbeit von der Rettung und der Feuerwehr. Dabei wird unterschieden, ob es sich um die italienischen oder die slowenischen Nachbarn handelt. Nach dem EU-Beitritt Sloweniens konnte man dort als Kärntner billig tanken und essen. Die Slowenen verstanden deutsch, auch die Zigaretten waren günstig. Ein geschichtlich gewachsenes Misstrauen herrscht bei vielen Kärntnern gegenüber den slowenischen Nachbarn. Das Beherrschen eines kleinen Wortschatzes war hilfreich und ließ die Umsätze steigen, als die südlichen Nachbarn als Touristen Kärnten bereist haben. Spricht man über die slowenischen und italienischen Nachbarn, dann wird die Bezeichnung *Ausländer* weggelassen. Dass Shoppen ein Beitrag zur Völkerverständigung ist, erklärte der Manager des Alpen-Adria-Einkaufscenters.

Die Obere Adria war für die Österreicher ein leicht erreichbares Urlaubsgebiet. Zur Bevölkerung blieben wir auf Distanz. Vor Taschendieben, Autoeinbrüchen und bei einem Einkauf übervorteilt

---

[25] Kommentar von EW: Hier zu lesen „große Welt, ich kleiner Mensch", bringt die Verhältnisse wieder ins Lot. Da seufz' ich jetzt vor angenehmer Erleichterung.

Kommentar von SP: Welche Steine sind nun aber am Ende gemeint, wenn Jesus im Lukasevangelium, 19,40, sagt: „Wenn sie [Jesu Jünger] schweigen, werden die Steine schreien."

Kommentar von GO: Rein physisch ist unser Leben immer zu kurz. Auch mit dem Stein sind wir verbunden und wenn wir zuhören, spricht er mit uns in Bildern, wie Tiere und Pflanzen auch. Was ich immer sehr komisch finde, wenn jemand sagt, dass er den Berg „bezwungen" hat.

zu werden, wurde ich vor einer Italienreise gewarnt. Bei einem Ausflug nach Udine, Anfang der achtziger Jahre, wurde ich im Kanaltal in einen Verkehrsunfall verwickelt. Ein italienischer Fernfahrer, eine holländische Urlauberfamilie und ich waren daran beteiligt. Der Wohnwagen der holländischen Urlauberfamilie wurde vom italienischen Lkw-Zug bei Resiutta überrollt und völlig zerstört. Teile des Wohnwagens, die Bekleidung, das Geschirr, die Lebensmittel und das Spielzeug waren über die ganze Bundesstraße zerstreut. Ich prallte mit dem Auto gegen einen Reifen des italienischen Sattelschleppers, der quer auf der Fahrbahn stand. Bei meinem Auto war der Motorraum zusammengestaucht und die Fahrerseite eingedrückt. Ich kam mit Prellungen und Hautabschürfungen glimpflich davon. Zu der Zeit war dies eine der Hauptverkehrsadern nach Oberitalien. Die Straße wurde von den örtlichen Einsatzkräften schnell freigemacht, die beschädigten Pkws in die nächste Kfz-Werkstatt abgeschleppt. Per Autostopp fuhr ich nach Hause. In Kärnten angekommen, prophezeite man mir, dass mein Auto ausrangiert und alles Verwertbare gestohlen wird: das Autoradio, die Reifen, die Sitzbänke und andere brauchbare Teile. Wie stark das Auto konkret beschädigt war, konnte ich mich nicht erinnern. Ich entsinne mich, dass ich nach dem Aufprall als Erstes prüfte, ob ich meine Arme und Füße bewegen konnte. Mit einem Bekannten fuhr ich eine Woche später in die Autowerkstätte. Mein Auto hatte Totalschaden, eine Reparatur war aussichtslos, aber nichts wurde daraus gestohlen.

Auf einer Lichtung oberhalb von Arnoldstein, auf einer Bank neben einer Bienenhütte ist für mich der beste Platz, um abzuschalten. Der Weg dorthin führt an der Kreuzkapelle, mit dem aus dem Felsen geschlagenen Steinchristus, vorbei. Die Befindlichkeit der Welt spiegelt sich in den Augen Christi, ob er sie gegen den Himmel oder auf die Erde richtet, ob er mich freudig oder traurig anschaut. Erdbeben, Brandkatastrophen, Flüchtlingsströme und Bürgerkriege bedrücken ihn, Friedensmärsche und humane Hilfseinsätze lassen ihn freudig dreinblicken. Meine Frage nach seiner Anwesenheit im Hier und Jetzt verursacht Furchen auf seiner Stirn. Hinter der Kapelle geht der Weg steil bergauf, alle Straßen- und Zuggeräusche bleiben im Tal. Auf der Lichtung ist es sonnig, die Bienen sind emsig unterwegs und besuchen die blühenden Blumen und Sträucher. Im Fleiß der Bienen sehe ich für mich ein Vorbild. Das Gras wurde gemäht, in das flächendeckende Grün mischen sich erste braune Farbtöne. Die Blätter der Sträucher und Bäume beginnen sich zu verfärben und ziehen meine Aufmerksamkeit auf sich. Befindet sich hier ein Kraftort, wie sie von den Geomanten auf jedem Hügel in Kärnten vermutet werden?

Die Buchhaltung einer Woche ist in den Vormittagsstunden erledigt. Das Kassabuch und das Wareneingangsbuch sind *aufgebucht*, die aktuellen Kontoauszüge abgelegt. Bis zur Mittagspause ist noch Zeit, mit dem Laubstaubsauger den Innenhof zu säubern. Vorher entfernt er das Unkraut bei den Blumen und beschneidet die überbordenden Sträucher. Eine Beschäftigung, die ihm viel Freude bereitet, eine Abwechslung zum Krämerdasein. Woche für Woche kann er beobachten, was sich bei den Pflanzen im Hof verändert. In der Mittagsstunde lädt das schöne Wetter dazu ein, eine Radtour zu unternehmen. Der Radweg führt der Bahn entlang durch das Arnoldsteiner Moor nach Pöckau und weiter nach Neuhaus, bis zur Raststätte in der Oberschütt. Die Radtouren lockern seine Hüftgelenke, die Sperrigkeit in den Gelenkspfannen wird aufgelöst, die Verkrampfungen im Schulterbereich werden weniger. In diesem Frühjahr wurden am Rastplatz in der Oberschütt die Ebereschen ausgegraben und durch Kastanienbäume ersetzt. Sie waren sein *Jahreszeitenthermometer*. Färbten sich die Beeren der Ebereschen rot, war der Hochsommer vorbei und der Herbst kündigte sich an. Parallel dazu war dies im Geschäft der Start in die neue Schulsaison, als Erstes erfolgte die Auslieferung der Schulbücher. Auch in der turbulenten Phase des Schulanfangs hat er diesen Flecken aufgesucht. In einer intensiven Arbeitsphase begehen wir den Fehler, auf das

Entspannen zu verzichten. Groß ist die Freude beim Ausspannen, muss man sich die Zeit dafür stehlen. Wie wird sich dies in der Pension ändern, wo die Auszeit das Normale und die Arbeitszeit die Ausnahme sein wird?

Der schrullige Papierhändler ist seit Jahrzehnten bei den Stammkunden dafür bekannt, dass er immer im Geschäft anzutreffen und offen für alle Wünsche ist. Den Kunden gegenüber hat er versucht ausgeglichen zu wirken, obwohl ihm dies nicht immer leicht gefallen ist. Viele können sich jetzt schwer vorstellen, dass er sich aus dem Geschäftsleben zurückziehen wird. Kunden äußern ihm gegenüber die Befürchtung, bei ihm werde Langeweile einkehren und er werde durch die fehlenden Kundenkontakte unter Entzugserscheinungen leiden. Gibt es dafür eine Entziehungskur und wie könnte diese verlaufen? Er bekommt vom Kulturverein, vom Seniorenbund und von einer Vereinszeitung das Angebot, bei ihnen mitzuarbeiten. Alle hoffen, dass er ihnen keine Absage erteilt. Dazu kommt seine Tätigkeit als Haushaltsgehilfe. Die Frage, wie er sich die Zeit nach dem Rückzug aus dem Geschäftsleben vorstellt, stellt ihm niemand. Für Erstaunen sorgt sein *Fahrplan* für die nächsten Jahre: *Viele Rentner bereisen die Welt, er werde versuchen, in der Welt etwas zu verändern.*

Seit der Wirtschaftskrise wird in zahlreichen Haushalten beim täglichen Einkauf gespart. Das Durchblättern der Angebotszettel von Billa, Lidl und Hofer gehört zur täglichen Morgenlektüre. Manches Mal geschieht dies vor dem Lesen der Tageszeitung. Samstags einzukaufen haben wir lange Zeit abgelehnt, weil an diesen Tagen im Supermarkt der große Trubel herrscht. An diesem Samstag sind alle Biersorten um 25 % billiger und dies ein ausreichender Grund einkaufen zu gehen. Das größte Einsparungspotential gibt es bei den Lebensmitteln, dabei muss man auch bei der Qualität Abstriche machen. Wer sich nach der neuesten Mode kleiden und dabei trotzdem sparen will, bekommt günstige Kleider bei den Textildiskontern. Die Hosen, Jacken und Blusen werden nur mehr eine Saison getragen. Bei den Schulartikeln sparen Familien mit mehreren Kindern bei den Hefteinbänden, die vom vergangenen Schuljahr werden weiterbenützt. Farbstifte und Filzstifte werden einzeln nachgekauft. Nicht jedes Jahr muss es eine neue Schultasche geben, der Kauf einer modischen Füllfeder wird gestrichen.

Durch die Absenkung der Raumtemperatur um zwei Grad im Wohnbereich kann man bis zu zehn Prozent der Heizkosten einsparen. Eine weitere Möglichkeit ist, einen zweiten und dritten Pullover anzuziehen, bei der Körperpflege Kaltwasser statt Warmwasser zu verwenden. Dies alles senkt die Betriebskosten. Die Regierung plant, im Rahmen der Budgetsanierung eine Luftsteuer einzuheben. Jetzt denken manche krampfhaft daran, ihre Atemzüge zu reduzieren. Ungeklärt ist, welche Auswirkungen dies auf die Gesundheit der einzelnen Menschen haben wird.

Die Menschen akzeptieren keine Grenzen, wir entwickeln uns in das Uferlose. Über einen langen Zeitraum haben ferne Kontinente, die Tiefen des Meeres, die Weiten des Universums eine natürliche Barriere dargestellt. Diese sind längst überwunden. Heute sucht der Mensch nach neuen Grenzen, die er überwinden kann. Schlussendlich ist er bei sich angelangt und hat festgestellt, dass sein Leib unvollkommen ist. Mit Unterstützung der Genmedizin will er ihn verbessern. Auf allen Kontinenten arbeitet ein Heer von Forschern daran. Wird in einer Wissenschaftsdiskussion die Frage gestellt, ob die Forscher mit den Arbeitsbedingungen zufrieden sind, dann gibt es keine positiven Antworten. Es werden größere Forschungsstätten, mehr Personal, bessere technische Einrichtungen oder einfach mehr Geld gefordert. Ob eine Ausweitung der Forschung auch ein Mehr an Lebensqualität bringt, kann niemand sagen. Ähnlich wie beim Essen: Je mehr Gewicht man hat, umso mehr braucht man an

Nahrung. Dies bedeutet aber nicht ein Mehr an Wohlbefinden. Die westliche Gesellschaft ist der Grenzenlosigkeit verfallen. Jeder will alles und kann alles. Bei der Suche nach der Wahrheit verändert sich die Wahrheit.[26]

Wer sich regelmäßig mit älteren Menschen trifft, hört von ihnen des Öfteren den Satz, *sie haben keine Zeit.* Beim Aufzählen der Aufgaben, welche sie vorhaben, wird selbst einem jungen Menschen schwindlig oder, wie man heute sagt: *Er würde in Stress geraten.* Ein großer Garten wird gepflegt, wöchentlich wird der Rasen gemäht, Salat und Radieschen werden geerntet und die Gurken frisch angebaut. Als Hausbesitzer ist man zugleich Maurer, Maler und Fliesenleger. Zahlreiche Handwerkerarbeiten im Haus will man selbst erledigen. Das Bad neu verfliesen, das Stiegenhaus ausmalen, einen Teppichboden verlegen und einen Türstock versetzen. Eine Herausforderung ist, die Enkelin zu betreuen und zu erziehen. Als Oma glaubt man über mehr Erfahrung zu verfügen als die Schwiegertochter. Die Enkelin soll einen akademischen Titel erreichen, was man selbst nicht geschafft hat, auch nicht die eigenen Kindern. Die Schulnoten offenbaren eine unumstößliche Wahrheit. Lässt die Familie und das Eigenheim etwas Spielraum, wendet man sich dem Reisen zu. Auf der Landkarte entdeckt man viele weiße Flecken – überall dort, wo man noch nicht war. Seit der Pensionierung will

---

[26] Kommentar von MB: Der Vergleich mit dem mehr essen und mehr wiegen hat mir ausgezeichnet gefallen. Ich denke, dass die Wissenschaft uns einen Gewinn an Lebensqualität ermöglicht hat. Aber seit einigen Jahrzenten wächst das Wissen schneller als die Verantwortung mit dem Wissen. Der Mensch hat nur eine begrenzte Anpassungsbefähigung und er braucht Zeit, um mit dem neuen Wissen umzugehen. Dank der Technik ist eine Wissenslawine entstanden, die uns droht zu überrollen.

Kommentar von GO: Ich glaube, der Mensch sollte erst mal in seinem Inneren anfangen und da die Grenzen überwinden, dann braucht es keine Genmanipulation. Es geht wohl nicht darum, ob die Forscher zufrieden sind, sondern eher deren Geldgeber.

man einen Teil dieser Flecken kennenlernen. Nicht hinterfragt wird, ob weitere Besichtigungen von historischen Altstädten sinnvoll sind. Nur das eine zählt: dort gewesen zu sein. Den Wettlauf um die weißen Flecken kann man nicht gewinnen, so bleibt der Geschmack des Verlierers zurück. Glücklicher ist man mit dem einen und anderen Leckerbissen als mit einem opulenten Mahl.[27]

Ob ich als Kind einen Adventkalender besessen habe, daran kann ich mich nicht erinnern. Wenn, mit den anderen Geschwistern gemeinsam. Der Vater könnte vom Lagerhaus oder vom Gemischtwarenhändler einen geschenkt bekommen haben. Im Weihnachtsheft der *Wunderwelt* gab es einen Ausschneidebogen zum Basteln einer Weihnachtskrippe. Die Zeitschrift mit vielen Geschichten, Rätseln und Bastelbögen war für uns Kinder eine Schatztruhe. In ihr gab es die Fortsetzungsgeschichte vom *Zwerg Bumsti*. Die Mutter hat in späteren Jahren in der kleinen Auszugsküche einen Adventkalender für ihre Enkel aufgehängt. Bei ihrem Besuch durften sie ein Fenster öffnen. In der Küchenkredenz und in der Tisch-

---

[27] Kommentar von G: Ich habe einmal Paris in einer Woche durchgekämmt, um alles zu sehen. Zirka 15 km bin ich jeden Tag gelaufen, habe dabei jeden einzelnen Stadtteil abgeklappert und dabei wohl fünfzehn Galerien und Museen besucht. Dasselbe tat ich in New York. Heute begnüge ich mich mit einer Teilansicht. Wenn jemand hinterher bemerkt: „Aber hast Du nicht diese oder jene Weltsehenswürdigkeit gesehen?", dann gestehe ich zwar, dass ich nicht dort war, aber ich kann z. B. auf ein nettes Café am Fluss hinweisen, ein malerisches Gässchen oder eine Begegnung am Rande.

Kommentar von W: Mit zunehmendem Alter bin ich schon weiser geworden? Hatte ich früher den Ehrgeiz, sämtliche Museen und Sehenswürdigkeiten abzuklappern, genügt mir heute schon ein tolles Kaffeehaus oder ein schöner Park mit Vogelgezwitscher. Interessanterweise sind mir all die Museen nicht mehr so gegenwärtig, aber ein paar alte Männer auf einem Dorfplatz auf den Azoren umso mehr.

schublade, zwischen den verjährten Ausgaben des *Kärntner Bauern-kalenders* und der *Wochenschau*, hatte sie Schokolade, Kekse und Erdnüsse versteckt, um die Enkel zu verwöhnen.

Die Frage nach dem eigenen Selbstwertgefühl stellen sich wenige Menschen. Vielen kommt diese Frage nicht in den Sinn. Sie sind, also sind sie etwas wert. Jenen, die viel bewegen und Anerkennung finden, stellt sich dieser Frage immer wieder. Sie werden von Freunden aufgefordert, noch mehr zu leisten, mit noch größerer Perfektion. Andere verpacken ihre Unzulänglichkeiten in die Anforderungen an ihr Kind. Sie praktizieren das perfekte Kind, das zu einem makellosen Menschen heranwachsen soll. Für das kleinste Vergehen muss es sich entschuldigen und bei einer Sünde zur Beichte gehen. Diese Methoden werden auch in den Internatsschulen angewandt. In dieser Situation ist es hilfreich, sich für die Erledigung einer Aufgabe selbst zu loben.

Die Südländer sind für die Alpenbewohner ein Vorbild für eine menschliche Lebensweise. Vormittags haben sie Zeit für einen Cappuccino in der Bar und für ein Schwätzchen auf der Piazza. Beim Betreten einer Trattoria warten sie geduldig, bis ihnen vom Kellner ein Sitzplatz zugewiesen wird. Den Lapsus, die Speisekarte von der Anrichte selbst zu holen, sollte man im Süden vermeiden. Der Kellner wird einem mit einem bösen Blick bestrafen und sich für das Servieren Zeit lassen. Keiner durchschaut bei ihnen, nach welchen Regeln die Gäste bewirtet werden, das Chaos folgt einem System. In Strunja, auf der Halbinsel Istrien, gibt es in den Küstenorten die Minisupermärkte *Mercator*. Für sechsundsechzig Cent erhält man eine Semmel mit sieben Deka Mortadella. Dafür braucht es Geduld, bis sich die Verkäuferinnen über ihre Pläne für das kommende Wochenende verständigt haben.

Über die Sinnesorgane kontrolliert unser Gehirn im Drei-Sekunden-Takt, ob es in der Außenwelt Veränderungen gibt. Dies ergibt am Tag 14.400 Kontrollaufrufe. So beschreibt es der Hirnforscher Pöbbel in seinem Buch *Je älter umso besser. Neues aus der Hirnforschung.* Diese Aktivität hat denselben Rhythmus wie der Wellenschlag des Meeres. Ein Spaziergang entlang des Meeresstrandes von Piran nach Strunjan bietet eine gute Gelegenheit, die Gehirnaktivitäten mit dem Wellenschlag des Wassers zu synchronisieren. In Strunjan ist man mit dem Rauschen des Meeres allein.

Es gibt noch Bahnhöfe, wo man bei der Einfahrt aus dem Zugfenster die schmalen und hohen Türme *Stellwerk I und Stellwerk II* sieht. In verflossenen Zeiten blickten von dort die Weichensteller aus dem Fenster. Für die ein- und ausfahrenden Züge stellten sie händisch die Weichen. In wenigen Bahnhöfen werden diese heute noch manuell gestellt, meistens sind sie elektronisch gesteuert. Die Vorstellung des *Weichenstellens* ist im alltäglichen Gedankengut fest verankert. Damit sind eine schulische Neuorientierung, eine betriebliche oder berufliche Veränderung oder eine persönliche Entscheidung gemeint. Die Lebensweichen werden immer wieder neu gestellt. Im Zugsverkehr müssen der Zeitpunkt und die Fahrtrichtung für die Weichenstellung passen. Eine zu spät oder falsch gestellte Weiche hat katastrophale Auswirkungen. Bei der menschlichen Weichenstellung trifft Ähnliches zu. Verzögert man diese oder trifft eine falsche Entscheidung, dann kann der nächste Lebensabschnitt nicht erreicht werden. Bei einer falsch gesteuerten Weiche kann es zu einem Crash mit anderen Menschen kommen und dies kann schmerzhafte Folgen haben.

Die Wochen vor dem Ausscheiden aus dem Arbeitsprozess erlebt jeder anders, einerlei, ob als Unselbstständiger oder als Selbstständiger. Am Arbeitsplatz beginnt man die betrieblichen und die persönlichen Utensilien zu trennen. Bei den Selbstständigen sind in der aktiven Phase Betrieb und Privatleben eine Einheit. Viele Jahre existierten sie am Schreibtisch und im Büroschrank nebeneinander, jetzt werden sie fein säuberlich aussortiert. Ein Vorgang wie die Trennung von siamesischen Zwillingen. Von medizinischen Beispielen wissen wir, dass dies, je nach Art der Verwachsungen, ein schwieriger Eingriff ist. Meistens ist nur einer von beiden lebensfähig. Das Zerteilen der Habseligkeiten, zwischen betrieblich und privat, das Ausscheiden aus dem Betrieb, ist mit dieser Operation vergleichbar. Um einen Teil lebensfähig zu erhalten, muss der andere geopfert werden. Von meinem Rückzug aus dem Geschäftsleben hat ein Geistlicher erfahren. Er erkundigte sich nach meinem Befinden und bedauerte es gleichzeitig, dass er trotz seines fortgeschrittenen Alters nicht in den Ruhestand gehen kann. Für seine Pfarre hat der Bischof keinen Nachfolger, er ist zum Weitermachen verurteilt.[28]

Oft ist eine Überlastung im Berufsalltag die Ursache von Rückenschmerzen und zu hohem Blutdruck. Jetzt kommt die Zeit, um Ballast abzuwerfen. Es wird notwendig, Aufgaben an andere abzugeben und die Arbeit untereinander aufzuteilen. In Kleinbetrieben ist dieses Vorhaben oft nicht möglich, weil es keinen geeigneten Mitarbeiter gibt oder die Lohnkosten in die Höhe schnellen würden. Das Überlassen von Verantwortung scheitert daran, weil man damit seine Kompetenz und seinen Einfluss gefährdet sieht. So verzögert man den Pensionsantritt, weil man damit an Wertigkeit verliert.

---

[28] Kommentar von E: Ich wünsche, dass du die Trennung gut überstehst. Nun hast du Zeit für all die Dinge, die Vergnügen bereiten, und die anderen, mit denen du deinen Lebensunterhalt verdienst hast, kannst du sein lassen. Ich glaube nicht, dass es möglich ist, ein Leben lang ungeliebte Arbeit zu verrichten.

Kommentar von G: Auf vieles, sehr vieles gibt es keine einfachen Antworten, das ist im Grunde erschreckend. Man möchte klare Regeln, aber die gibt es offenbar nicht.

Die Politikerpläne zur Verlängerung der Arbeitszeit und einen späteren Pensionsantritt betreffen die Fünfziger-Jahrgänge nicht mehr. In Zukunft wird man einige Jahre später in Pension gehen und trotzdem nicht dieselben Beitragsjahre erreichen. Seit den neunziger Jahren ist es schier unmöglich, ein durchgehendes Arbeitsverhältnis vorzuweisen. In der Regel haben die heutigen Jugendlichen eine wesentlich längere Ausbildungszeit als vor Jahrzehnten. Als angehender Pensionist sollte man einen großen Schnitt machen und Ballast abwerfen. Als ich damit anfing, Prospekte und Preislisten auszusortieren, spürte ich Erleichterung. Eine Freiheit, die im Kopf und körperlich zu spüren war. Vieles wurde von mir aufbewahrt, es könnte diesbezüglich eine Anfrage oder Bestellung von einer Kundschaft geben. Nicht jeder Tag war für das Aussortieren gleichermaßen geeignet. An *Wegwerftagen* fühlte ich mich gedrängt, Unnötiges fortzuwerfen. Künftige Unternehmer werden kaum mehr so viele Broschüren und Prospekte sammeln, sie besuchen lieber die Firmenhomepage im Internet. Kommt es dadurch zu einer Verringerung bei den Prospekten? Unbekannt sind die Auswirkungen auf die Gesundheit der Wirbelsäule und der Augen. Nach meiner Erfahrung ist für das Auge die Bildschirmarbeit eine größere Belastung als das Betrachten von Prospekten. Die Freude am Aussortieren will ich auch im privaten Bereich nützen. Bis zur Aufnahme eines neuen Tagesrhythmus bleibt Zeit, im Privatarchiv Ordnung zu schaffen.

Mir eröffnet sich ein neuer Aspekt, wenn ein Geistlicher zu mir sagt: „Ein Dogma ist nichts Endgültiges, auch für den Glauben gilt der Grundsatz, durch Suchen zu neuen Erkenntnissen zu kommen..."

Mit Freude schaue ich aus dem Ruheraum der Römertherme den Skiläufern zu, mit welcher Eleganz sie zu den Schwüngen ansetzen und dann den Ski wieder laufen lassen, um im Zielraum der Kaiserburgbahn abzuschwingen. Ist im Berufsleben der Zielhang erreicht, bereitet man sich auf das Abschwingen vor. Dabei kommt es zu unterschiedlichen Performances. Die einen sind mit sehr viel Elan unterwegs, den man nach einer anspruchsvollen Fahrt nicht erwartet, andere beginnen früh zum Abbremsen, glücklich, das Ziel erreicht zu haben. Am Start der Berufslaufbahn ist es ungewiss, wie die Piste aussehen wird. Warten auf einen *Buckeln*, die durchrütteln, gibt es Eisplatten, wo man in das Rutschen kommen wird? Die meisten Selbstständigen sind zufrieden, wenn sie den Zielraum ohne große Blessuren erreichen.

Bei der Fortführung eines Unternehmens wird heute mit studierten Experten, dem Steuerberater, dem Notar und dem Kreditberater für den Jungunternehmer ein Konzept erarbeitet. Unternehmensgründer werden in der Wirtschaftskammer ausführlich beraten. Sie vertrauen auf einen Persönlichkeitstrainer, der sie mental stärkt. Bei einer Betriebsübergabe versucht man, mit Kennzahlen die Erfolgsaussichten zu berechnen.

Ob mit dem Jahresbeginn auch die Wirtschaftskrise endet, kann niemand sicher sagen. Vielleicht gibt es nur eine kurze Entspannung. Viele sind zuversichtlich, dass das Wirtschaftsmodell der letzten fünfzig Jahre noch einmal fünfzig Jahre funktionieren wird. Sie setzen auf neue Spekulationsgewinne an der Börse. Flüchten bei hohem Seegang alle auf dieselbe Bootsseite, kentert es. Bei einem solchen Herdenverhalten kann die Weltwirtschaft wieder abstürzen, Wirtschaftswachstum lässt sich nicht endlos fortsetzen. Zwanzig Millionen Autos werden jährlich zu viel erzeugt, beweist eine Verbraucherstudie. Dessen ungeachtet werden von den Regierungen Milliarden von Dollars und Euros zur Stützung der Autoindustrie aufgewendet. Der Physiker Isaac Newton, zugleich englischer Schatzmeister, sagte: „Wissenschaft ist einfach, aber Wirtschaft unberechenbar." Wollen wir überhaupt etwas ändern und was haben wir aus der Krise gelernt? Kann man in unseren Breitengraden von einer Krise reden? Nach den üppigen Mahlzeiten zu den Feiertagen kämpfe ich gegen das Übergewicht. Nach mehreren Familienfeiern habe ich zwei Kilo zugenommen und bekomme deshalb eine Seelenkrise.[29]

In unserem turbulenten Alltag löst ein Ereignis das vorhergehende im Sekundentakt ab. Die Nachrichten rennen sich gegenseitig über *den Haufen*, im großen wie im kleinen Umfeld. Gespannt verfolge ich die Rettungsaktion für die eingeschlossenen Bergleute in Chile. Sie vegetieren in der Hoffnung, bald an die Oberfläche geholt zu werden. Die Österreicher warten gespannt auf die Zahlen für das nächste Budget. Welche Reformen und Sparmaßnahmen wird es geben, welche Gebühren und Steuern werden erhöht? Die Journalisten versuchen seit Monaten, der Bundesregierung hinter den Vorhang zu blicken. Kaum öffnet sich ein Türspalt in den Verhandlungsraum, wird die Tür wieder geschlossen. Das Erspähte wird als unverbindlich dargestellt. Trotz Geheimniskrämerei fehlt es den Politikern an Weitblick. Die Taktik besteht darin, die Belastungen bis zur nächsten Wahl geheim zu halten. Eine langfristige Planung, über die nächste Wahlperiode hinaus, ist nicht vorgesehen.

---

[29] Kommentar von P: Hochkulturen richten sich, nicht zuletzt aus wirtschaftlichen Gründen, selbst zugrunde. Nun können wir darüber nachdenken, ob wir eine sind.

Kommentar von GO: Eine Krise wegen ein paar Kilos mehr bekomme ich bestimmt nicht. Es sind gemachte Krisen, damit die wirklich wenigen Mächtigen ihre Zinsen einfahren können. Gibt es überhaupt einen Staat, der nicht verschuldet ist?

Rundherum ersticken wir in einer Flut von Bildern, die Wörter geraten immer mehr in das Abseits. Nicht mehr mit der Digitalkamera, sondern mit dem Handy werden die meisten Bilder gemacht. Keine banale Alltagssituation wird ausgelassen, die Katze im Kinderwagen, die Oma im Badeanzug auf dem Balkon, die Frau beim Schminken im Bad und das aktuelle Mittagessen. Sitzen Besucher im Wohnzimmer bei einem Glas Bier, vergehen keine zehn Minuten und jemand zückt sein Handy, um ein Foto zu schießen. Die anwesenden Gesichter sind *zum Abschuss freigegeben*. Jedes Lachen wird bei der Geburtstagsfeier im Partyraum festgehalten, dauert es auch nur zwei Sekunden. Allen will man zeigen, wie gut man sich versteht, sei es auch nur vorübergehend. Der Obmann des örtlichen Gesangsvereins und ein paar Sangesbrüder kommen, um ein Ständchen zu singen, später zu sehen auf der Vereinshomepage. Nach dem Vortrag eines bekannten Zukunftsforschers drängen die Funktionäre der Wirtschaftskammer in das Rampenlicht. Zusammen mit ihm und einem Landespolitiker möchten sie für die Tageszeitung abgelichtet werden. Die Zukunft bleibt auch nach dem Vortrag ein Rätsel, Überraschungen sind nicht ausgeschlossen.

Für viele sind die frostigen Wintermonate keine ideale Kurzeit, andere lassen sich von der Kälte nicht abschrecken. Im Kurpark von Warmbad treffe ich bei winterlichem Schönwetter Menschen beim Nordic Walking, andere beim Spaziergang mit dem Hund oder beim Joggen. Die meisten Kurgäste tragen Wollmützen und Handschuhe, die Jogger rennen mit kurzer Hose und T-Shirt über die Napoleonwiese. In Pelzmäntel gehüllte Damen wenden ihr Gesicht der Sonne zu. Ein Herr versucht eine neue Variante beim Golfspielen. Er legt die Bälle auf den gefrorenen Schnee und als Ziel wählt er einen Baumstamm. Die Parkwiese ist mit Schnee bedeckt, das Thermalbiotop eisfrei. Darin tummeln sich kleine orange Fische, die Attraktion sind die Wasserschildkröten. Sie sind vom Springbrunnen vor der Thermalanlage in das ruhigere Kurparkbecken ausgewandert. Einige von ihnen genießen die Sonnenstrahlen, andere schwimmen huckepack durch den Teich. Die Bewohner des nahegelegenen Seniorenheims werden von den Pflegerinnen mit dem Rollstuhl an den Rand des Biotops gestellt. Manche Kurgäste haben die Lasten des Alltags mitgebracht, sie gehen gebückt und in sich gekehrt über die Parkwege. Jetzt haben sie die Möglichkeit, die Alltagssorgen loszuwerden und befreit die Heimreise anzutreten. Eine neue Bürde erwartet sie, als sie erfahren, dass ein Mitbewerber, welcher durch einen Konkurs seine Schulden losgeworden ist, jetzt mit Diskontpreisen versucht, andere Kollegen auszubooten.[30]

Die Vielseitigkeit des Hausarztes ist unbestritten, von ihm wird man ein Leben lang begleitet. Ein junger Mensch benötigt selten einen Arzt, außer er hat einen Unfall. Er kann sich auf die natürlichen Ressourcen des Körpers verlassen. Die Suche nach einem einfühlsamen Arzt, dem man vertraut, wird ab Dreißig akut. Dabei spielt der Zufall eine Rolle, ob man die richtige Wahl getroffen hat, zeigt sich erst nach Jahren. Bei gegenseitigem Vertrauen hat man einen *Begleiter* für das Leben gefunden. Von ihm bekommt man die Aufklärung, welche die Fachärzte schuldig bleiben. Er erläutert, wie die unterschiedlichen Beschwerden einander beeinflussen. Die sozialen

---

[30] Kommentar von GO: Im Moment sind wir in einer Abstiegsphase. Alles verläuft zyklisch. Den Aufstieg werden wir wohl nicht mehr erleben. Die „Sieben" ist eine magische Zahl. Das wussten schon die, welche die Grundlage für die Bibel lieferten. In sieben Jahren erneuert sich unser Körper, die Sieben führt uns in das Labyrinth der Geheimnisse, sieben Tage hat die Woche, sie ist die Zahl der Venus.

Kommentar von P: Hegel hat ähnliche Überlegungen: Hat es einen Sinn zu denken? Im 18. Jahrhundert war China noch autonom, das Sternbilder Chinas das Siebengestirn. Weltgeltung der Perioden von sieben Jahren. Im 19. Jahrhundert versuchte Europa China zurückzudrängen, durch die alten römischen Perioden von fünf Jahren. Im 20. Jahrhundert haben wir „Olympische Spiele", eine Periode von vier Jahren, warum soll diese griechisch sein? Ich sage nicht, sie sei es nicht. Mir scheint das „Weltreich der vier Weltgegenden" lange vor den Griechen im Raum zu sein.

Belastungen werden bei der Beurteilung des entzündlichen Darms und der Hüfte herangezogen. Der Hausarzt kennt die persönliche Lebenssituation, das familiäre Umfeld und spricht ein freundliches Wort, welches zur Genesung beiträgt. Er überweist einen nicht voreilig in ein Krankenhaus und fertigt einen nicht mit einem unklaren Befund ab. Geht der Hausarzt in Pension oder wird ein Wohnungswechsel vorgenommen, ergibt sich für den Patienten eine neue Situation.[31]

Als Buchhändler in Muse ist er eine willkommene Kundschaft für die Mediziner. In die Ordination kommt er zu einem Routinebesuch und wird vom Arzt als ein lukrativer Patient engeschätzt. Es besteht die Chance, dass aus einem Gelegenheitskunden ein Stammkunde wird. Der Arzt nützt die Möglichkeit, das ganze Sortiment der medizinischen Leistungen aufzuzählen. Alles an den Mann oder die Frau zu bringen, bezahlt wird von der Krankenkasse. Vor einem Jahr wurde er in der Arztpraxis schnell abgefertigt, die Arbeit wartete auf ihn. Plötzlich sind die Abnützungen im Knie, mit denen er bisher das Arbeitspensum erfüllt hat, eine Krankheit. Sie sollen trotz Schmerzfreiheit auf chirurgische Weise korrigiert werden. Eine *Vorsorgeoperation*, der Zustand könnte sich verschlechtern. Mit dem Eingriff soll ein Idealzustand erreicht werden, wie vor dreißig Jahren. Im Mittelpunkt steht für einen Rentner die Erhaltung seiner Lebensqualität, nicht die Vitalität eines Dreißigjährigen. Das Ziel, ohne Medikamente und ohne Chirurgie ein humanes

---

[31] Kommentar von E: Es liegt auch daran, wie weit ich dem Arzt vertraue, in mich hineinschauen lasse. Die Qualitäten meiner Hausärzte waren unterschiedlich. Der Arzt in meiner Kindheit war super und ist gern auf Menschen zugegangen. Der Doktor hatte einen Schäferhund. Der durfte bei mir sitzen, als ich damals auf den Abtransport ins Krankenhaus warten musste. Das war ein großer Trost für mich. Dann gab es eine, die hat mich überhaupt nicht ernstgenommen, mir sogar geschadet. Der Gesundheit ist nichts abträglicher als das Verharren in alten Denkmustern und Erlebnissen. Es braucht Mut, einen Schritt weiterzugehen.

Leben zu führen. Der Arzt sollte den Spielraum aufzeigen, der noch vorhanden ist, und nicht den Engpass.

Eine kleine Notiz in den *Oberösterreichischen Nachrichten* berichtet davon, dass der Primar der Internen im Bezirkskrankenhaus Schärding mit vierundsechzig Jahren *mitten aus dem Leben* gerissen wurde. Über die Todesursache machte die Krankenhausverwaltung keine Angaben. Ein Lebensalter, wo man darüber nachdenkt, wann man in Pension gehen will und wer ein würdiger Nachfolger wäre; einem hinter vorgehaltener Hand zugesteckt wurde, dass man vom Stadtrat mit einer Ehrung in die Pension verabschiedet wird. Geplant war, den Ruhestand nach dem Abschluss der Sanierungsmaßnahmen in der Station anzutreten. Die menschlichen Organe hat der Primar besser gekannt als seine *Westentasche*, die Stärken und die Schwachstellen. Bei den Visiten viele Menschen über ihre Beschwerden aufgeklärt, sie vor Gesundheitsrisiken gewarnt. Mit Dummheit und Sturheit, mit Besserwissern und Unbelehrbaren, welche die Alarmzeichen des Körpers nicht wahrhaben wollten, hatte er es oft zu tun. Vielleicht wurden von ihm die eigenen Krankheitssymptome nicht ernst genommen, unterdrückt, wie der digitale Radioempfänger das Ätherrauschen.

Der Theologe Eugen Drewermann, dem die katholische Kirche seine Lehrbefugnis und Weihen entzogen hat, verbreitet mit seinen Aussagen für verunsicherte Gläubige Hoffnung. Als profunder Kenner der Heiligen Schrift und der menschlichen Seele sind seine Äußerungen beachtenswert. Einige Kernsätze lauten: *Jesus wollte keine Kirche als Institution, sein Ziel war, die Ängste der Menschen zu lindern. Die Furcht vor dem Leben auf Erden und die Angst vor dem Tod und dem Danach.* In der Priesterklasse sieht er eine Barriere zwischen Gott und dem Menschen. Sie benützt das Jüngste Gericht als Druckmittel für ihre Ansprüche. Die Priesterherrschaft gab es schon bei den Azteken und den Ägyptern. Über Jahrhunderte ist die Bevölkerung bei den Jahresfesten eine Zweckgemeinschaft mit der Kirche eingegangen. Die derzeitige Gesellschaft befreit sich aus diesen Zwängen und schließt eine Glaubenspartnerschaft auf Zeit ab. Wegen der unsicheren Zukunftsperspektiven ist eine Vorausplanung für die Jugendlichen – egal, ob Beruf, Partnerschaft oder Glaube – schwierig. Nach den christlichen Pflichtterminen, Erstkommunion und Firmung, wird von ihnen der sonntägliche Kirchenbesuch verweigert. Mit dem Kirchgang wurde früheren Generationen der Eintritt in den Himmel zugesichert. Gibt es in Lebenskrisen eine Alternative zum Glauben?

Mit einem Geistlichen habe ich die Möglichkeit, mich zwanglos über die Sünde, das Jenseits, die Auferstehung und den Plan Gottes zu unterhalten. Mir eröffnet sich ein neuer Aspekt, wenn der Geistliche sagt: „Ein Dogma ist nichts Endgültiges, auch für den Glauben gilt der Grundsatz, durch Suchen zu neuen Erkenntnissen zu kommen. Jeder kann, wie in der Biologie, der Astronomie oder in der Medizin, nach neuen Einsichten forschen. Dogmen sind die Endpunkte eines Forschungsprozesses, die Kilometersteine im Glauben. Sie waren nie als Endpunkte gedacht, der Prozess kann fortgesetzt werden und es kommen neue Kilometersteine dazu. Jeder ist berechtigt, einen neuen Randstein dazuzufügen. Wir alle sind Straßenbaumeister des Glaubens." Das Leben ergibt für mich einen Sinn, wenn man nachdenkt und zu frischen Ansichten kommt. Studieren bedeutet nicht nur Althergebrachtes aufzunehmen, sondern als Gelehrter tätig zu werden. Die Welt, wie wir sie wahrnehmen, gibt es in Wirklichkeit nicht, sie ist die Summe unserer Erkenntnisse. Thomas von Aquin sagte: „Gott kann mit der Vernunft erkannt werden."[32]

---

[32] Kommentar von W: Dogmen als Kilometersteine, das finde ich gut. Ich würde es nur präzisieren, dass man die Steine nicht beliebig setzen kann, sondern die bisherige Erkenntnisfahrt verstehen muss. Im Übrigen gilt die Regel der Naturwissenschaft, dass eine neue Theorie eine Verbesserung

Was meinte Jesus mit dem Satz: *Trachtet danach, dass ihr so vollkommen werdet, wie der Vater im Himmel vollkommen ist?* Denke ich an menschliche Vollkommenheit, dann stelle ich mir einen zwanghaften Perfektionismus vor. Attribute, welche den perfekten Menschen ausmachen, gibt es viele: die übergenaue Ausführung eines Auftrages, mehr, als es die Kunden erwarten; mustergültiges Benehmen gegenüber anderen, wie es sich Eltern von den Kindern wünschen; ein Kind, das höflich zu allen ist, im Kinderzimmer Ordnung hält und die Hausaufgabe nach dem Heimkommen sofort erledigt. Was erwartet sich der Partner von einer Ehefrau? Sie soll attraktiv, ordentlich, leidenschaftlich, gescheit und in der Kindererziehung erfahren sein. Für den Ehemann gilt Ähnliches. Er soll sportlich, erfolgreich, redegewandt, ein guter Zuhörer und Liebhaber sein. Das Ideal wird heute im jungen, schönen und tüchtigen Mensch gesehen. In späteren Jahren wird Schönheit und Jugend zum Mangel. Der Wunsch nach körperlicher Vollkommenheit vernachlässigt viele andere Ausdrucksmöglichkeiten, welche dem Menschen innewohnen.

Wir neigen dazu, den Grund für unsere Probleme bei anderen zu suchen und ihnen die Schuld an unserem Unglück zuzuschieben. Es gibt bestimmte Lebenssituationen, die werden, wenn man es zulässt, von Mitmenschen beeinflusst. Für Übeltäter bringt die Gesellschaft zeitweise mehr Verständnis auf als für ihre Opfer. Rücksichtslose haben oft kein Unrechtsempfinden, sie wähnen sich immer im Recht. Die Hölle auf Erden erschaffen sich viele Menschen selbst, indem sie andere verdächtigen. Sie überhäufen nahestehende Menschen mit Vorwürfen, die nicht stimmen, und entzünden damit das Fegefeuer. Eifersucht ist eine Verhaltensweise, mit der man sich und dem Partner ein Inferno auf Erden bereitet. Geringfügiges wird zu einer Geschichte ausgebaut, es gibt nichts Handfestes. Man bohrt in Vermutungen und erwartet, dass aus den Bohrlöchern

---

des bisherigen Verständnisses bringen muss. Also meine ich, dass die Latte recht hoch liegt.

Milch und Honig fließen, es kommt bittere Galle. Wir schaffen uns hier auf Erden durch gute Handlungen den Himmel und durch schlechte Aktionen die Hölle selbst.[33]

Die Erinnerungen an Verstorbene sind verschieden intensiv, abhängig davon, in welchem Nahverhältnis man zu ihnen gestanden ist. Während der Feiertage sprechen wir beim Familientreffen darüber, an welche Vorkommnisse wir uns erinnern. Am Palmsonntag denke ich an den Vater, der für uns und später für seine Enkelkinder den Palmbesen gebunden hat. Er hat ihn stabil wie einen Kehrbesen geflochten, welche er im Winter für den Eigenbedarf hergestellt hat. Die Buschen bestanden aus Palm- und Kranewittzweigen, dazwischen vier Holzspieße aus Haselnussstauden. Auf diesen wurden die Orangen, Feigen und Äpfel aufgespießt. Zur Stabilisierung wurden bunte Schleifen um den Palmbuschen gebunden und daran die Schokolade- und Salzbrezen aufgefädelt. Der Stiel wurde mit farbigem Krepppapier umwickelt. Der Weg in die Kirche hin und zurück betrug zirka acht Kilometer. Unterwegs haben wir mit anderen Kindern darüber gestritten, wer den schöneren Palmbesen hat. Diese Auseinandersetzung wurde mit unseren *Waffen*, den Palmbesen, ausgetragen. *Gott sei Dank* waren sie robust.

Die Osterwoche weckt in mir die Erinnerungen an meine verstorbene Taufpatin. Sie war die Ehefrau eines Eisenbahners und hatte Freifahrscheine für die Bahn. Mit dem Zug fuhr sie von Spittal an der Drau nach Graz, um im Kaufhaus Kastner & Öhler einzukaufen. Zu Ostern wurde ich von ihr mit dem Gewand aus dem Kaufhaus beschenkt. Dazu kamen Süßigkeiten, ein *Reindling* und eine Zwanzig-Schilling-Banknote. Für mich war dies damals viel Geld.

---

[33] Kommentar von E: Eifersucht! Für mich das Haar und nicht das Salz in der Suppe, froh, wer sich daraus befreien kann. „...dass aus den Bohrlöchern Honig und Milch fließen, es kommt bittere Galle." Genau so ist es.

Der *Kärntner Reindling* ist ein mit Rosinen, Zimt und Nüssen gefüllter Germteig in Form eines Gugelhupfs. Ihrer war flach wie ein Fladenbrot und mit doppelt so vielen Rosinen gefüllt.

Von Freizügigkeiten, die für uns heute selbstverständlich sind, glauben wir, diese bestehen schon seit Generationen. Dabei liegt deren Durchsetzung oft nur ein paar Jahrzehnte zurück. Zwischen der evangelischen und der katholischen Religionsgemeinschaft herrscht heute ein offener Dialog. Vor ein paar Jahrzehnten war es undenkbar, dass Protestanten und Katholiken gemeinsam eine Messe gefeiert hätten. Bis in die siebziger Jahre war es für einen Katholiken unmöglich, eine Evangelische kirchlich zu heiraten, außer die Evangelische ist zum katholischen Glauben übergetreten. Sie hat sich verpflichten müssen, die gemeinsamen Kinder im katholischen Glauben zu erziehen. Der Übertritt vom evangelischen zum katholischen Glauben lässt mich bei einem Besuch in Politzen fragen: Wie geht es nach dem Tod weiter? Die Mutter ist mit zwanzig Jahren bei der Heirat vom evangelischen zum katholischen Bekenntnis übergetreten. Bei ihrem Tod gehörte sie zwanzig Jahre dem evangelischem und sechzig Jahre dem katholischen Glauben an. Kommt sie jetzt in den evangelischen oder katholischen Himmel? Auf Erden sind beide Glaubensgemeinschaften über Jahrhunderte getrennte Wege gegangen, so wird es im Himmel auch eine Trennung geben. In Österreich erhält man von jener Versicherung die Pension, bei der man am längsten versichert war. Ein Muslim aus der Nachbarschaft hat seiner Tochter verboten, eine katholische Kirche zu betreten und einem Geistlichen die Hand zu reichen.

Der Umsatz einer Schlosserei auf der Sonnseite im Drautal bestand zu zwei Drittel darin, für eine Fertighausfirma die Eisenverbindungen herzustellen. Diese Geschäftsverbindung kam durch einen Hausverkäufer aus dem Familienkreis zustande. Er hat berichtet, dass pro Haus eine Unzahl von Eisenverbindungen notwendig ist.

Nach Abgabe eines Angebots und eines Kontaktgesprächs hat man den Auftrag für die Lieferung der Eisenverbindungen bekommen. Der bisherige Lieferant, eine ortsansässige Schmiede, verlor damit ihren wichtigsten Auftraggeber. Zum Jahreswechsel überraschte man den Fertighauschef mit einem originellen Geschenk. Es durfte nicht alltäglich sein und nicht den Eindruck erwecken, damit etwas zu bezwecken. Die Schlosserei war in den nächsten Jahren voll ausgelastet. Bei einem Geschäftsbesuch wurde dem Schlossermeister mitgeteilt, dass in Zukunft eine Firma mit Schneide- und Schweißautomaten die Eisenverbindungen zu einem günstigeren Preis liefern wird. Als Trostpflaster sicherte man ihm zu, Spezialeisenverbindungen weiterhin bei ihm zu bestellen. Kleinbetriebe haben oft nur einen größeren Auftraggeber, dessen Bestellungen entscheiden über den wirtschaftlichen Erfolg. Abhängigkeit kann wirtschaftlicher, menschlicher oder religiöser Natur sein.

Die Vorstellung, von einem Tag auf den anderen keine Kundenkontakte zu haben, bedrückt mich. Die Waren zu bestellen, auspacken und einräumen, Kunden beraten und bedienen war über mehrere Dutzende Jahre mein tägliches Brot als verschrobener Greißler. Ohne dass ich danach gefragt habe, wurde mir beim Verkauf vieles erzählt. Zu aktuellen politischen oder lokalen Ereignissen habe ich mich spontan geäußert, einmal belustigt, ein andermal besorgt. Von den älteren Kunden wurden die schlechten Zukunftsaussichten für die Jugend beklagt, den Pessimismus habe ich nicht geteilt und auf erfreuliche Veränderungen hingewiesen. Mitteilsame Frauen haben mir während der Reinigungsannahme erstaunliche Geschichten darüber erzählt, wie die Flecken in die hellbeige Männerhose, auf die gelbe Krawatte und in die geblümte Sonntagsbluse gekommen sind. Wo es passiert ist, als Gäste bei einer Hochzeits- oder Geburtstagsfeier, einem Ballbesuch oder ganz banal beim Mittagessen zu Hause. Ergänzt wurden diese Erklärungen, wo und wann das Kleidungsstück gekauft wurde und wie viel es gekostet hat. Genauso erzählfreudig waren die Kundinnen, wenn sie ein Retourpaket für ein Versandhaus abgegeben haben. Eine der Ursachen für die Rücksendung war, dass das Kleid, die Bluse oder der Mantel im Katalog viel eleganter ausgesehen hat als bei der Anprobe. Ein oftmaliger Anlass für den Umtausch die geheime Hoffnung, die Kleidergröße vom vorigen Jahr passt noch. Leider haben sie über die Wintermonate eine Nummer zugelegt. Um daheim in Ruhe zu probieren, wurden mehrere Modelle bestellt.

Als Krönung ihres Arbeitslebens wollen die Rastlosen noch ein Projekt fertigstellen und dann mit Jahresende in die Rente gehen. Die Gemütlichen verbringen vor dem Antritt des Ruhestandes einen Urlaub oder einen Kuraufenthalt. In seltenen Fällen ist es bei der Planung des Pensionsantritts möglich, die Jahreszeit zu berücksichtigen, in welchen Monat dieser Tag fällt. Meistens hängt dies vom Eintrittsmonat in das Versicherungsverhältnis ab. Über die Rolle, welche die Jahreszeit bei ihrem Eintritt in den Ruhestand spielt, denken die Wenigsten nach. Für den Schritt in die Rente kann die Winterzeit ein Problem darstellen, man wechselt von der sozialen Wärme der Arbeitswelt in die kalten Wintertage und in die frostige Welt der Alten. Im neuen Lebensabschnitt ist man von innerer und äußerer Kälte umgeben. Zeugt es von menschlichem Unverständnis, wenn Menschen im Winterhalbjahr in Pension geschickt werden? Eine zweifelhafte Tat, nach einem anstrengenden Berufsleben bei klirrenden Temperaturen pensioniert zu werden. Aus den Freuden des Berufsalltags landet man in der Wintertrostlosigkeit und Greisentrostlosigkeit. Die Sommermonate werfen auf den Übergang in den Ruhestand ein helleres Licht, den Schritt in einen sonnigen Lebensabschnitt.[34]

---

[34] Kommentar von O: Hier ist positives Denken gut. Geht man im Winter in Pension, hat man eine wirkliche Ruhephase vor sich. Dann kommt der Frühling und der Sommer als willkommener Aufschwung und man legt noch mal so richtig los.

Bei einem Unternehmen bilden der Chef, die Mitarbeiter, die Kunden, die Geschäftseinrichtung und das Warenlager ein Ganzes. Der Spielwarenhandler und sein Laden sind für die Leute vom Ort eine Einheit. Sein Lebenswerk übergibt er in jüngere Hände. In ähnlichen Fällen, bei Kollegen, wurde der Betrieb geschlossen, das Inventar blieb so stehen, wie es zuletzt war, und es wird nie mehr benützt. Anderen Menschen mitzuteilen, dass ich mich aus dem Geschäft zurückziehen will, fällt mir schwer. Bei der Absicht, dies in kleinen Dosen preiszugeben, besteht die Gefahr, dass Falsches verbreitet wird. Bei jedem Gesicht, gehe ich durch den Ort, stelle ich mir die Frage: Weiß er oder sie es schon? – Eine angespannte Situation. Der mutigere Schritt ist, offen darüber zu sprechen, meinen Pensionswunsch zu einer allgemeinen Angelegenheit zu machen. Das Abschiednehmen von materiellen Gütern und von Sachwerten, mit denen man ein Ganzes gebildet hat, kann schmerzlich sein. Je öfter ich darüber spreche, umso leichter erscheint mir die Trennung. Ein Laden ist kein Kultobjekt, sondern ein Gebrauchsgegenstand. Kaum erzähle ich darüber, in einigen Monaten in Pension zu gehen, werde ich älter eingeschätzt, als dies vorher der Fall war. Ich erhalte das Zertifikat *alt,* werde unattraktiv und eine Person mit Ablaufdatum. Kommt es zur Geschäftsübernahme durch einen Pächter, ist der Inhaber nur mehr Verwalter. Wegbereiter für den Nächsten, der viel größer sein wird, als er es ist. Für eine kurze Zeitspanne eine Übergangslösung, von der die Kunden hoffen, dass sie bald zu Ende sein wird und danach etwas Neues beginnt. Bei den Vorbereitungen und Bestellungen für die nächste Saison kann ich noch beraten, ohne eine Entscheidung treffen zu können. Meine vierzigjährige Selbstständigkeit wird danach beurteilt, wie ich mich in den letzten Monaten präsentiert habe. Nach den letzten Stunden wird ein Urteil gefällt, viele Höhepunkte sind schon vergessen. Wie beim Führen eines Weblogs – es wird nach dem letzten Eintrag beurteilt, die älteren Einträge sind Vergangenheit. Das profane Leben ist im Internetzeitalter angekommen.

Erzähle ich Bekannten, dass mein Pensionsantritt knapp bevorsteht, dann fällt meistens der Satz, ich habe den Ruhestand wohlverdient. Gibt es neuerdings einen Unterschied zwischen dem wohlverdienten und dem nicht verdienten Ruhestand? Das neue Sozialbewusstsein unterscheidet zwischen denjenigen, die mit sechzig Jahren in Rente gehen, und denen, die mit fünfzig Jahren in Pension gehen. Beim Rentenantrittsalter gibt es in Österreich gravierende Unterschiede. Bei den Bundesbahnen gehen die Beschäftigten mit durchschnittlich 53 Jahren in Pension, die Bauern und die Gewerbetreibenden mit 58 Jahren. Blicke ich auf meine vierzig Jahre als wunderlicher Papierkrämer zurück, kommt es mir innerlich vor, als wären es vierzehn Jahre gewesen. So schnell ist die Zeit verflogen. Langsam sind die Monate vergangen, wo ich an verschiedenen Beschwerden gelitten und mich überlastet gefühlt habe.

Der beste Zeitpunkt, an dem der Nachwuchs die Führung der Firma übernehmen soll, wird in zahlreichen Broschüren ausführlich erörtert. Warten Betriebsinhaber zu lange, verliert der Nachwuchs die Freude an der Übernahme. Oft ist es der Wille des Übergebers, dass alles so bleibt, wie es ist. Das Beharren auf jahrzehntelangen Abläufen verspielt die Chance auf eine zukunftsfähige Veränderung. Eine Interessentin für die Geschäftsübernahme sagte: „Alles soll so bleiben, wie es ist." Damit hätte sie sich in der Vergangenheit einbetoniert. Ein komisches Gefühl beschleicht mich mit dem Pensionsantritt. Mit dem Ausscheiden aus dem Berufsleben erhalte ein Ablaufdatum, obwohl der Inhalt nicht verdorben ist. Nachgereichte Ehrungen erfreuen mich, in den wirtschaftlich unstabilen Zeiten beneiden mich viele um die sichere Rente. Auf der anderen Waagschale stehen die Jüngeren, mit der Aussicht auf ein längeres Leben.

Als scheidender Ladenbesitzer verliert er bei seinem Großhändler schnell an Bedeutung. Er wird als Mensch uninteressant und hat nur als Auskunftsperson Gewicht, um den Kontakt mit dem Nachfolger herzustellen. Er ist eine Bodenschwelle, über die man hinweg muss, um an *den Jungen* heranzukommen. *Am Alten* besteht so lange Interesse, bis er den Namen und die Telefonnummer *des Neuen* bekanntgegeben hat. Mit dem Verweis, es geht nicht um den Verkauf, man möchte sich als Großhändler beim Zukünftigen vorstellen, wird der Druck erhöht. Als leutseliger Kaufmann ahnt er, dass ein Grossist keine Almosen verteilt, dieser will verkaufen. Die Grenze zwischen Hilfestellung und Druck ist fließend. Die neue Freiheit in der Pension wird darin bestehen, für alles offen zu sein und sich nicht drängen zu lassen.

Während sich die Kunden bei den Gag-Artikel für den sechzigsten Geburtstag, den Bierkrügen, Spruchtafeln, Kaffeetassen und Schlüsselanhängern umschauen, spekuliere ich darüber, was die Menschen, welche in wenigen Tagen sechzig werden, bewegt. Wie sehen die Gratulanten die Sechzigjährigen? Bei mir schwanke ich zwischen Verdrängung und Sarkasmus. Wer sich im Wald fürchtet, fängt laut zum Singen an. Ich überlege, welche Grußkarte ich gerne zum Sechziger hätte. Eine Edle mit Golddruck, eine Nostalgische, eine mit einem sinnvollen Spruch oder etwas Boshaftes: *Das Klappern der Gelenke hört man deshalb nicht, weil man in diesem Alter bereits schlecht hört.* Unbekümmert verhält sich jüngere Kundschaft, kauft sie ein Billett zum sechzigsten Geburtstag, sie nimmt an der Feier teil, weil sie eingeladen sind. Der Sechziger ist für sie nichts Konkretes, er ist etwas, was in ferner Zukunft liegt. Der Vierziger liegt am Rand von ihrem Gesichtsfeld, einem Test beim Augenarzt gleich, wo geklärt wird, wie weit das tatsächliche Sehfeld reicht. Mit Bekannten, welche den vierzigsten Geburtstag begehen, können sie etwas anfangen, im Gespräch, bei den Freizeitaktivitäten und den Liebesaffären. Die Generation Fünfzig plus, die Gleichaltrigen oder die etwas Älteren erstehen mit ernstem Gesichtsausdruck ein Billett zum sechzigsten Wiegenfest. Sie wissen, welche Mühen nach sechzig warten, welche Veränderungen im Leben bevorstehen. Die

Möglichkeit, mit sechzig Jahren in den Ruhestand zu gehen, wird in diesem Jahrzehnt enden. Das Antrittsalter wird sich auf fünfundsechzig und danach auf siebenundsechzig Jahre verschieben. Mit dem Ausscheiden aus dem Berufsleben sind meistens Ehrungen um die Verdienste in der Firma, einem Verein oder einer öffentlichen Körperschaft verbunden.[35]

Mit meinen Augen folge ich am Hauptplatz der Wulfeniastadt den gezückten Touristenhandys, welche eine fotografische Reise über

---

[35] Kommentar von S: Morgen machen wir in der Nachbarschaft eine 60 bunt und übermorgen ist die Geburtstagsfeier. In diesen Tagen las ich in der Zeitung eine Bekanntmachung. Da wurde für „Ältere über 55 Jahre" der Eintritt bei einem Festival reduziert. Frei nach dem Motto: „Na ja, die verzehren ja nicht mehr viel und machen nichts kaputt, die können billiger rein." Da wird mir doch etwas mulmig, auch wenn ich mich sonst noch ganz fit fühle.

Kommentar von P: Wer mir jemals eine Karte schreibt, wo mein Alter draufsteht, braucht in meinem Gesichtsfeld nicht mehr erscheinen. Kürzlich hab ich von einem Dschungelvolk gelesen, das kein Wort für Zeit hat. Die haben Wörter für hell und dunkel, also für Tag und Nacht – mehr ist nicht nötig. Je mehr wir wissen und je mehr Begriffe wir kennen, umso schwerer ist es, die Augenblicke des Seins auszukosten.

Kommentar von S: Eine „60 bunt machen" ist in unserer Gegend ein Brauch unter Nachbarn, wobei „das Buntmachen" für alle runden Geburtstage gilt. Stammt wohl aus der Zeit, wo es nur ein Fernsehprogramm gab und jede Gelegenheit zum Nachbarschaftstreffen genutzt wurde. Auch ein neuer Briefkasten wurde „bunt gemacht". Aus Betonstahl wird die Zahl geformt und geschweißt. Sie hat ungefähr eine Höhe von 1,20 m. Dieser Monierstahl wird mit Buchsbaum, Thuja, Lebensbaum und Draht umwickelt. Ähnlich wie ein Adventskranz, dann werden Blumen und Schleifen befestigt. Dieses „Buntmachen" ist eine lustige Angelegenheit und wird zur Stärkung von einem Bierchen oder ein paar „Kurzen" unterstützt. Das Ganze passiert am Abend vor dem Geburtstag, dann wird das fertige Werk zum Geburtstagskind getragen und aufgestellt. Am besten im Vorgarten, damit Vorbeifahrende erkennen, dass ein Geburtstag gefeiert wird. Das Geburtstagskind erwartet die Nachbarn schon mit Bratwurst, Suppe oder Schnittchen sowie ausreichend „flüssiger Nahrung".

den Platz machen. Von einer Hausfassade zur anderen, von einem Denkmal zum nächsten. Nicht vergessen wird, die Frau und die Kinder auf das Bild zu bannen. Zieht eine Gruppe Jugendlicher durch die Stadt, geht es dabei rasanter zu und es kommt zu komischen Situationen. Die Buben schubsen die Mädchen, Taschen werden durcheinandergewirbelt und um die Triebe loszuwerden, laufen die Buben den Mädchen hinterher. Kein Handy bleibt in der Jacke, alles wird gefilmt. Die Geisterbahnfahrt im Vergnügungspark mit den schrillen Schreien und viel Herzklopfen. Beim Autodromfahren werden die Freundinnen gerammt und aus dem Gokart geschleudert. Während der Fahrt mit der Achterbahn bleibt der Mund offen und die Gesichter sind verzerrt. Diese Schrecksekunden werden sofort auf YouTube online gestellt, *alle* sollen sie sehen. Wer schaut dort vorbei, wenn alle dort sind, außer man ist prominent? Wie lange werden die digitalen Bilder und Videos im Gedächtnis bleiben? Die Schwarzweißfotos in den Bilderalben unserer Eltern und Großeltern erhalten derzeit mehr Aufmerksamkeit.[36]

Die Pforten zum *Gailtaler Speckfest* öffnen sich Anfang Juni. Eine Veranstaltung, die den kulinarischen Geschmack vieler Kärntner trifft. In allen Bevölkerungsschichten gibt es Verehrer dieser Köstlichkeit. Ein Weg, sich in eine Region zu verlieben, erfolgt über das Essen und Trinken. Dies hält Leib und Seele zusammen. Die Gewinner des dreitägigen Specktakels sind die Bauern. Der *Frontmann*

---

[36] Kommentar von G: Bei einem Sizilien-Urlaub im Jahre 1989 erlaubte ich mir ein halbes Dutzend Fotos pro Tag. Ich hasste Bilder, die nicht perfekt waren, etwa Gebäudeansichten mit Autos davor. Die Bilder sollten einen hohen Erinnerungswert haben. Von einer späteren USA-Reise kehrte ich mit 600 analogen Fotos zurück. Zu Hause stellte ich fest, dass 99 % der Aufnahmen die Schönheit der Landschaft nicht wiedergaben, ich habe alle Fotos in den Müll geworfen.

Kommentar von E: Mir gefällt die Welt und das Objekt besser mit dem Rahmen drum herum. Ich empfinde es dann intensiver. Dies löst bei vielen Mitmenschen Kopfschütteln aus.

der Veranstaltung ist der *Gailtaler Speck,* er lässt keinen Besucher ungerührt. Unterstützt wird er von der *Gailtaler Rohwurst,* den *Gailtaler Hauswürsteln* und dem *Gailtaler Almkäse.* Ohne die ausgelassenen Feste im Jahreskreis wären die Talbewohner orientierungslos. Heimatlos würden sie auf der Gail Richtung Villach treiben und am Gailspitz in der Drau ertrinken. Das Tal würde sich entvölkern und überall dort, wo ein Bewohner verloren gegangen ist, würden die Sommerfrischler als Zweitwohnungsbesitzer einziehen.

Für Aufregung unter der Bevölkerung sorgte ein Streit zwischen dem *Verein des Gailtaler Speck* und einem Gailtaler Bauern. Nur Mitglieder des Vereins dürfen ihren Speck *Gailtaler Speck* nennen. Wird der Speck von einem Gailtaler Bauern erzeugt, dieser ist aber kein Vereinsmitglied, so darf er seinen Speck nicht als *Gailtaler Speck* verkaufen. Nur Speck von Vereinsmitgliedern ist ein echter *Gailtaler Speck.* Das Gailtal mit seinen Bergen und dem Schnee, dem Speck und dem Käse ist im Würgegriff von Marketingstrategen. Das Bekenntnis *Ich bin ein Gailtaler* wird in Zukunft dem Markenschutz unterliegen. Nur Mitglieder des *Gailtalvereins* dürfen dies von sich sagen, jeder andere Talbewohner muss für diese Aussage eine Strafe zahlen.

Am Stadtrand liegt das Einkaufsviertel mit den gelben, blauen und grünen Neonröhren, den blinkenden und laufenden Leuchtreklamen. Die Shoppingsüchtigen umschwirren die Leuchtreklamen wie die Nachtfalter das Balkonlicht. Dieses Viertel wird im Herbst und im Winter nachts vom Nebel eingehüllt. Die Umrisse vom *roten Stuhl* leuchten durch den Dunst. Heizspiralen durchziehen die Sitzfläche, sie brennen sich in den Hintern, schneiden in den Darm und veröden ihn. Wer auf dem *roten Stuhl* sitzen bleibt, besteht die Feuerprobe. Vom Leben übrig bleiben die Störungen der Leber, der Lunge, des Herzens, die Nierenschmerzen und die Trägheit des

Darmes. Auf den schneebedeckten Berghängen sieht man bei Tagesanbruch das Rosa der inneren Schamlippen. Im Frühsommer färbt sich der Schnee von den Fußverletzungen und den Rippenbrüchen rot. Auf dem Feuerstuhl fliegt man zwischen den Berggipfeln hindurch in ein fremdes Land.

Ein fester Bestandteil der Unterhaltung ist der Spruch *Ja.natur* eines österreichischen Diskonters. Nach den Regentagen, Anfang Mai, spaziere ich bei schönem Wetter das Maibachl entlang, auf die Gennottehöhe. Das Gras ist in den letzten Wochen kräftig gewachsen. Alles ist grün und es riecht nach frischen Blumen. Die Vögel beginnen mit ihrem Abendkonzert und die Mücken tanzen in den verbleibenden Sonnenstrahlen. *Ja.natur*, rufe ich laut in den Wald. Trotz Krisengejammer gedeihen die Früchte auf den Feldern, Fertiggerichte sind dagegen Produkte einer Kunstfabrik. Bei den Sozialleistungen kommen Einsparungen und der Arbeitsmarkt schrumpft, weil die Exporte zurückgehen. Der private Konsum lässt nach, *Ja.natur*. Die Banken haben viele Milliarden Euro verzockt, da ist es *Ja.natur*, dass sie eine Bankenabgabe zahlen müssen. Der Kuckuck ruft dreimal und ein Schwarm Bienen streift am Gesicht vorbei. Der Mai ist ein guter Zeitpunkt, meine Tabletten durch Bewegung in *Ja.natur* zu ersetzen. Läuft ein Jogger vorbei, kann ich den Schweiß riechen, *Ja.natur*. Nach dem Heimkommen verirrt sich ein Vogel in die Loggia und die Katze Undine fängt und frisst ihn auf, ja natürlich.

Wer Haustiere besitzt, hat schon die Erfahrung gemacht, dass bei der Haltung Unklarheiten auftreten können. Über manche Verhaltensweisen von Hund, Meerschweinchen oder Katze ist man verwundert. Dabei passiert der Fehler, das Verhalten der Haustiere mit menschlichen Sichtweisen zu beurteilen. Tierische Willensäußerungen mit menschlicher Mimik gleichzusetzten, menschliche Reaktionen zu erwarten. Verweigern Haustiere das Fressen, dann ist dafür der Grund meistens, dass sie krank sind. Was könnte ihnen fehlen? Hat eine Kuh am Bauernhof das Heu nicht gefressen, war der Vater besorgt und bereitete ein *Leckerli*, aus Kamillenkräutern und Eiern, zu. Mit den Tieren wurde mehr geredet als mit uns Kindern. Den Tieren gestehen wir ein großes Selbstheilungsvermögen zu, sie überwinden Krankheiten leichter als ein Mensch. Bei Wildtieren könnte dies eher zutreffen als bei den Haustieren, sie haben es sich im sozialen Umfeld des Menschen bequem gemacht. Wie bei der Fütterung verlassen sie sich darauf, dass sie vom Tierhalter medizinisch betreut werden. Tiere können keine Wörter bilden, es werden die Symptome beobachtet. Unsere Wohnungskatze Charly zeigt seit einigen Tagen ein eigenartiges Verhalten. Hustet er, schüttelt es ihn am ganzen Körper, als wolle er etwas aushusten. Der Husten geht in ein Röcheln über. Anders, als wenn er einen Haarballen herauswürgt. Wir rätselten darüber, ob dies ein Krankheitszeichen war, im Zweifelsfall zur Tierärztin. Ihr schilderte ich den Hustenanfall und habe dabei die Art und Weise nachgeahmt. Für die Diagnose war dies sehr hilfreich. Charly hatte Würmer und einige waren in die Lunge weitergewandert. Bewegten sich diese, lösten sie einen Hustenreiz aus. Charly wurde entwurmt.

Nach einem starken Gewitter kommt es in den Bergen vor, dass sich ein Sturzbach bildet, der ein Stück von einem Wanderweg in die Tiefe reißt. Den Urzustand sofort wieder herzustellen, ist nicht immer möglich. Zuerst wird das Notwendigste ausgebessert und eine Hinweistafel angebracht – *Begehen auf eigene Gefahr*. Mit seinem Verstand kann jeder abwiegen, ob ihm der schöne Ausblick vom Gipfel das Risiko wert ist. Mit unserer Urteilskraft leben wir ein Dasein auf eigenes Risiko. Den Höhepunkt der persönlichen Freiheit haben wir in unserer Gesellschaft überschritten. Wir gehen kaum mehr ein Wagnis ein und beschließen immer neue Vorschriften. Man braucht sich nur die Fülle von Verordnungen, die unsere Freizeit regeln, anzusehen. Es besteht Helmpflicht beim Moped-,

Rad- und Skifahren, beim Autofahren die Gurtpflicht und das Handyverbot. In öffentlichen Gebäuden, Bus und Bahn sowie in Gasthäusern ist das Rauchen verboten. Nicht vorhersehbaren Risiken versuchen wir mit einer Feuer- und Haushaltsversicherung, Einbruch- und Unfallversicherung, Kranken- und Lebensversicherung vorzubeugen. Für jene möglich, welche ein gutes Einkommen haben.

Stehe ich im leeren Lagerraum des Betriebs, spüre ich die körperliche Unsicherheit und weiß, dass ich hier nichts mehr zu bestimmen habe. Ich muss etwas loslassen, an dem ich mich festhalten konnte...

Der Tag der Betriebsübergabe rückt immer näher, so werden von mir dutzende Arbeiten *letztmalig* durchgeführt, die Bestellung von Malbüchern, Schulheften, Ringmappen, Krepppapier, Briefkuverts und Bleistiften. Verkaufe ich Erinnerungsalben für die Firmung, so fühle ich: Dies sind die letzten. Manche Stammkunden haben sich schon vor Monaten von mir verabschiedet, weil sie nicht wussten, ob dies ihr letzter Besuch im Geschäft war. Zum letzten Mal liefere ich Schulbücher aus und nehme an einer Sitzung der Fachvertretung teil. Vom Prinzenpaar wird es bedauert, dass es von mir zum letztmöglichen Glas Sekt eingeladen wird. Das Wort *letztmalig* gebraucht die Burschenschaft, als sie um eine Spende für den Jahreskirchtag bittet. Sie wollen auf zwanzig Euro nicht verzichten. Bleibt das Brauchtum in der Zukunft erhalten oder kommt es zu einem Tabubruch, der schon fällig ist?

Fünf Jahre vor der Pension habe ich darüber nachgedacht, was ich tun muss, um bis dahin arbeitsmäßig und gesundheitlich gut zu leben. Vor dem Ende meines Arbeitsleben nicht in einen menschlichen Abgrund zu rutschen. In diesen Tagen sind es bis zu meinem Ruhestand nur mehr fünf Monate. Die vielen Bedenken drehen sich im Kreis und die verbleibenden Tage gewinnen immer mehr an Fahrt. Es ist wie eine Autofahrt vom Wurzenpass, mit einem Gefälle von zwölf Prozent. Ich trete auf die Bremse, aber der Druck geht in das Leere. Das Auto wird immer schneller und ich weiß nicht, ob ich die nächste Kurve schaffen werde. Für technische Gebrechen gibt es beim Auto die Reparaturanleitung, dort wird alles Punkt für Punkt erklärt. Anhand einer Übergeberliste hake ich einzelne Posten ab und erstelle neue Listen. Mit jeder erledigten Liste gewinne ich an festen Boden und die Bremsen beginnen zu greifen. Vor drei Jahren war alles weit weg.

Um in den Ruhestand zu gehen, will ich meinen Laden schließen — gibt es dafür einen passenden Moment? Soll ich zur Verbreitung dieser Absicht die Mundpropaganda einsetzen, soll dies hinter vorgehaltener Hand geschehen oder soll ich vor den Vorhang treten und dies öffentlich kundtun? Damit würde ich dem aufkommenden Bedauern den Wind aus den Segeln nehmen und allen anbieten, den Papierladen weiterzuführen. Die Dorfbevölkerung könnte ihre Nahversorgung selbst gestalten. In den vielen Berufsjahren als schrulliger Papierhändler habe ich eine Unzahl von Menschen bedient und kennengelernt. Viele Stammkunden haben mich aufgefordert, sie nicht im Stich zu lassen. Ich fühlte mich gedrängt, den Laden über das gesetzliche Pensionsalter hinaus offenzuhalten.

Mit Wehmut verschickt er Einladungen zum Abschiedsfest. Bei anderen schürt dies die Missgunst, wie im Gleichnis vom verlorenen Sohn. Der Hoferbe ist dem *Davongelaufenen* – dieser hat in der Fremde sein ganzes Erbteil durchgebracht – das Fest anlässlich seiner reumütigen Heimkehr neidig. Von den *Weggefährten* werden die Mitarbeit in der Öffentlichkeit, die geistigen Impulse für den Ort hervorgehoben. Die Verwandten spekulieren darüber, wie viel sie an Vermögen erben werden.

Der am häufigsten geäußerte Glückwunsch bei einem runden Geburtstag ist: *Bleiben Sie gesund.* In Kärnten: *G'sund bleibn.* Wie bewältigen Menschen ihren Alltag, die seit ihrer Kindheit krank sind oder im Alter kränklich werden? Auch diese haben das Bedürfnis nach Abwechslung. Jeden Tag, an dem ich mich unwohl fühle, erlebe ich als ein Ärgernis. Sehe darin einen Materialfehler und ein Versagen des Schöpfers. In der Annahme, der Einzige mit Beschwerden zu sein, alle Übrigen sind gesund und glücklich, lebe ich. In dieser Meinung verharre ich, bis ich einen lebenslustigen Bekannten im Krankenhaus besuche. Seit drei Monaten spürt er die linken Fußzehen nicht mehr.

Geregelte Arbeitszeiten sind ein taugliches Mittel, um dem Tag und dem Leben eine Struktur zu geben. Ein geordneter Tagesablauf beugt Grübeleien vor. Die umherirrenden Gedanken kehren immer wieder zur Arbeit zurück. Eine ähnliche Gliederung braucht es in der Pension. Aus dem Klosteralltag kann man sich für den Tagesrhythmus Anregungen holen. Nicht aus Langeweile jeder Kleinigkeit sofort nachgehen, Mehreres sinnvoll bündeln und auf einmal erledigen. Neue menschliche Verbindungen knüpfen, nicht in der Wohnung verharren und eine soziale Betätigung suchen. Regelmäßiges Tagebuch führen und Gedanken zu Texten formen.

Stößt einem Erfolgsverwöhnten ein Unglück zu, ein Partnerverlust oder es bricht bei ihm eine Krankheit aus, tritt eine Bewusstseinsveränderung ein. Er schlüpft in die Rolle des Geläuterten und des Lehrenden, der andere auffordert, über Dinge nachzudenken, welche nicht mit Beruf, Erfolg und Besitz zusammenhängen. Eine ausschweifende Lebensweise kann eine Erkrankung fördern. Kommt es nur zu einer kurzen Schockphase und man fällt wieder in die alten Denk- und Lebensmuster zurück? Jeder sollte bestrebt sein, in seinen Alltag Einsichten und Erfahrungen frühzeitig zu integrieren. Manche vertrauen dabei auf den *Geist von Pfingsten* und helfen ein wenig nach. Der Pfarrer von Völkendorf gab während der Sonntagsmesse den Kindern den Auftrag, die Erwachsenen *anzuhauchen* und so den Heiligen Geist zu verbreiten. Mit dem Alter werden Weisheit, Erkenntnis und neue Freiheiten in Verbindung gebracht. Führen neue Erkenntnisse in späteren Jahren dazu, sein Leben zu ändern?

Die Wahrscheinlichkeit, gesund zu bleiben oder zu erkranken, ist gleich groß. Niemand weiß, warum jemand krank wird und ein anderer nicht. Wo und wann man sich mit Viren infiziert hat. Unser Wissen über gesunde Ernährung und Gesundheitsvorsorge ist überproportional groß. Dabei kann man oft nicht mehr unterschieden, was gesund erhält und was krank macht. Würde man alle Gesundheitsratschläge aus den Magazinen befolgen, wäre man am Ende krank. Von der persönlichen Einstellung hängt es ab, wie gesund oder krank man sich fühlt. Man kann sich gesund, aber auch krank denken. Darüber spekulieren, warum man sich heute nicht wohl fühlt: Ist es die kalte Luft, der Nebel, der Föhn oder der Wetterumschwung? Hinter den eigenen Spekulationen über die *Wehwehchen* steckt der Versuch, sich einer Untersuchung beim Arzt zu entziehen. Den Symptomen wird eine Schonfrist eingeräumt, sie könnten von alleine verschwinden. In manchen Fällen schlummern sie kurz ein, um später neuerlich aufzutauchen. Als selbstbestimmter Mensch versucht man, den Gang zum Facharzt zu vermeiden. Die neuerdings um sich greifende Nahrungsmittelunverträglichkeit löst ein breites Spektrum an Beschwerden aus. Man wird gezwungen, beim Essen auf vieles zu verzichten. Die Hungerkünstler posierten im Mittelalter auf den Jahrmärkten, sie gehörten zu den zählebigen Menschen. Einmal zuviel schreien die Kinder bei einer Hautabschürfung. Bläst die Mutter auf die wunde Stelle, genügt dies in den meisten Fällen, oder ein Stück Leukoplast auf die schmerzende Wunde geklebt, als ein sichtbares Trostpflaster.

Ein *Gailtaler Steinhocker*, ausgestattet mit robuster Gesundheit und paradoxer Denkweise, ist in die Jahre gekommen. Er ist in den steilsten Regionen des Lesachtales aufgewachsen. Dort beißt man die Zähne zusammen, bis man nicht mehr kann. Für eine periodische Vorsorgeuntersuchung sah er keine Notwendigkeit. Bei meinem letzten Besuch waren seine Wangen blass und eingefallen. Das Kraftstrotzende der früheren Jahre fehlte, die Hände zitterten beim Kaffeeeinschenken. Er berichtete, dass er vor einigen Wochen Schmerzen in der Brust spürte und ihm übel wurde. Der Rettungshubschrauber brachte ihn in das LKH Villach. Um einem Herzinfarkt zuvorzukommen, wurden seine Arterien gedehnt. Seit drei Tagen ist er wieder zu Hause. Er ärgert sich darüber, dass er noch nicht der *Alte* ist; nach ein paar Stunden müde wird und Abstriche bei seiner Leistungsfähigkeit hinnehmen muss. Verschiedene Arbeiten warten im Hausgarten auf ihn, das Krauteinschneiden und die Zwiebelernte. Er möchte die Arbeiten aufschieben, aber Kraut und Zwiebel nehmen auf menschliche Befindlichkeiten keine Rücksicht. Im Gebirgstal können die Herbstnächte schon frostig sein und die Kübelpflanzen vor dem Haus Schaden nehmen. Die schweren Blumentröge sollten in das Haus geschafft werden, so telefoniert die Frau nach dem Bruder in Salzburg.

Die Eltern waren bereits zu Hause bei der abendlichen Stallarbeit, die Kühe füttern und melken. Mein Bruder und ich waren noch am Roggenfeld, bei der Getreideernte. In einem unaufmerksamen Moment fügte er sich mit der messerscharfen Sichel am Knie eine Schnittwunde zu. Ich war damals dreizehn Jahre alt, er jünger. Das Ausmaß der Verletzung konnte ich nicht ahnen, ich war von dem Gedanken getrieben, so schnell wie möglich den Bauernhof zu erreichen. Dies benötigte einen Fußmarsch von etwa zwanzig Minuten. Im ersten Schock blutete die Wunde nicht, in Hofnähe sickerte das Blut langsam über den Unterschenkel. Durch den Fußmarsch klaffte die Wunde, als wir zu Hause ankamen, weit auseinander, der Vater versorgte die Verletzung provisorisch. Ein herbeigerufener Nachbar, Besitzer eines VW-Käfers, fuhr mit dem Bruder zum praktischen Arzt. Dieser schickte sie weiter in das Bezirkskrankenhaus, wo die Schnittwunde genäht und mein Bruder im Spital bleiben musste. Am darauffolgenden Sonntag fuhren wir mit dem Auto nach Spittal, um ihn zu besuchen. Der Vater und die Schwester blieben zu Hause, damit im Falle eines Verkehrsunfalles die Versorgung der Kühe sichergestellt war.

Vom fahrenden Zug aus sehe ich für einen Moment den Hahn auf dem Misthaufen thronen und rundherum ein paar Hennen. Bei der Fahrt durch das Untere Drautal gleiten bäuerliche Anwesen am

Zugfenster vorbei. In der Politzner Kindheit sah ich täglich, wie der Hahn und die Hennen rund um den Misthaufen nach Würmern, Käfern und Engerlingen geschart haben. Der Bauernhof war ein Paradies für Hühner, Enten und Gänse. Der Eurocity passiert die Bahnstation Ferndorf und rechts von den Geleisen erstreckt sich das Heraklithwerk. Nach dem Bahnübergang in Rothenthurn steht das in Backsteinziegeln errichtete, heute unbewohnte Bahnschrankenwärterhaus. Dazumal wohnte hier die *Bacher Mitzi*, von uns Kindern die *Eiertante* genannt. Zu ihr brachten wir die Hühnereier, von der Mutter im Rucksack sorgfältig verstaut. Der Weg vom Politzner Berg hinab in die Beinten und die Bahngeleise entlang bis nach Rothenthurn war etwa sechs Kilometer lang. Je nach Witterung konnte der Fußmarsch beschwerlich sein. Nach mehreren Regentagen trat das *Bohnbachl* über das Ufer und setzte den Weg unter Wasser. Behelfsmäßig wurden Bretter zum Überqueren der Überflutungen ausgelegt, oft kamen wir mit nassen Füssen bei der *Bacher Mitzi* an. Entlang des Weges, der von den Einheimischen wenig benützt wurde, gab es keine Häuser, nur Schilf, Sträucher und den Auwald. Hier trieben sich die umherziehenden Scherenschleifer, Kesselflicker und Wanderburschen um. Im Dorf wurde erzählt, dass die Handwerksburschen schon Kinder *vazaht* hätten. Einen Sommer lang soll sich ein Mörder im Auwald versteckt haben. Beim Zotteln entlang der Bahnstrecke hatten wir Kinder ein mulmiges Gefühl. Ab sechzehn Jahren benützten wir das blaue Puch-Moped zum *Eierführen*. Wir mussten vorsichtig fahren, um die Eier unversehrt bei der *Eiertante* abzuliefern. Die Mutter wollte von uns genau wissen, wie viel sie für ein Ei bezahlt hat. Dabei spielten zehn Groschen mehr oder weniger eine Rolle. Die *Bacher Mitzi* bezahlte nach Größe der Eier und nach aktueller Nachfrage unterschiedlich viel. Sie verkaufte die Eier am Spitaler Wochenmarkt weiter. Eine lange Autokolonne bildete sich im Sommer bei geschlossenen Bahnschranken. Durch den Bau der Drautalschnellstraße Ende der sechziger Jahre verlor der Bahnübergang in Rothenthurn seine Bedeutung. Das Gemischtwarengeschäft mit angeschlossener Tankstelle, knapp vor der Bahnübersetzung, büßte nach der Verlagerung des Durchzugsverkehrs aus dem Ort viel von seinem Umsatz ein. Fünfhundert Wurstsemmeln wurden in der Hauptreisezeit täglich verkauft, nach der Auslagerung des Durchzugsverkehrs waren es dreißig. Mit der Pensionierung des Besitzers wurde das Gemischtwarengeschäft geschlossen.

In manchen Familien, Betrieben und Dörfern verlaufen die Tage über Jahre hinweg immer gleich. Es verändert sich kaum etwas, einzig die wechselnden Jahreszeiten verlangen kleine Anpassungen. Die Festtage bestimmen den Alltag im Haus, im Betrieb und im Dorf. Auch im Papierladen bestimmen sie den Geschäftsalltag mit. Für Neujahr und Fasching, Nikolaus und Weihnachten gibt es passende Artikel, sie werden als Saisonartikel bezeichnet. Dazu kommen Geschenkartikel für Familienereignisse wie Taufe, Firmung, Geburtstag und Hochzeit. Verändert sich etwas bei der Nachfrage, ist der Rhythmus gestört. Verschiedene Saisonartikel kaufen nur noch ältere Kunden. Die jungen Familien verzichten auf vielerlei Beiwerk, manche auf einzelne Feste. Dadurch beginnt das Vertrauen in den Alltag zu wanken. Ähnlich bei der Verlässlichkeit der Natur, wenn sie uns Menschen durch Erdbeben, Lawinen und Überschwemmungen bedroht. Der Mensch will sie zähmen und dabei kann als Folge die Natur außer Kontrolle geraten. Die Atomenergie kann unseren Energiehunger sättigen und gleichzeitig unser Dasein in Frage stellen. Wie viel Energie braucht man zum Sterben und woher kommt diese?

Auch bewährte Gebrauchsgegenstände können im Design veralten und man passt sie dem Zeitgeschmack an. Dieser Zyklus findet sich bei selbstverständlichen Dingen wie Kleidung und Schuhen. Niemand ist in den letzten Jahrhunderten nackt außer Haus gegangen und doch werden immer wieder aufs Neue Kleider und Schuhe entworfen und hergestellt. Die abgetragenen Kleider werden gesammelt und für karitative Zwecke verwendet. Bei vielen Handwerkern hat sich die Aufgabenstellung mit den Jahrzehnten verändert, auch in der Autowerkstatt. Die übliche Berufsbezeichnung für die Mitarbeiter war Mechaniker, der Motor, das Getriebe und die Lenkung waren mechanische Teile. Neuerdings wird die Bezeichnung Autotechniker verwendet, vieles wird jetzt im Auto vom Computer gesteuert. Die Werkstatteinrichtung und die Lehrlingsausbildung haben sich dem angepasst. Gleichwohl hat es Veränderungen in der Landwirtschaft gegeben, es werden kaum noch Pferde zum Pflügen und zum Transportieren von Heu verwendet. Die Zeiten, wo mit der Sense gemäht und mit der Hand gesät wurde, sind vorbei. In den Branchen des Einzelhandels hat sich ebenso ein Wandel vollzogen. Den *Greißler* wiederzubeleben wäre unsinnig. Vor einem Grenzübergang nach Italien gibt es das *Greißlermuseum*, mit einer Geschäftseinrichtung aus dem Beginn des vorigen Jahrhunderts. Bewirbt sich jemand um die Betriebsnachfolge im Handel, ist die Aussage, es soll alles so bleiben wie in den letzten dreißig Jahren, eine Bedrohung. Dabei stellt sich die Frage: Welche Chancen hat die Übernehmerin, wenn sie einen Schritt in die Vergangenheit macht? Es ist besser, der zu vertrauen, die ankündigt, es wird kein Stein auf dem anderen bleiben. Der Mensch ist gefordert, wenn beim Denken nichts bleibt, wie es war. Die griechischen Philosophen waren der Auffassung, im Körper und im All fließt alles. Heute fließt in unseren Köpfen vieles schneller, dies führt zu geistigen Überschwemmungen.[37]

---

[37] Kommentar von I: In diesen Tagen wird der Unterschied zwischen Familienbetrieben und Großbetrieben emphatisch angesprochen: Sogar von der Abspaltung bzw. Gründung einer neuen Partei hört man. In der Tat könnte der Unterschied zwischen einem Familienbetrieb und einem Großbetrieb nicht größer gedacht werden, als er ist. Ein Großbetrieb muss sich um politische Parteien nicht kümmern, sondern könnte selbst an der Gründung einer solchen mitwirken. Ein Familienbetrieb ist von einer politischen Partei im höchsten Maß abhängig.

Für den Traum, *in Schönheit zu sterben*, riskieren Schauspielerinnen und Schauspieler sowie Mitglieder des europäischen Hochadels vieles. Es wird mit kosmetischen und chirurgischen Mitteln versucht, die Falten im Gesicht, am Hals und an den Armen zu glätten. Der Busen und der Po werden gestrafft, um so den äußeren Alterungsprozess zu verwischen. In Adelskreisen verschleiert man mit schillernder Garderobe das Alter, dazu wird an Traditionen festgehalten, die nur für ihre Kreise von Bedeutung sind. Für den Alltag der Durchschnittsbürgerinnen bieten die Skandale in den Fürstenfamilien, breitgetreten in den Illustrierten, eine willkommene Ablenkung von den Beschwernissen eines Hausfrauendaseins. Die Reportage von den aufwendigen Hochzeitsvorbereitungen von Ronaldo & Irina, ihrer exklusiven Brautgarderobe, trösten für Tage darüber hinweg, dass die eigene Bekleidung und die für die Kinder beim C&A gekauft wird. Selbst hegt man nicht den Wunsch, in Schönheit zu sterben. So werden gesundheitliche Beschwerden verdrängt und man stellt sich gegenüber den Warnsignalen des Körpers taub. Die krankhafte Lebensweise wird nicht geändert. Man nimmt an, es verursacht kein gesundheitliches Problem, über Jahrzehnte tonnenweise Papier zuzustellen. Von einem Tag auf den anderen verursacht das Tragen der täglichen Lebensmittel Knieprobleme. Toleranter ist man zum Äußeren, den ersten Falten im Gesicht und dem spärlichen Haarwuchs. Die Hautfalten der Nacht sind morgens im Spiegel zu sehen. Manche Falten werden mit Schminke zugedeckt, geschickt werden die spärlichen Haare auf dem Haupt verteilt. Mit einem Modehaarschnitt könnte ich mir eine Glatze zulegen, so wäre ich alters- und geschlechtslos. Bei anderen stelle ich den Alterungsprozess zuerst fest, selbst sehe ich mein Äußeres zeitlos unverändert. Es fällt mir schwer, die Vergänglichkeit des Körpers als einen Teil des Lebens anzunehmen. Aufnahmen, die zwanzig Jahre zurückliegen, erwecken für mich den Anschein, dass ich mich nicht verändert habe. Ein Trostpflaster für das Gemüt, welches ich mir selbst verabreiche.

Von einem Paketzusteller aus Zimbabwe werde ich gefragt, was ich mir anlässlich meines Pensionsantritts denke. In seiner afrikanischen Heimat gibt es keine Rente, die Menschen arbeiten bis an ihr Lebensende. Egal, ob man freiwillig oder zwangsläufig aus dem Berufsleben ausscheidet: Nähert sich der letzte Arbeitstag, wissen viele nicht, was sie in der arbeitsfreien Zeit erwartet. Von einem Tag auf den anderen befindet man sich in der Pension, nicht in einer Fremdenpension, sondern in der Alterspension. Es gab einmal den Begriff *man geht in die Rente*. Schwer vorstellen kann ich mir Tage ohne regelmäßige Arbeitszeit. Vorerst taste ich mich im Dunkeln vorwärts, bis Licht in den Rentenalltag kommt. Es gibt vage Vorstellungen wie die Zeitungsausschnitte und Schriftstücke zu ordnen, die Foto- und Büchersammlung zu katalogisieren. Im Garten, der Jahreszeit entsprechend, Sträucher und Blumen zu pflanzen und zu pflegen. In der Wohnung fällige Reparaturen durchzuführen und im Kellerabteil aufzuräumen. Über allen Vorhaben liegt ein Nebel wie im November. Eine Ungewissheit, welche auf das Gemüt und das Herz drückt. Erfahrene Pensionisten gewähren Einblick in das künftige Rentnerdasein. Die Voraussetzung für Fernreisen und das Überwintern auf einer Südseeinsel ist eine gut dotierte Rente. Statt luxuriös zu verreisen, sucht ein Großteil der Pensionisten um einen Zuschuss zu einem Erholungsaufenthalt an. Sie haben jetzt Zeit und müssen jeden Termin akzeptieren. Bei verschiedenen Institutionen wird man bei Behandlungsterminen zurückgereiht. Der Rentneralltag besteht darin, viele Stunden in den Wartezimmern der Fachärzte zu verbringen, dort verbreitet sich die Erkenntnis: *Die Lebenszeit ist begrenzt.*[38]

---

[38] Kommentar von SE: Ich bin 62 Jahre alt und befinde mich seit dem Herbst des Vorjahres in Pension. Den Schritt dazu habe ich überlegt. Ich wollte nicht so recht, weil die Aufforderung zum Bleiben da war und der Job Spaß machte. Ich bin trotzdem gegangen. Jetzt, mehrere Monate später, kann ich eine Zwischenbilanz ziehen, wobei ich mich nicht zu den typischen Rentnern zähle. Ich bin fit, arbeite noch nebenbei und verreise mit meiner Frau. Ohne die sozialen Kontakte beim Laufen oder der Arbeit

Eine Woche ohne Arbeit zu verbringen, kann ich mir während meines Berufslebens schwer vorstellen. Diesbezügliche Erfahrungen beziehen sich auf den Krankenstand, die freien Wochenenden und den Urlaub. An den Krankentagen lag ich geschwächt durch Fieber oder andere Schmerzen im Bett. Dabei kurierte ich nicht nur die akute Krankheit aus, dazu kam die Müdigkeit der letzten Monate und ich war über die Auszeit froh. Die Wochenenden und die Urlaubstage waren zumeist mit sportlichen Aktivitäten, mit Heimwerken oder mit Reisen ausgefüllt. Die Erholung stand dabei selten im Vordergrund, es ging um Abwechslung. Wie ich die Tage verbracht habe, solange ich im Arbeitsleben stand, kann ich leicht beantworten. Ohne Anspruch auf Vollzähligkeit ergibt das Aufzählen eine Litanei. Berufstätige Frauen müssen an den Wochenenden vieles zusätzlich im Haushalt erledigen. Für sie sind die arbeitsfreien Tage im Vorhinein verplant.

Stehe ich im leeren Lagerraum des Betriebs, spüre ich die körperliche Unsicherheit und weiß, dass ich hier nichts mehr zu bestimmen habe. Ich muss etwas loslassen, an dem ich mich festhalten konnte. Noch weiß ich nicht, wo ich mich in der Zukunft festhalten werde. Mit dem Übertritt vom Arbeitsleben in die Pension beginnt ein neuer Lebensabschnitt. Besonders dann, erfolgt dieser Wechsel abrupt, nicht auf Raten und ohne Hintertür. Die Arbeit der letzten Jahrzehnte wird bewertet und man zieht eine Abschlussbilanz. Nach dieser wendet man sich neuen Tätigkeiten zu und stößt dabei auf die *Wand der Wehmut*. In dieser Phase können sich nur wenige der Traurigkeit entziehen. Die Anspannungen und die Ärgernisse der Arbeitswelt sind vergessen, man versucht sich in Gelassenheit. Die Wochen vor dem Pensionsantritt können dem Gefühl nach länger dauern als ein Jahrzehnt im Berufsleben. Das Zeitempfinden wird auf den Kopf gestellt, der Pensionseintritt stellt das ganze Leben auf den Kopf. Seit der Geburt ist es immer vorwärts gegangen,

---

würde ich mir allerdings schwer tun. Es ist wichtig zu wissen, wie du die Pension gestaltest, und sich von den Krankjammerern fernzuhalten.

mit dem Renteneintritt geht es rückwärts. Was mit der Geburt begann, wird mit dem Tod enden.[39]

Das Ausfüllen und Einreichen von Formularen bei den Behörden, sich an- und abzumelden gehört zu den häufigen menschlichen Tätigkeiten. Es beginnt im Kindesalter – anmelden zum Kindergarten, zum Schulbesuch, zum Gitarre- und Gymnastikkurs, zum Sportverein und bei der Jungschar. Mit dem Fortschreiten der Jahre wird es nicht besser. Das Auto, der Fernseher, das Telefon, das Studium, das Internet, ein Ausflug müssen an- und abgemeldet werden. Für den Arztbesuch und für das Vorstellungsgespräch am neuen Arbeitsplatz ist eine Terminvereinbarung erforderlich. Beim Bundesheer gehört das Abmelden beim Vorgesetzten zur militärischen Pflicht. Eine Gefühlsbelastung stellt ein Wohnungswechsel dar, sich im Geburtsort abzumelden und im neuen Wohnort anzumelden.

Der Schritt in die Selbstständigkeit beginnt mit dem Anmelden des Gewerbes bei der Bezirkshauptmannschaft. Seit der Reform des Gewerberechtes in den neunziger Jahren ist das Erlangen des Handelsgewerbes von zahlreichen Auflagen befreit. Vor Jahrzehnten gab es noch strenge Antrittsbedingungen – der Lokalbedarf, die Erreichung der Großjährigkeit, die bestandene Gehilfenprüfung. Heute sind fast alle Hüllen, pardon: Hürden gefallen. Jeder kann fast jedes Gewerbe anmelden, ohne dass die persönlichen und beruflichen Voraussetzungen genau geprüft werden. Es ist notwendig, vor der Pensionierung sein Gewerbe zurückzulegen. Meinen mit Ornamenten reich verzierten Gewerbeschein entnehme ich der

---

[39] Kommentar von D: Im Prinzip stimmt es. Mit dem Ende des Arbeitslebens wird einem der Tod deutlich vor Augen geführt. Manche Menschen gehen psychisch und physisch ein, wenn sie nicht andere Aufgaben im Leben finden, wie ein Ehrenamt.

Dokumentenmappe und fahre zur Bezirkshauptmannschaft. Im winzigen Büro der Sachbearbeiterin stapeln sich die unerledigten Akte, es findet sich kein Platz zum Niedersitzen. Zwischen den vielen Schriftstücken wird ein Abmeldeformular hervorgezaubert. Die erste Frage der Beamtin ist: „Wollen sie das Gewerbe ruhend stellen oder wollen sie es abmelden? Eine Entscheidung, die sie nicht mehr rückgängig machen können." Die Abmeldung des Gewerbes, in dem ich mich menschlich verwirklicht habe, ist die Voraussetzung für das Pensionsansuchen. Ein Entschluss, bei dem mir unwohl wird. Von der Beamtin erwarte ich ein mitfühlendes Wort, von ihr kommt nichts. Mit meiner Unterschrift auf dem Formular ist die Löschung im Handelsregister besiegelt, das Formular verschwindet zwischen den Akten am Bürotisch. Das Herzklopfen, die Abschiedsträne verschiebe ich auf später. Der Bescheid über die Abmeldung wird per E-Mail zugesandt, kein Schriftstück.

Erleben es andere auch, dass sie am *Tag danach*, zu Wochenbeginn, eine Leere verspüren? Am Wochenende haben wir Einmaliges gehört, von der Geburt eines Kindes, von der bestandenen Meister- oder Führerscheinprüfung. Eine Hochzeits- oder Geburtstagsfeier oder einfach ein ausgelassenes Urlaubswochenende erlebt und heute beginnt der Arbeitsalltag. Bei runden Geburtstagsfeiern fiebern manche Gäste dem Moment entgegen, dem Jubilar öffentlich ihre Glückwünsche zu überbringen. Dazu gehören Episoden aus dem Leben des Geburtstagskindes, in heiterer Form vorgetragen. Diese Wünsche lösen bei den Anwesenden gute Laune aus. Spricht der Vertreter einer öffentlichen Körperschaft zum Geburtstagskind, wird es feierlicher. Dabei wird nicht nur der Jubilar gelobt, sondern auch die Institution, für die er gewirkt hat. Aus Bescheidenheit weisen manche vieles zurück. Es gibt unterschiedliche Personen, die einen fühlen sich hochgehoben, einige lassen die Lobesworte über sich ergehen, andere schütteln sie ab. Sein Wirken und die Nachhaltigkeit für den Ort kann man nach einer Laudatio selbst neu einschätzen. Für Ideen, welche man vor Jahren gegen starken Widerstand durchgesetzt hat, wird man heute gelobt.

Meine Gedanken vor der Kirche Maria Schnee schweifen zu lassen ist schwierig, der gegenüberliegende Hang ist nur eine Armlänge entfernt. Es ist unmöglich, über die Berge zu blicken, die einzige Alternative, den Blick talauswärts zu richten. Dort erwartet die Jungen die Freiheit, dorthin fahren sie zur Arbeit und zur Unterhaltung. Solange als möglich wird den Jüngeren der Weg aus dem Tal von den Älteren vereitelt. Eine Versuchung, der man widerstehen soll. Widersagt ihr dem Teufel? Ja, wir widersagen. Am Talausgang lauert das Verhängnis, mancher ist dort den weiblichen Verlockungen, den Drogen, dem Alkohol und der Spielsucht erlegen. Dort leben die Einflüsterer: *Beim Glücksspiel kann man saureich werden.*

Verallgemeinerungen enthalten zumeist ein Körnchen Wahrheit, aber auch Vorurteile. Unterhalten sich Bewohner aus den österreichischen Bundesländern miteinander über länderspezifische Eigenheiten, ist das Zuhören spannend. Eine ältere Frau erzählt, in Vorarlberg wurden Anfang der fünfziger Jahre die Steiermark und Kärnten für das benachbarte Ausland gehalten. Zu dieser Zeit haben viele Bewohner ihr Tal das ganze Leben nicht verlassen, die weiteste Reise führte in die Bezirkshauptstadt. Von den Kärntnern wird behauptet, sie singen und feiern gerne. Die Mentalität der Kärntner ist eine Mischung aus Österreichern und Italienern, die Mentalität der Vorarlberger ist eine Mischung aus Österreichern und Schweizern.

Im Supermarkt werden die Lebensmittel in Schütten öffentlich zur Schau gestellt, sie umgibt nichts Bäuerliches. Ich habe das Gefühl, diese Nahrungsmittel kommen aus einer anonymen Fabrik und laufen genauso vom Fließband wie eine Bohrmaschine…

Im Verkaufslokal und in der Werkstätte schlägt das *Stammherz* eines Unternehmens. Wird eine Kleiderreinigung, ein Mechanikerbetrieb oder ein Textilgeschäft geschlossen, so wird damit für den Inhaber oder die Inhaberin ein Teil ihres Herzens stillgelegt. Der Inhaber eines kleinen Handwerks- oder Handelsbetriebes ist mit Herz und Seele beim Geschäft. Ein Teil seines Herzens schlägt für den Betrieb, der andere für ihn privat. Er geht mit einem geteilten Herz durch das Leben. Wird eine Herzkammer abgeschaltet, muss er aufpassen, dass es in dieser Zeit nicht zu Herzrhythmusstörungen kommt. Von der Verkaufsbühne, dem Zentrum an Aufmerksamkeit, wird er in die Requisitenkammer abgeschoben. Er findet sich zwischen den Kostümen der vergangenen Jahre wieder. Jetzt kommt die Zeit der Muse, die vergangenen Zeiten zu archivieren und Revue passieren zu lassen. Welche Rollen er auf der öffentlichen Bühne gespielt hat und wie viel Applaus er seinerzeit bekommen hat. Auf dem Marktplatz wird der Firmeninhaber für einen kurzen Moment in seiner alten Rolle erkannt. Den Text von früher kann er noch auswendig, aber er hat nicht mehr den Elan. Das Publikum war damals größer, jetzt sind es einzelne Anhänger. Aus den Zuschauerreihen kommen die Zurufe, dass die Neue ihre Rolle nicht so gut spielt, er war besser. Dies ergibt eine doppelte Bürde — die Trauer, dass er von der Bühne abgetreten ist, und die Last, mit den Schwächen der Nachfolgerin konfrontiert zu werden. Von gutgesinnten Bekannten wird der ehemalige Inhaber zum Eingreifen aufgefordert. Sie übersehen, dass er nicht mehr auf der großen Bühne auftritt, sondern in der Requisitenkammer die alten Kostüme hegt und pflegt.

Das Finanzwesen und die Buchhaltung sind ein wichtiger Bereich bei der Betriebsführung. Hier pulsiert das *Zweitherz*. Gewissenhaftigkeit und Genauigkeit erfordert die Kontoführung. Die meisten Buchungen werden heute mit Unterstützung der EDV erledigt, dies ändert nichts an der notwendigen Sorgfalt. Einige Kleinbetriebe

führen die Grundaufzeichnungen – das Kassabuch und das Wareneingangsbuch – noch händisch. Die Archivierung der Akte reicht
über Jahre zurück. Wer in einem Büro arbeitet, ist von Schriftstücken und Ordnern *umzingelt*. Der Jahresabschluss wird von einem
Steuerberater erledigt. Den Anforderungen der Finanzbehörde zu
entsprechen, ist ohne Fachmann kaum möglich. Umgekehrt verhalten sich Staaten wie Griechenland, Spanien oder Italien, wo Milliarden Euro im Staatshaushalt fehlen, sehr fahrlässig. An die Europäische Finanzbehörde wurden geschönte Zahlen gemeldet, die Fi-
nanzsituation eines ganzen Landes mit Tricks falsch dargestellt.

Aus dem Berufsleben ausgeschieden, überrascht es mich, wie ich
die vierzigjährige Selbstständigkeit als kauziger Papiertandler geschafft habe. Tag für Tag habe ich die Zeit von sieben Uhr morgens
bis sieben Uhr abends in der Papier-und Buchhandlung verbracht.
Einzige Unterbrechung waren die Sonntage, einwöchige Urlaube
oder ein Kuraufenthalt. Heute reicht meine Planung vier Monate in
die Zukunft, mein Erinnerungsvermögen vier Jahre zurück. Vierzig
Jahre sind 480 Monate. Auch Stammkunden äußerten sich staunend, dass ich Jahrzehnte lang die Trends und den Wandel im Handel mitgemacht habe. Den Supermärkten, den Diskontern und den
Einkaufszentren widerstehen konnte. Für die Wahrnehmung meiner Kaufmannszeit werde ich von *Denkzetteln* unterstützt. Dies sind
Flugblätter aus dem Geschäftsalltag, Protokolle von Sitzungen der
aktiven Kaufleute, Veranstaltungseinladungen, Aufzeichnungen
von Seminarbesuchen und meine Notizheftsammlung. Diesen Ge-
dächtnisstützen verdanke ich, dass mein Leben nicht im *luftleeren
Raum* hängt.

In Aufbaukursen werden Arbeitslose vom Arbeitsmarktservice geschult, wie man sich erfolgreich bewirbt. Die eigenen Stärken werden herausgearbeitet und ein Persönlichkeitsprofil wird erstellt. Danach kann ein Bewerbungsschreiben verfasst werden, welches auf

die Anforderungen der offenen Arbeitsstelle eingeht. Darin werden die eigenen Kenntnisse und Erfahrungen aufgelistet und welche Vorteile es für das Unternehmen bringt, wenn man eingestellt wird. Beigelegt wird ein Lebenslauf, darin angeführt die Schulausbildung, die Familienverhältnisse und die Hobbys. Verlangt werden auch Kopien von den Arbeitszeugnissen und die Angabe einer Gehaltsvorstellung. Alles Mindestanforderungen für die Bewerbung eines Friseurs, einer Verkäuferin oder Mechanikers. Für Berufe zur Herstellung und Verarbeitung von Lebensmitteln muss auch ein Gesundheitszeugnis beigefügt werden. Dabei wird nach vererbten und ansteckenden Krankheiten, nach Operationen, Behinderungen und nach Suchterkrankungen geforscht. Die Fragen mancher Personalvermittler gehen so weit, dass sie über die Regelmäßigkeit der Verdauung und die Häufigkeit des Stuhlganges Auskunft verlangen. Bei der Abgabe dieser Unterlagen setzt man auf ein attraktives Erscheinungsbild und verwendet eine Bewerbungsmappe. Bei Google und Facebook kann sich die Personalchefin über den Bewerber schlau machen. Vor der Personalchefin steht ein *gläserner Mensch.*

Bei der Suche nach einem Betriebsnachfolger stellt sich die Situation anders dar. Die Wirtschaftskammer veranstaltet Übergeberseminare, wo über die rechtlichen und steuerlichen Notwendigkeiten bei einer Betriebsübergabe gesprochen wird; von den Möglichkeiten der Kundenstocksübernahme, den vorhersehbaren Geschäftsaussichten und der Höhe der Lokalmieten. Wenig darüber, wie man mit Interessenten an einer Betriebsübernahme verhandelt. Es wird kein ausführliches Persönlichkeitsbild vom Übernehmer erstellt sowie keine Auskünfte über seinen beruflichen Werdegang und seine finanziellen Ressourcen eingeholt.

Vor einem Einstellungsgespräch könnte der Personalchef einen Blick über den Gartenzaun des Bewerbers machen. Dies gibt darüber Aufschluss, ob in seinem Garten und rund um das Haus Ordnung herrscht, ob die Gartengeräte und die Gartenabfälle ordentlich *verräumt* sind; neben dem Vorstellungsgespräch sich im Haushalt ein Bild von der Ordnungsliebe und dem Verantwortungsgefühl des Kandidaten machen. Der Nachschau stehen alle Türen offen. Der Chef könnte in das Schlafzimmer blicken und sehen, wie die Betten gemacht sind, oder sich einen Überblick über den Wäschekasten und das Kellerabteil verschaffen. Jeder Personalleiter würde die Beobachtungen verschieden bewerten. Der Nachbar sagte von seinem Pächter, dieser könne schlecht Rasenmähen.

Von meinen zahlreichen Kundenbegegnungen als leutseliger Krämer weiß ich, dass jeder Mensch eine anders geformte Nase, einen anderen Mund und eine verschieden hohe Stirn hat. Trotzdem erkennen wir sie als Nase, Mund und Stirn. In den Gesichtern spiegeln sich die verschiedensten Stimmungen wie Anspannung, Heiterkeit, Verdruss oder Schmerz wieder. Auf ein Gegenüber, welches seine innersten Regungen preisgibt, reagiere ich mit meinem Gesichtsausdruck, mit meinen Gesten, mit der Sprache, mit meinem Mitgefühl und mit meinen Entscheidungen. Wie die äußeren Gesichtsmerkmale sind die Redegewohnheiten der Menschen unterschiedlich. Im Alltag unterhalten wir uns auf umgangssprachlichem Niveau. Im Vordergrund steht, anderen seine Wünsche mitzuteilen, sich über ein Ereignis zu äußern, Fragen zu stellen oder Antworten zu geben. Diese Äußerungen lehnen sich an das unmittelbare Leben an. Bei der Unterhaltung mit Kindern oder mit älteren Menschen verändert sich unser Tonfall. Oft ist dies im Gespräch mit Kindern, Senioren und dem Partner ein belehrender. In langjährige Beziehungen schleicht sich zwischen den Partnern der Befehlston ein. Skeptisch hört man dem zu, was gesagt wird.

In der Altersrente eine der Persönlichkeit entsprechende Beschäftigung zu finden, kann steinig werden. Dem Mann genügt es zeitweise nicht, vormittags die fehlenden Lebensmittel zu besorgen und abends regelmäßig beim benachbarten Bauernhof einen Liter Frischmilch zu holen. Den Wocheneinkauf erledigt die Frau, trotz mitgeführter Einkaufsliste könnte der Mann die falsche Auswahl treffen. Sie vertraut mehr der Lebensmittelindustrie, wenn es um die Sauberkeit und die Frische bei der Herstellung geht, als den Marktfieranten. Den Bauernmarkt besucht der Partner alleine, der Gefährtin sind die Nahrungsmittel von dort zu deftig. Kommt der Mann mit Kärntner Hauswürsteln in einer umweltfreundlichen Papiertragetasche nach Hause, dann ist die Frau von Bio überzeugt. Im Frühjahrsprogramm der Volkshochschule zu stöbern und zwei Kurse zu buchen, gehört zum Lebensabend dazu. Vormittags an einem Italienischkurs und abends an der Yogafitness teilnehmen. Nachmittags werden die Vokabeln geübt.

Wie sie die frei verfügbare Zeit verbringen, werden frischgebackene Rentner öfters gefragt. Beliebt sind günstige Busausflüge mit inkludiertem Mittagessen, bei dem man unter drei Menüs wählen kann und eine Kaffeepause vorgesehen ist. Die Geselligkeit soll nicht zu kurz kommen. Die Stimmung im Bus steigt, ist ein Ziehharmonikaspieler an *Bord*. Vor und nach dem Mittagessen bleibt Zeit für die Besichtigung eines Heldendenkmals, eines Wasserfalles oder einer Kirche. Der Vorteil vom Reisebus ist: Er kann nahe an die Sehenswürdigkeiten heranfahren und die Senioren brauchen nicht weit zu laufen. Bei der Heimfahrt sorgt der Buschauffeur mit ein paar Witzen für lockere Stimmung und es gibt für ihn reichlich Trinkgeld.

Heftig umworben wird die Generation Sechzig plus. Vom Lebensmittelhandel mit Light-Käsesorten, von den Drogeriemärkten mit Nahrungsergänzungsmitteln, von den Apotheken mit Vitamintabletten, von den Volkshochschulen mit PC-Kursen und von den Fitnesscentern mit schonender Wirbelsäulengymnastik. Die Reiseveranstalter bieten speziell für ältere Leute Tagesausflüge mit einem deftigen Mittagessen und Kuraufenthalte auf Basis von Vollpension an. Die meisten Senioren haben ein Einkommen, das für den täglichen Bedarf gerade reicht. Mit Ermäßigungen bei Bahn- und Busfahrten versucht man die Pensionisten zu mobilisieren. Einzelne Bundesländer setzen alles auf eine Erlebniscard, mit der man Konzerte, Sehenswürdigkeiten und Brauchtumsfeste zu einem Pauschalpreis genießen kann. Mit Reisegutscheinen und einem Zehnerblock für den Besuch des Thermalbades versorgen wohlgesinnte und im Herzen neidische Freunde die rüstigen Pensionisten. Am Wochenende in das Thermalbad und monatlich einen Busausflug.

Zum jetzigen Zeitpunkt, im Zustand *der Muse*, fühle ich mich körperlich besser als vor einigen Jahren. Um kaufmännische Dinge brauche ich mich nicht mehr zu kümmern. Für die nächsten Jahre entfallen die geschäftlichen Planungen, die Bedarfserhebung im Lager, die Bestellungen für den nächsten Schulanfang. Kein *Anklopfen* bei Schulleitern, die großen Firmen automatisch eine größere Leistung zutrauen. Mit dem Gegenüber begann ein Katz- und Mausspiel, wer gewinnt. Warum man im Berufsleben sich gegenseitig das Leben schwer macht, war für mich nie nachvollziehbar. Die Leistungsfähigkeit eines Unternehmens hängt vom Einsatz des einzelnen Mitarbeiters ab. Als wunderlicher Büchernarr leide ich nicht mehr unter dem Erfolgsdruck, einen Auftrag zu ergattern. Vom Drauradweg blicke ich auf das Kloster Wernberg, einen Kraftort für die Seele. Zwei Schwäne schwimmen in Richtung Eisenbahnbrücke, in der Sonne beginnen sie ihr Gefieder zu reinigen.

Unsere Lebensweise verändert die Abläufe in der Natur, nicht immer zu ihrem und unserem Vorteil. Einzig die Zeit entzieht sich dem Einfluss des Menschen. Das Verstreichen der Zeit anzuhalten, ist unmöglich. Meinem Gefühl nach vergeht die Zeit beim Schreiben einmal schneller und dann wieder langsamer. Am Verstreichen einer Stunde ändert dies nichts. Die Zeit würde nicht mehr existieren, wenn wir sie anhalten, beschleunigen oder bremsen könnten. Sind Menschen, die länger arbeiten, als es für den Erhalt der Pension notwendig ist, die neuen Vorbilder oder wollen sie sich im fortgeschrittenen Alter keine Ruhe gönnen? Spielt dabei die Angst vor der Einsamkeit, weil man seinen Lebenspartner bereits vor Jahren verloren hat, mit? So bleibt man im erlernten Beruf, bis die Firma einen zwangsweise in Pension schickt. Die Selbständigen haben, um die Lebensarbeitszeit zu verlängern, die bessere Position. Zwischen dem frühesten und spätesten Pensionsantritt können sie frei wählen. Man kann so lange im Betrieb schaffen, bis einem die Aufgaben zu sehr ermüden. In der Begegnung mit der Kundschaft ergeben sich unverhoffte Kontakte, man agiert in der Öffentlichkeit. Dazu kommt ein strukturierter Tagesablauf und Aufgaben, die erledigt werden müssen. Der Anonymität in einer Privatwohnung kann man solcherart entrinnen. Die Altbäuerin und der Altbauer genießen ein ähnliches Privileg. Am Hof können sie sich, solange es die körperlichen Kräfte erlauben, nützlich machen. Damit entkommen sie der Nutzlosigkeit und sind keine überflüssigen Esser, die viele schon in das Grab wünschen.

Bei Ehrungen verdienstvoller Bürger heißt es bei der Laudatio: *Er ist ein vollwertiges Mitglied der Gemeinschaft.* Lässt dies den Schluss zu, dass es auch minderwertige Menschen gibt? Bei der Beurteilung durch andere spielt es eine Rolle, wie man sich selbst erlebt, was man aus seinem Leben gemacht hat. Neben Wissen ist auch Herzensbildung gefragt. Zu den eigenen Lebensvorstellungen verschiedene andere Auffassungen zulassen. Offen sein für Einsichten, die das Zusammenleben erleichtern. Für die neuen Geschäftszeiten des Betriebsnachfolgers Verständnis zeigen. Das frühere Sortiment wurde durch Artikel für die heutige Generation erweitert. Eine Kollektion für neue Kunden, die im Einzugsbereich vertreten sind.

Bei den Produktbeschreibungen von Nahrungsmitteln findet neuerdings der Hinweis *Vollwert* reichlich Verwendung – Vollwertbrot,
Vollwertgemüse und Vollwertnudeln. Der Umkehrschluss bedeutet, dass vieles nicht vollwertig und nicht gesund ist? Dazumal war
dies bei den Lebensmitteln kein Thema und niemand hat danach
gefragt. Der Überfluss bei den Nahrungsmitteln führt dazu, dass es
trotz der Menge an der Qualität fehlt.[40]

Über den Pferdefleischskandal wurde in den letzten Wochen breit-
gestreut berichtet. Die Hauswürstel und die Bauernsalami einer
Kärntner Fleischerei enthielten zu 25 Prozent Pferdefleisch. Auf
dem Etikett wurde dies aber verschwiegen. Österreichweit wurden
diese Wurstwaren in den großen Lebensmittelmärkten verkauft.
Beim Verzehren dieser Würste ist mir der feine, milde Geschmack
aufgefallen. Die Beimengung von Pferdefleisch bedeutet keinerlei
Gefahr für die Gesundheit. Der *Haken* ist: Bei der Inhaltsangabe
wurde dieses nicht angeführt. Die Würste wurden als heimisches
Produkt, mit Fleisch vom Rind und Schwein aus Österreich, verkauft. Den Medienberichten zufolge stammte das beigemengte
Pferdefleisch aus Polen und wurde von einem holländischen
Fleischgroßhändler nach Kärnten exportiert. Ist es sinnvoll, Fleisch

---

[40] Kommentar von G: Wenn es Vollwert gibt, was ist dann mit den Produkten, die nicht vollwertig sind, was esse ich dann? Als Kinder fuhren
wir mit Kleinrad und Tretroller 15 km zur Tante, um uns an Kirschen zu
laben.

Kommentar von E: Lebensmittel sind genau so viel wert, wie man ihnen
an Wertschätzung entgegenbringt. Bio ist nicht gesünder als konventionell
Erzeugtes, das wurde schon getestet. Es dient der Gewissensberuhigung.

Kommentar von P: Brot wird als Grundnahrungsmittel bezeichnet, es
stillt den Hunger zwischendurch. Ich fand einen Bäcker in Wien, der darauf stolz ist, nur mit Mehl und Sauerteig zu backen. Ich sage euch: So
stelle ich mir ein Brot vor. Für mich ist dieses Brot vollwertig und ich
schmeck' den Unterschied, der ist gewaltig.

kreuz und quer durch Europa zu karren? Eine staatliche Verordnung legt fest, stammen fünfzig Prozent der Rohstoffe für ein Produkt aus dem Inland, darf dieses als ein österreichisches Produkt bezeichnet werden. Egal, woher die übrigen Rohstoffe stammen. Diese Regelung gilt auch für weitere Lebensmittel wie Käse, Brot, Marmelade und anderes. Im nahen Supermarkt erzählte mir die Wurstverkäuferin, neben der Entrüstung einiger Kunden über die falsche Etikettierung haben es andere Kunden bedauert, dass die Hauswürsteln mit Pferdefleisch nicht mehr erhältlich sind. Vielen schmeckten diese köstlich. Sie wurde heimlich gefragt, ob sie unter der Budel noch *Pferdewürste* lagernd hat.

Durchstreife ich gemeinsam mit einem Besuch ein Einkaufszentrum, dann missfällt mir im Lebensmittelmarkt die Präsentation von Fleisch, Wurst und Käse. Hier gehe ich an Schütten vorbei, darin sich das Fleisch, die Wurst und der Käse zu Aktionsbergen türmen. Die Lebensmittel sind öffentlich zur Schau gestellt, sie umgibt nichts Bäuerliches. Ich habe das Gefühl, diese Nahrungsmittel kommen aus einer anonymen Fabrik und laufen genauso vom Fließband wie ein Staubsauger oder eine Bohrmaschine. Die Schleuderpreise, mit denen das Fleisch und die Milch angeboten werden, werten sie weiter ab. Die Landwirte stoßen sich daran, dass durch diese Preisschlacht nicht nur ihre Produkte, sondern auch ihre Arbeit herabgesetzt werden. Wer Einblick hat, wie viel Liebe und Arbeit für die Grundnahrungsmittel am Bauernhof aufgewendet werden, ärgert sich über die Art der Präsentation und der *Rabattitis*. Der ethische Wert der Lebensmittel wird von den Diskontern täglich untergraben. Sie werben damit, es gibt auf Fleisch- und Wurstwaren, auf Käse und Brot soundso viele Prozente. So, als würde den Nahrungsmitteln kein moralischer Mehrwert innewohnen, sondern sie wären eine beliebige Ware, die dazu dient, um mit satten Rabatten neue Kunden zu ködern.

Gerade erst ist die Aufregung um nicht deklariertes Pferdefleisch in Wurstwaren verebbt, gibt es einen Bioeierskandal. Geflügelbetriebe haben ihre Eier aus Legehennenbatterien als Bioeier deklariert. Nicht jedes Bioei stammte aus einer Freilandhaltung. Filmaufnahmen von zusammengepferchten Legehennen sind für mich, auf einem Bauernhof aufgewachsen, eine Qual. Ich bezweifle, dass alles was mit dem Etikett *Bio* verkauft wird, aus biologischem Anbau oder Tierhaltung stammt. So viele Biobauern und Bioprodukte, wie in den Geschäften angeboten werden, kann es gar nicht geben. Als kauziger Büchertandler stelle ich mir die Frage: *Sind Lebensmittel ohne das Bioetikett gesundheitsschädlich?* Allerorts werden den Lebensmitteln Geschmacksverstärker, Haltbarkeitsmittel und Farbstoffe beigemengt. Die Einkäufer der Supermarktketten zwingen die Landwirte und die Lebensmittelhersteller, so billig wie möglich zu liefern. Als Konsumenten tragen wir Mitschuld an den Lebensmittelskandalen. Wir wollen immer weniger für die Lebensmittel, den Treibstoff für unseren Körper, bezahlen. Die Nahrung hat für uns keinen besonderen Stellenwert mehr, der Bezug zur Herkunft der Lebensmittel ist verloren gegangen. Nur mehr wenige Konsumenten wissen, wie Nahrungsmittel angebaut und geerntet werden. Ihr Ursprung liegt auf der Wiese, dem Acker oder in einem Viehstall. Der Anziehungspunkt in einem Museum in Sevilla sind zwei Vitrinen, wo man beobachten kann, wie aus den Eiern die Küken schlüpfen.

Bücher, welche in den Zeitungen, im Hörfunk und im Fernsehen besprochen wurden, bieten die Großbuchhandlungen stoßweise auf Aktionstischen an. Beim größten Stapel ist es wahrscheinlich, dass jemand stehen bleibt und ein Buch kauft. Ein Bücherstapel wirkt wie ein Haufen *Erbrochenes* – es riecht nach verdorbenem Fisch; einmal um ein schönes Bild bereichert, ein andermal mit Schnörkel verziert. Ein ähnliches Schicksal wie die Nahrungsmittel erfahren manche Bücher, sie kommen zu Schleuderpreisen unter die Kunden. Wer nicht zu den unterhaltsamen Autoren gehört, wird verramscht. Wie fühlt sich ein Autor, der sein Buch um € 1,99 auf einem *Wühltisch* liegen sieht?[41]

Nach meiner Erfahrung entzieht sich der schöpferische Prozess eines Lyrikers, Komponisten oder Fotokünstlers einer Gruppenarbeit. Diese Feststellung ist nicht auf den künstlerischen Bereich beschränkt. Bei einfachen kreativen Arbeiten, wie der Gestaltung eines Schaufensters, kann dies auch zutreffen. Die kleinen Handelsgeschäfte überraschen oft mit originellen Auslagen und beleben so die Innenstadt. Die große Zahl der Handelsketten verzichtet auf eine individuelle Schaufensterdekoration und klebt bei allen Filialen dieselben *Dekofolien* auf die Scheiben. Die Fußgängerzonen werden dadurch austauschbar und verlieren an Atmosphäre. Die Schüler der Modeschule und des Kreativgymnasiums wurden von der hiesigen Stadtverwaltung eingeladen, die Schaufenster von leer stehenden Geschäften mit saisonalen *Dekoideen* zu gestalten.

Im Berufsleben begegnet man Charakteren, die es gewohnt sind, in ihrem Arbeitstempo zu arbeiten. Neben ihnen ist kein Platz für jemanden Zweiten. Das Auspacken und Einräumen der Schulhefte

---

[41] Kommentar von E: Die Aufzählung kann man fortsetzen mit den sorgfältig zubereiteten Mahlzeiten, die nicht wertgeschätzt werden. Da fühlt sich die Köchin mies wie der Bauer oder der Schriftsteller. Anderen Wertschätzung entgegenbringen können nicht viele Menschen. Sie wissen oft nicht, was das ist, weil für sie alles selbstverständlich ist.

Kommentar von EW: Verbilligt am Wühltisch zu liegen, heißt auch manchmal verkannt zu sein. Ich würde mich nicht kränken, ich habe schon viele Kostbarkeiten beim Wühlen gefunden.

Kommentar von WW: Ich bin und bleibe als Wiener Watschenmann das Urbild des Österreichers. Jeden Ärger zu verdrängen, kann nur zu Komplexen führen. Darum ist es äußerst wichtig, sich schnell abzureagieren. Es ist meistens nur die Frage, wo man dieses tun kann. Na, dann geht's halt in den Prater, watschen'S dort den Watschenmann.

und Zeichenblöcke in die Verkaufsregale geht schneller, unterstützt man sich dabei gegenseitig. Beim Zustellen von Paketen ist jeder einzelne körperlich weniger gefordert, wird die Stückzahl aufgeteilt. Die Zusammenarbeit funktioniert dort am besten, wo die Kollegen dasselbe berufliche Niveau haben; jeder für sich eigenständig arbeitet und die Arbeit ohne fremde Kommandos erledigt wird. Bei einem unterschiedlichen Wissenstand muss man den Mitarbeitern vieles erklären.

Die Arbeiterkammerfunktionäre klagen darüber, dass die Kärntner Unternehmen zu wenige Lehrlinge ausbilden. Trotz moderner Ausleseverfahren gehört etwas Glück dazu, den passenden Lehrling zu finden. Viele Betriebsinhaber scheuen sich, einen Azubi aufzunehmen. Wichtige Voraussetzungen sind ein aufgeschlossenes Wesen und Interesse an der Arbeit. Diese Charaktereigenschaften kann kein raffiniertes Auswahlverfahren erzeugen. Während der Ausbildungszeit ist es zu wenig, wenn der Lehrling bei verschiedenen Arbeitsabläufen nur zusieht. Der Lehrherr muss ihm vieles mehrmals erklären. Der Fortgang der Arbeit wird dadurch mehr behindert als beschleunigt. Die Unterweisungen verlangen vom Ausbildner einiges an Geduld. Nicht jeder Lehrling schätzt diesen Einsatz. Die Ausbildungszeit empfinden manche Azubis als ein notwendiges Übel.

Mit den Jahren wird es für einen routinierten Verkäufer zur Gewohnheit, dass er jeden vorbeigehenden Kunden begrüßt und ein paar Worte an ihn richtet. Dies geschieht meist automatisch, ohne viel nachzudenken. Flaniere ich im Supermarkt an derselben Regalbetreuerin mehrmals vorbei, dann werde ich von ihr jedes Mal gegrüßt. Ohne dass die Dame mir ihr Gesicht zuwendet und von der Arbeit aufschaut. Diese Art zu grüßen ist vergleichbar mit den Sensoren, die automatisch das Licht einschalten, sobald man an ihnen vorbeigeht. Die Verabschiedung mit *An schean Tog noch* ist eine der unangenehmen Phrasen der letzten Jahre. Fast allen Menschen kommt diese Grußformel gedankenlos über die Lippen und sie ist in ganz Österreich *gang und gäbe*. Egal, ob im Supermarkt, einer Bäckerei oder einer Trafik, nach einem Friseur- oder einem Arztbesuch – überall wird mir dieser Spruch *nachgeschleudert*. Dabei wird in einem Papiergeschäft kein Unterschied gemacht, ob ich eine Glückwunschkarte zum Geburtstag oder ein Trauerbillett gekauft habe.

In den siebziger Jahren bildete der Grenzübergang in Thörl-Maglern von Kärnten nach Friaul eine Grenze zum Anfassen. Rechts und links von der Bundesstraße standen die massiven Zollgebäude mit einer Loggia, aus denen die Zöllner den Reiseverkehr überwachten. Auf der österreichischen und der italienischen Seite wurden die Reisepässe und stichprobenartig auch das Reisegepäck kontrolliert. Die Reisesaison in den Süden begann am Karfreitag. Ab sechs Uhr früh stauten sich die Autos vom Schlagbaum in den etwa fünf Kilometer entfernten Gailtaler Ort Arnoldstein zurück und darüber hinaus. Somit wussten die Anrainer der Bundesstraße: Ostern naht. Der Reiseverkehr nahm täglich an Umfang zu, in den Sommermonaten folgten die Hyperstauwochenenden. In Deutschland begann der Betriebsurlaub in den Automobilfabriken und in mehreren Bundesländern die Schulferien. Der Ort wurde durch den starken Verkehr in zwei Hälften geteilt, die Bundesstraße bildete eine innerörtliche Grenze. Für das Überqueren der Fahrbahn bedurfte es einiger Geduld und für Ungeübte war es gefährlich. Die Einwohner erreichten in den Sommermonaten den Marktflecken am Wochenende nur über eine Nebenstraße. Der Reiseverkehr verstopfte die Bundesstraße, zahllose Dorfbewohner fühlten sich in ihrer Bewegungsfreiheit eingeschränkt. Entlang der Ortsdurchfahrt profitierten Tankstellen, Fleischhauer und die Gasthäuser von den Reisenden. Ein breites Speisenangebot war nicht notwendig, die Zubereitung musste schnell gehen, die Durchreisenden hatten es eilig. Aus dem im Stau stehenden Auto konnte eine Person aussteigen und in der nächsten Fleischerei für alle heiße Leberkässemmeln besorgen. Die Autokolonne bewegte sich im Schritttempo vorwärts. Der Kauf einer Zeitung oder eines Eislutschers konnte auch auf solche Art erledigt werden. Das langsam vorwärts rollende Auto hatte man immer im Visier. Die Autogeräusche hörte ich in der ganzen Wohnung. Vom ersten Stock habe ich vom Wohnzimmer aus mit Wehmut auf die überlangen Wohnwagen und die Motorboote am Autoanhänger, die zur Oberen Adria unterwegs waren, geblickt.

Mit der Fertigstellung der Alpen-Adria-Autobahn, das letzte Teilstück von Villach bis zur Staatsgrenze wurde im Juni 1984 freigegeben, war der Durchzugsverkehr aus dem Ortsgebiet verbannt. Im Schritttempo rollten die Autos in den Morgenstunden des Pfingstsamstags durch den Markt. Der Autobahnabschnitt wurde um elf Uhr eröffnet. Die Gastgärten waren in den Vormittagsstunden noch voll besetzt, ab der Mittagszeit herrschte eine gespenstische Leere. Am Sonntagmorgen blickte ich aus dem Schlafzimmerfenster, die Straße war *Auto leer.* Keine verärgerten Autofahrer, die ihren Unmut über den Stau freien Lauf ließen, keine Kinder, die lauthals brüllten: „Mama, ich muss auf das Klo!" Auf der Fahrbahn, welche man vor ein paar Tagen nur schwerlich überqueren konnte, spielten die Dorfkinder Fußball. Aus Neugier benützte ein Großteil der Einheimischen in den nächsten Wochen bei der Fahrt zur Arbeit oder zum Einkaufen in die Bezirksstadt das neue Autobahnteilstück.

Die Frage, wie man auf die neue Verkehrssituation reagieren soll, stellte sich für die Gastronomie, die Gewerbe- und Handelsbetriebe. Darüber, welche geschäftlichen Auswirkungen durch die Verlagerung des Verkehres entstehen werden, wurde schon einige Monate vorher gerätselt. Niemand konnte sich davor die dramatischen Umsatzrückgänge vorstellen. Aus dem *Verkehrsvakuum* wurde die Idee für eine örtliche Werbegemeinschaft geboren. Wir haben viele Aktionen selbst entwickelt und umgesetzt. Mit bescheidenen Finanzmitteln haben wir die Aufmerksamkeit der Bewohner auf unser kaufmännisches und gastronomisches Angebot gelenkt. Die Werbung war damals nicht so schrill und aggressiv wie heute, es gab viel weniger Werbebotschaften. Die Unternehmer aller Sparten bemühten sich intensiv um die heimische Bevölkerung. Nicht Schnelligkeit, sondern Qualität war in der Zukunft gefragt. Die Bevölkerung aus den umliegenden Gemeinden, die bisher den Ort wegen des starken Verkehrsaufkommens gemieden hat, wurde neu umworben. Einmal im Monat gab es dazumal in den Einkaufszentren den *langen Einkaufssamstag*. Heute haben die Märkte die doppelten Öffnungszeiten. Gegen den Wunsch einiger Kollegen, am Mittwochnachmittag die Geschäfte im Ort geschlossen zu halten, bin ich als widerspenstiger Ladenbesitzer Sturm gelaufen. Einige Kollegen wollten die Kunden erziehen und sich eine Auszeit verschaffen, ein Rückfall in die *gute alte Zeit*.

Nachdem es im unteren Gailtal zu einer Serie von Einbruchdiebstählen, Sachbeschädigungen und einem Raubüberfall gekommen ist, verlangt die Bevölkerung strengere Sicherheitsmaßnahmen. Sie empfindet, es ist Zeit, die Vorkehrungen zum Schutz der Bevölkerung und des Eigentums auszuweiten. Einige aufgebrachte Gailtaler fordern die Aufstellung von Bürgerwehren, wie in den Zeiten der Türkeneinfälle. Freiwillig stellen sich dafür die Mitglieder der Gesangvereine und des Abwehrkämpferbundes zur Verfügung. Die Verdoppelung der Polizeistreifen fordern andere, dafür müsste der Personalstand aufgestockt werden. In Zeiten der Wirtschaftskrise muss bei den Sicherheitskräften gespart werden und es wird für die Gailtaler Polizeistationen kein zusätzliches Personal bewilligt. Der *Bund* ist bereit, für jedes Streifenauto einen zusätzlichen Tankinhalt Benzin pro Monat zur Verfügung zu stellen. Damit könnte pro Woche eine Streifenfahrt mehr gefahren werden. Nach Durchsickern dieser Maßnahme reagierten die Bewohner zornig, vielen ist dies zu wenig. In den Gemeinden bilden sich Bürgerinitiativen, die von den

Bürgermeistern effizientere Maßnahmen einfordern, ansonsten würden sie zur Selbstverteidigung schreiten. Dieser Bevölkerungsaufstand bleibt auch dem Bezirksvorsteher nicht verborgen und setzt ihn unter Druck. Er kommt auf die Idee, für die Verbrechensbekämpfung moderne elektronische Geräte zu verwenden. Er ordnet an, alle Fahrzeuginsassen, welche in das Gailtal ein- und ausreisen, nacktzuscannen. Die *undichte Stelle* ist der Gailtalzubringer. Über die Autobahnabfahrt und -auffahrt können Diebsbanden aus dem Süden und aus dem Osten Europas unbemerkt einreisen und nach einer Straftat das Gailtal wieder rasch verlassen. Die Kriminellen bevorzugen die schnellste Verkehrsverbindung. Für den Bezirksvorsteher ist es naheliegend, beim *Gailtalbogen*, einer Holzkonstruktion, die sich über den Autobahnzubringer spannt, Kameras zum Nacktscannen zu installieren. Damit könnten *dunkle Elemente*, bevor sie im Tal tätig werden, erkannt werden. Neben dem Prädikat *Naturbelassenes Alpental* könnte sich das Gailtal mit dem Titel *Sicherstes Alpental* schmücken.

Seinerzeit gab es den Ausspruch: *Dieses Auto hält nur noch der Rost zusammen.* Die Autos rosteten an den Türkanten und an den Kotflügeln. Sah man genauer hin, konnte man winzige Löcher in der Karosserie entdecken. Ein Fingerdruck genügte und das Blech ist eingebrochen. Der technische Zustand der heutigen Autos ist durch die gesetzlich vorgeschriebene Überprüfung um vieles besser. Beim Neuwagenkauf kann es beim Eintauschen des Altfahrzeuges eine Überraschung geben. Vormals hatte ich einen zehn Jahre alten Kombi, der meiner Meinung nach seinen Zweck als Transporter erfüllte. Beim Besuch einer Automesse sah ich die neuesten Modelle mit vielen Extras wie Servolenkung, Bremskraftverstärker und Klimaanlage. So entstand bei mir der Wunsch, ein neues Fahrzeug anzuschaffen. Zuerst erkundigte ich mich, welchen Preis ich bei einem Neukauf für mein altes Auto erzielen würde. Dafür musste das Auto in der Werkstatt durchgecheckt werden. Um den Ankaufstest durchzuführen, fuhr ich mit meiner Lebensgefährtin nach Spittal/Drau. Nach dem Test legte uns der Autoverkäufer eine umfangreiche Mängelliste vor, wonach beim Auto nur noch der Motor in Ordnung war. Weder die Bremsen, das Getriebe, die Lenkung noch die Karosserie entsprachen der Verkehrssicherheit. Beim Kauf eines neuen Autos wollte uns der Händler für das alte Auto maximal fünftausend Schilling gutschreiben. Dies wären heute dreihundert Euro. Dieses Angebot war zu wenig, die Lebensgefährtin hatte einen *technischen Schock*. Mit Widerwillen stieg sie in das Auto ein und bat mich, mit reduzierter Geschwindigkeit nach Hause zu fahren. Für dasselbe Auto zahlte ein anderer Autohändler das Fünffache. Beim Eintausch eines Gebrauchtwagens ist es neuerdings selbstverständlich, dass ein Ankaufstest gemacht wird. Die Prioritäten liegen bei jedem Autohändler woanders. Eine Werkstatt legt ihr Augenmerk auf das Fahrgestell, eine andere auf die Funktion des Getriebes und des Motors, wieder andere auf den Zustand der Karosserie. Für dasselbe Auto kann es beim Eintauschen zu Unterschieden zwischen ein- bis dreitausend Euro kommen. Würde ich alle Mängel addieren, hätte das derzeitige Auto gerade noch Schrottwert. Im schlimmsten Fall müsste ich für die Entsorgung des Autowracks, mit dem ich noch immer flott unterwegs bin, etwas zahlen.

Vor Jahrzehnten war es meinem Gespür nach leichter zu unterscheiden, was man machen kann und was nicht. An erprobten Grundsätzen konnte man sich orientieren. Jahre lang blieben Gepflogenheiten gleich und veränderten sich nur in kleinen Schritten. Neues wurde vorsichtig in die Wege geleitet. Den eigenen Wirkungsbereich hat man durch spontane Einfälle verbessert. Heutzutage ist es als Kleinbetrieb schwieriger, Neuheiten zu entwickeln, weil auf jedem Gebiet eine Fülle von Spezialisten arbeitet. Es ist mit Hindernissen verbunden, als einzelner Entwickler seine attraktiven Ideen ohne aufwendige Werbung in die Öffentlichkeit zu tragen. Bei allem technischen Fortschritt ist es vorstellbar, dass wir bei einer Panne in der Steinzeit enden.

Wie viel Macht und Einfluss jemand ausübt, daran messen viele den Wert eines Menschen. Von den Nachbarn werden jene Mitbürger beneidet, die im Gemeinderat mitbestimmen können. Die politischen Parteien sind immer bestrebt, ihren Einfluss auf die einzelnen Einwohner auszuweiten. Wer das wirtschaftliche Sagen im Bezirk hat und mit seinem Vermögen die politischen Mandatare beeinflussen kann, übt die heimliche Führungsrolle aus. Die Arbeitnehmer nehmen sie als Geisel und lassen diese erst gegen Subventionen frei. Vom Geldkapital immer wieder besiegt wird die *starke Hand* der Gewerkschaft. Die *Einflüsterer* beginnen bei den Kindern mit der Werbung, diese leisten wenig Widerstand. Bei einer Umfrage, wer den stärksten Einfluss im österreichischen Staat hat, würden wahrscheinlich die Namen der Regierungsmitglieder fallen. Zusätzlich der Name einer kleinformatigen österreichischen Tageszeitung, die, wegen ihrer großen Verbreitung, Einfluss auf Politik und Wirtschaft ausübt. Keine bedeutende Rolle spielt bei uns das Militär, im Gegensatz zu Staaten wie Ägypten oder Russland.[42]

Die Suche nach einem Heilmittel für die Seele ist zeitlos. Tragen Düfte und Essenzen dazu bei, einen Menschen zu veredeln? Gewachsenes *Herzwissen* ist vielen zu wenig, es gibt das Bestreben, es zu verfeinern. Zur Wiederherstellung der Gesundheit wird in Österreich nicht immer das Originalmedikament, sondern ein Generikum verschrieben. Für Menschen mit körperlichen Einschränkungen besteht das Bestreben, diese in den Arbeitsprozess einzugliedern. Bei der Integration von fremdsprachigen Kindern passiert Gleiches, wir wollen sie zu vollwertigen Österreichern erziehen. Keine Antwort gibt es auf die Frage, *was ein vollwertiger Mann ist*. Wo-

---

[42] Kommentar von H: Es gibt Dinge, die ich nicht verstehe: wie die Menschen weiterhin die Unfähigkeit von Wirtschaft und Politiker ertragen. Es zeigt sich doch, dass unser Wirtschaftssystem Fehler hat. Aber zu sagen, „Wir denken um, wir versuchen etwas Neues" – nein, es wird geflickt.

rauf soll man dabei den Schwerpunkt legen? Der Erfolg als Unternehmer oder als Führungskraft steht als Zeichen für den vollkommenen Mann. Erfolgreiche weigern sich, frühzeitig in Pension zu gehen, Mitläufer drängen in die Frühpension. Bei Männern in Traumberufen wie Rechtsanwalt, Facharzt oder Fitnesstrainer geraten die Frauen ins Schwärmen. In der Jugend dominieren das Aussehen und die Leidenschaft im Bett. In späteren Jahren ist die Anerkennung in einem Verein oder in einem öffentlichen Amt gefragt, die über den Familienkreis hinausreicht.

Die Marktgemeinde im mittleren Montafon hat dieses Jahr lokale Berühmtheit erlangt, weil im Ort die spanische Fußballnationalmannschaft trainiert hat. Nachdem die Spanier Weltmeister geworden sind, ist man darauf besonders stolz. Für diesen Herbst erwartet man noch einmal den Besuch des Nationalteams. Der Skiaufenthalt des Schriftstellers Ernest Hemingway im Ort wird seit fast einem Jahrhundert touristisch vermarktet. Der Werbeeffekt der Trainingswochen wird kurzlebig sein. Wer der letzte oder vorletzte Fußballweltmeister war, wissen Zahllose nach einem Jahr nicht mehr. In der Battloggstraße sitzen bei der Bushaltestelle drei Burschen und ein Mädchen auf einer Bank. Ein Bursche und das Mädchen rauchen, in kurzen Abständen spucken die zwei anderen Burschen auf den Asphalt. Das Mädchen, gepiert, tätowiert und als Höllenmagierin gekleidet, liest den anderen ein Schreiben vom Arbeitsmarktservice vor, zerknüllt es und wirft es in den Papierkorb. Der Bus fährt ein.

Die Skipisten werden in den Tourismusorten nach den ersten Schneefällen sorgfältig präpariert. Zusätzlich werden die Schneekanonen *angeworfen*, um die Abfahrten künstlich zu beschneien. Beim Blick aus dem Wohnzimmerfenster sehe ich abends in der Ferne die Scheinwerfer der Pistenraupe den Berg hinauf- und herunterfahren, der Naturschnee wird mit dem Kunstschnee vermengt. Wie die Schneeverhältnisse sein werden, hängt vom Geschick des Pistenraupenfahrers ab. Eine gut präparierte Abfahrtsstrecke ist die Grundlage für die Zufriedenheit der Wintergäste. Die Schneehungrigen werden am Wochenende die Pisten stürmen. Unter ihren Skiern wollen sie einen weichen, griffigen Schnee spüren, keinen harten, eisigen Kunstschnee. Im Gebirge dreht sich im Winter alles um eine gepflegte Skiabfahrt. Durch den plötzlichen Föhneinbruch ist vieles fraglich geworden. Im Sommer dreht sich an der Oberen Adria alles um einen gepflegten Sandstrand. Die Scheinwerfer der Sandraupe gleiten nach Einbruch der Dunkelheit über den Meeresstrand. Ein der Pistenraupe ähnliches Gefährt durchpflügt den Sand und lockert ihn. Am nächsten Tag finden die Badegäste optimale Liegeplätze vor. Verstummen die Geräusche der Strandraupe, ist das Rauschen des Meeres zu hören.

Bei meinem Spaziergang rund um die Napoleonwiese herrschen Minusgrade. Rechts und links vom Weg eine hohe Schneeschicht, einige Bäume sind unter der Schneelast entwurzelt. Auf dem geräumten Wanderweg kommen mir Spaziergänger, in dunkle Mäntel gehüllt und mit schwarzen Mützen am Kopf, entgegen. Manche schieben einen Kinderwagen durch den Schnee. Läufer, die ihre Runden am Fuße der aufragenden Felsen ziehen, überholen mich. In diesen befinden sich Höhlen mit frühzeitliche Knochenfunden. In der Steinzeit boten sie Schutz vor wilden Tieren und vor Unwetter, heute haben die meisten Menschen Höhlenangst. Frostiges Klima herrscht jetzt zeitweise in den Wohnsilos Völkendorf. Auf meinen *Runden* begegne ich Menschen, die mit ihrem Hund unterwegs sind. Der junge Collie gehorcht seiner schlanken Herrin auf das Wort. Wirft sie einen Ball in den Schnee, rennt der Hund los, setzt sich mit seiner *Beute* am Fundort nieder und kommt erst auf Kommando zurück. Er geht *bei Fuß*, vorwärts, rückwärts und im Kreis. Nach jedem befolgtem Kommando bekommt er ein Leckerli. So intensiv, wie wir die Haustiere trainieren, so trainieren wir unseren Nachwuchs. Wir erwarten von ihm Gehorsam, dabei gibt es Anzeichen für mehr Chaos. Es ist nicht leicht, die Jungen zur Ordnung zu rufen. Im Tragen von zerrissener Kleidung, Tätowierungen an den Armen und am Rücken zeigt sich die Andersartigkeit. Unsere Generation hätte man ermahnt: *Zieht euch nicht so schlampig an*. Die Beatles haben in den sechziger Jahren die Jugend zu einer Grenzüberschreitung aufgerufen. Ihre langen Haare haben viele nachgeahmt. Eine Drohung der Eltern lautete: „Wenn du zum Bundesheer kommst, dann werden dir die langen Haaren abgeschnitten."

Damit im Winter meine Zehen auf dem Schulweg nicht erfroren sind, wurden um die Fußschaufeln *Fußfetzen* gewickelt. Diese waren Reste von alten Flanellhemden. In Politzen gab es reichlich Schnee, aber keine regelmäßige Schneeräumung. Während meiner Bundesheerzeit in der Belgierkaserne in Wetzelsdorf hatte ich nur ein paar Sommerhalbschuhe dabei. Nach der Grundausbildung in der Panzerkompanie als Ladeschütze wechselte ich in die Glacisstraße in das *Gruppenkommando II*. Bei den Fremdsprachenkenntnissen hatte ich Latein und Griechisch angegeben und fand als *Schreiber* eine neue Verwendung. Zum Ende der Wehrdienstzeit brach beim linken Schuh die Gummisohle entzwei. Sie war von den vielen Spaziergängen in der Grazer Altstadt und auf den Schlossberg *ermüdet*. An Regentagen konnte ich die Kaserne nicht mehr verlassen oder mein linker Fuß wurde nass. Mir fehlte für ein Paar neue Schuhe das Geld. Mitte Dezember wurde ich aus dem Wehrdienst entlassen und kam mit dem Zug am späten Nachmittag in Ferndorf an. Auf dem steilen und verschneiten Steig nach Politzen brach der linke Halbschuh entzwei. Drei Kilometer lagen noch vor mir, die Zehen ragten in den Schnee, es war bitterkalt.

Die Heraklith- und Steinwollfabrik prägt den langgezogenen Ortskern im mittleren Drautal. Die meisten Schüler der Volksschule St.

Paul kamen aus einer Arbeiterfamilie, eine Minderheit aus Ange-stellten- und Bauernfamilien. Der Unterschied in der familiären Herkunft zeigte sich bei den Jausenbroten. Die Arbeiterkinder hat-ten ein Brot mit Tiroler Wurst, die Bauernkinder ein Speckbrot in der Schultasche. Wie sahen die Möglichkeiten, als Bauernkind von den Mitschülern akzeptiert zu werden, aus? Der Aufforderung von den Arbeiterkindern, die Jausenbrote zu tauschen, zuzustimmen. In der Adventzeit hat uns Zweitklässler die blonde Lehrerin aufgefor-dert, Äpfel für die Kinder in Heiligenblut zu spenden. In dieser Höhe wächst kein Obst mehr. Sie hatte vorher einige Jahre in der Volksschule Heiligenblut am Großglockner unterrichtet. Die Ar-beiterkinder verzichteten auf ihren täglichen Jausenapfel, die Bau-ernkinder spendeten sackweise. Durch den kniehohen Schnee schleppte ich einen Leinensack, gefüllt mit fünf Kilo Äpfel, vier Ki-lometer weit in die Schule.

Während meiner Lehrzeit habe ich viele Mittagspausen im Spittaler Schlosspark verbracht. Er ist mir in guter Erinnerung geblieben. Bei einem Aufenthalt in Spittal gehe ich dort gerne spazieren. An der Parkanlage hat sich in den verflossenen Jahrzehnten wenig verän-dert. Manche Bäume wurden frisch gepflanzt, die Spazierwege er-neuert und in einem Bereich wurden Statuen aufgestellt. Der Springbrunnen vor dem Schloss Porcia, mit einem beachtlichen Be-ckendurchmesser, ist noch immer der Mittelpunkt. Neue Fontänen und Wasserspiele wurden installiert. Als Bücherstift verbrachte ich hier, bei schönem Wetter, meine Mittagsstunden. Gemeinsam mit anderen Lehrlingen verzehrte ich im Park meine Jausenbrote. Um einen Schilling konnte ich mir damals ein Salzweckerl mit Essiggur-ken oder eine Tafel Schokolade kaufen. In Schlossnähe befand sich eine Bananenreifanlage, dort bekam man für einen Schilling ein Kilo überreifer Bananen. In den Wintermonaten war es zu kalt, wir trafen uns im Warteraum des Bahnhofs oder im Kolpinghaus. Dort bekam ich für einen Schilling einen Teller Suppe und konnte so den Großteil der Mittagsstunde im geheizten Speisesaal verbringen.

Blieben Essensportionen übrig, schenkte mir der Präsens zur Suppe eine Hauptspeise.

Welche Träume bewegten mich damals? Sie hatten einen Bezug zur Aufbruchsstimmung der 68er Jahre. In unserer Buchhandlung verkauften wir Zeitschriften wie *Twen, Konkret* oder *Pardon*. Darin kamen die *Wortführer* der Jugendrevolte zu Wort. In meinen Tagträumen lebte ich mit den Jugendprotesten in den Metropolen Frankfurt, Berlin und Paris mit. Es gab eine Kluft zwischen den Forderungen der Jugendbewegung und meinem Alltagsleben. Um die Erlaubnis, samstags im Dorfkino einen Film anzusehen und den Sonntagnachmittag im nächsten Landgasthaus zu verbringen, gab es strittige Diskussionen mit der Mutter. Die Mitarbeit bei der Heuarbeit, bei der Kartoffel- und Getreideernte am Bauernhof war selbstverständlich. Dazu zählte auch das zeitweise Füttern und Melken der Kühe, vor und nach der Arbeit.

Bei meinem heutigen Aufenthalt im Schlosspark denke ich daran, wie unbeschwert wir als Jugendliche unsere Mittagsstunden hier verbracht haben. Keiner von uns hatte viel Geld. Vom Geschäft konnte ich für die Mittagszeit *Wochenend, Quick* oder die *Neue Revue* zum Lesen mitnehmen. Von den Freunden und Freundinnen wurde ich schon ungeduldig erwartet. Die Illustrierte *Quick* veröffentlichte gerade die Aufklärungsserie *Die Frau und der Mann, das unbekannte Wesen* von Oswalt Kolle. Dies alles fällt mir beim Gehen ein, ich spüre, wie ich schneller ausschreite, als würden *die anderen* auf mich warten. Vor kurzem bin ich in Pension gegangen und setze mich mit einer Illustrierten auf eine Parkbank beim Schlossteich. Am Treiben im Park hat sich gegenüber damals nicht viel verändert. Berufstätige verbringen wie seinerzeit hier ihre Mittagspause, Mütter legen mit den Kindern eine kurze Rast am Spielplatz ein und Touristen studieren den Stadtplan. Wie leben manche Kumpels von damals heute und leben überhaupt noch alle? Neben mir sitzt eine

Oma und richtet an die Enkelin die Frage: „Wird die Schulzeit zur Pension angerechnet?" So eine Frage kann nur die Oma stellen, für die Enkelin stellt sich die Pensionsfrage noch nicht. Vielleicht gibt es in vierzig oder fünfzig Jahren den Begriff *Pension* überhaupt nicht mehr, vor hundert Jahren hat es ihn auch nicht gegeben. Ich rechne damit, dass in fünfzig oder achtzig Jahren die Gesellschaft in Europa ganz anders aussehen wird. Während dieser Überlegungen öffnet sich in mir ein Zeitfenster, in die unbeschwerten Jugendjahre.

Mit Aufmerksamkeit wie beim Autofahren lese ich Berichte in der Regionalzeitung, wenn von einem Ereignis aus der Region Millstätter See berichtet wird. Dabei erinnere ich mich, wie ich meinem Chef als Lehrling beim Hausbauen am See geholfen habe. Das Auspacken und Einräumen der Bücher im Buchladen war manchmal endlos. So freute ich mich auf die handwerkliche Beschäftigung im Freien. Mit dem Chef habe ich bei seinem Bungalow eine Terrasse, eine Stiege und einen Steingarten angelegt. Für diese Hilfsarbeiten hat er mich extra entlohnt. Auf der Terrasse fanden später die eine und andere Betriebsfeier statt. In der Badesaison belieferte unsere Buchhandlung die Kioske auf den Campingplätzen rund um den See mit Taschenbüchern. Dutzende Spittaler Kaufleute haben sich in den fünfziger und sechziger Jahren ein Grundstück am nahegelegenen Millstätter See gekauft und darauf ein Eigenheim mit Gästezimmern errichtet. In den achtziger Jahren folgte eine neue Generation von Spittaler Unternehmern diesem Beispiel. Inzwischen hatten sich die Grundstückspreise und die Kosten für die Errichtung eines Eigenheimes enorm verteuert. Nicht alle konnten die gestiegenen Kosten in ihren Betrieben erwirtschaften. Bei manchen Handwerkern waren die Zeiten der vollen Auftragsbücher bereits vorbei. Längst schon hatten sich bei der Errichtung von Wohnanlagen die Fertigfenster und -türen durchgesetzt und die örtlichen Tischler und Glaser wurden brotlos. Bei einem Handwerksmeister führten die Umsatzeinbußen dazu, dass er sein Eigenheim am See verkaufen musste. Die Familie übersiedelte in eine Mietwohnung am Stadtrand. Einzelne Berufsgruppen verbleiben in der Vergangenheit und diese hat mit ihrer augenblicklichen Situation wenig gemeinsames. Den hohen Lebensstandard von gestern, nachdem die Aufträge im Betrieb ausblieben, können sich manche Unternehmer nicht mehr leisten. Aus Scham gegenüber den Verwandten will man vom aufwendigen Lebensstil keinen Schritt abweichen, dies lässt der eigene Stolz nicht zu. Die Generation Fünfzig plus versucht mit Starrsinn, auch einen unwirtschaftlichen Familienbetrieb zu erhalten. Für sie besteht die Aussicht, in den nächsten Jahren in Pension zu gehen. Die älteren Selbstständigen empfinden es als persönliche Niederlage, wenn sie mit dem Familienbetrieb in Konkurs gehen. Die Ursachen liegen nicht am mangelnden Arbeitswillen, viel öfter an den wirtschaftlichen Veränderungen. Verweigert der Bauträger dem Subunternehmer für seine geleistete Arbeit am Bau sein Geld, schlittert dieser in die Pleite. Bei einem Konkurs gibt es für Unternehmer kein Arbeitslosengeld. Außenstehende glauben, jeder Selbstständige verdient gut.

Donnerstagvormittags hat der Tischlermeister, welcher sein Haus am Millstätter See wegen Firmenschulden verkaufen musste, in der Werkstatt gearbeitet und im Familienkreis das Mittagessen eingenommen. Bei einem Neubau hat er nachmittags mit seinem Gehilfen Türen montiert. Am späten Abend wurde seine Frau von zwei Polizisten aufgesucht und ihr wurde mitgeteilt, dass sich ihr Mann auf der Alpen-Adria-Autobahn in Selbstmordabsicht vor einen rumänischen Sattelschlepper geworfen hat und überfahren wurde. Er ist tot. Sein Auto hatte er am Pannenstreifen abgestellt. Nachträglich wurde bekannt, dass er vor seinem Freitod zwei Briefe abschickte. Einen Brief schrieb er an einen befreundeten Geschäftskollegen mit der Bitte, seine vorhandenen Aufträge fertigzustellen. Einen Abschiedsbrief an seine Ehefrau. Beide Briefe wurden am nächsten Tag von der Post zugestellt. Die Schulden werden als persönliches Scheitern empfunden und Schuld verlangt nach Buße.[43]

Die gastronomischen Traditionsbetriebe am Millstätter See haben wirtschaftliche Turbulenzen. Das beheizte Seebad ist eine rettende Tourismusidee. Die Grundstückspreise am See sind heute für Bürgerliche unerschwinglich. Eigentumswohnanlagen mit Seeblick werden auf den unbebauten Seegrundstücken errichtet. Gekauft werden die Wohnungen von reichen Ausländern, die auf der Suche nach einem Zweitwohnsitz oder einer Geldanlage sind.

Beim Radfahren in den ersten Morgenstunden, von Villach in Richtung Paternion, werden in mir frühe Erlebnisse wachgerüttelt. Mein Lebensweg wird seit der frühen Kindheit von der Drau begleitet. Vom Küchenfenster aus sah ich als Schüler, wie die Drau sich in vielen Schleifen durch das Tal schlängelte, eingebettet in große Auwälder. Nach starken Regenfällen füllten sich die Überschwemmungsgebiete rechts und links vom Fluss mit Wasser, ein reißender Strom. Vor den sengenden Sonnenstrahlen suchten die Kühe Schatten unter den Erlenbäume und tranken aus den Tümpeln. Der schwankende Wasserstand war für die Anrainer ein wiederkehrendes Gesprächsthema. Einmal hatte die Drau zu wenig Wasser, ein andermal schwoll sie so an, dass sie über die Ufer trat und die angrenzenden Felder überschwemmt wurden. Bei Regenfällen, die mehrere Tage andauerten, wurden in Olsach die Hauskeller, bei Hochwasser der ganze Talboden überflutet. Die Drau blieb bis Ende der sechziger Jahre unreguliert, mit allen Freiheiten und Überraschungen. Seit den siebziger Jahren wird sie aufgestaut und zur

---

[43] Kommentar von P: Traurig ist das und schade um den Menschen. Wir dürfen uns nicht so sehr mit der Arbeit identifizieren. Wir sind zuerst Mensch, dann Vater, Geschäftsmann, Handwerker und was immer. Hängt unser Herz so sehr an der Tätigkeit, bricht auch das Herz, wenn diese Tätigkeit wegbricht. Das sollte nicht sein.

Stromerzeugung genützt. Nach dem Passieren des Bundesheerübungsplatzes in Oberwollanig erblicke ich am Radweg eine Frauengruppe. Mit erhobenen und ausgebreiteten Armen, einem verzückten Gesicht, dazu leicht vorgebeugt, blicken sie in die gegenüberliegenden Sträucher. Ihre strahlenden Augen bleiben von den Geschehnissen vor und neben ihnen unbeeindruckt. Die Tage um den Großen und Kleinen Frauentag lassen auf eine Marienerscheinung schließen, oder zeigt sich ihnen eine der Frauen, die in ihrer Verzweiflung den Freitod in der Drau gewählt haben? *Wieda is ane von unsara Seitn ins Wossa gongan*, wurde zu uns Kindern gesagt.

Im Menschen steckt das Bedürfnis, andere zu zerstören, sie wollen keine glücklichen Geschöpfe, ihr Ziel ist die gestörte Persönlichkeit. Hat jemand diese Zerrüttung in seiner Kindheit oder in der Ehe erlebt, so strebt er danach, dass auch andere in dieser Verstörtheit aufwachsen. Für dieses Ziel reagieren die Urinstinkte, vor diesem Zwang schützen kein spirituelles Yoga, Meditation oder eine christliche Haltung. Alles, was sich zum Besseren wendet, muss zerschlagen werden. Keine Aussicht auf eine höher entwickelte Lebensform, Gleichschaltung auf der tiefsten Stufe. Der größte Genuss wird aus der Zerstörung gezogen, die meisten Empfindungen weckt ein beschädigtes Leben. Meinen erduldeten Schmerz reiche ich an andere weiter. Eine Reproduktion wie eine Arbeit in der Fabrik. Bei einer Tagesschicht verschraubte ich 2.880 Damenschuhabsätze. Mit meinen Fingerspitzen spürte ich, ob der Absatz passgenau war. Schaffte ich mein Pensum nicht, schafften es die anderen am Montageband auch nicht.

Das Gleichnis in der Bibel von den fünf törichten und den fünf klugen Jungfrauen ist heute noch aktuell. Dieses Lehrstück könnte als Vorlage für die TV-Sendung *Bauer sucht Frau* gedient haben. Hier eine Kurzversion: *Zehn Jungfrauen warten auf einen Bräutigam. Es wird Abend und keine von ihnen weiß, wann er kommen wird. Jede hat eine*

Öllampe bei sich. Nach Mitternacht heißt es plötzlich: Der Bräutigam kommt, wir wollen ihm entgegengehen. Jetzt bemerken fünf Jungfrauen, das Öl in ihren Lampen geht zur Neige und sie haben keine Ölreserven bei sich. Die klugen Jungfrauen haben Ölreserven, weigern sich aber, diese zu teilen, dann hätten sie zu wenig. So müssen die törichten Jungfrauen umkehren, um Öl zu kaufen, und versäumen das Festmahl mit dem Bräutigam. Mit dem Handy und der Digitalkamera kann uns auf einer Reise Ähnliches passieren. Beim Badeurlaub an der Oberen Adria, bei einer Rundreise durch Frankreich oder bei einer Stadtbesichtigung in Dresden: Das Handy und die Digitalkamera sind dabei, um den einen und anderen schönen Augenblick festzuhalten. Plötzlich stellt man fest: Der Akku ist leer und das Ladegerät wurde zu Hause vergessen. So können keine Fotos mehr von einem einmaligen Ereignis aufgenommen werden. Vor dem Verreisen ist es für manche selbstverständlich, dass sie zuallererst das Netzkabel und einen zweiten Akku einpacken, *um kein Festmahl mit dem Bräutigam zu versäumen.*[44]

Als *Messestadt* bezeichnen sich Salzburg, Wien, Frankfurt oder Leipzig. Dort finden im Frühjahr und im Herbst Messeveranstaltungen wie die Familienmesse, die Computermesse, die Spielwarenmesse und die Buchmesse statt. Jahr für Jahr wird in den Ausbau der Messehallen und der Infrastruktur investiert. Vorteilhaft ist, wenn das Messegelände über Autobahnen aus allen Himmelsrichtungen leicht erreichbar ist. Neben den Austellern erwarten sich auch die Hotels und die Restaurants gute Umsätze durch die Besucher. Eine Messeveranstaltung belebt den Tourismus der Stadt. Das Eintreffen der Besucher löst bei vielen angenehme Erwartungen aus, so auch bei den Straßendirnen. Sie erhoffen sich eine höhere

---

[44] Kommentar von I: Ich denke mir Jesus nicht sofort auf einem Pferd. Die Zahl „fünf" der klugen Jungfrauen des Matthäusevangeliums, 25,2, kehrt in der Bibel in der Offenbarung 6,1-8, des Jüngers, den Jesus liebt, wieder. Hier sind vier Pferde beschrieben und in 19,11-16. Hier ist, verschieden von den ersten vier, das fünfte Pferd wieder weiß wie das erste. Ich denke an Jesus zuerst, wie er auf einem Esel nach Jerusalem reitet.

Kundenfrequenz, alle sehen im Messebesucher einen zahlungskräftigen Gast.

Eine andere Form des Messetourismus ist, wechselt ein Christ am Sonntag für den Besuch des Gottesdienstes die Pfarrkirche; neugierig ist: Was passiert in der Nachbarspfarre, wie feiert der Pfarrer dort die Hl. Messe? Dieses Ausschauhalten ist besonders attraktiv, gibt es dort einen neuen Priester. Der neue muss nicht besser, er kann anders sein. Die Geistlichen hatten in der Vergangenheit konkrete Feindbilder, sie konnten das Böse beim Namen nennen. Der Dorfpfarrer hat einst dafür gesorgt, dass das Tor der Klosterruine Arnoldstein, die in der Nähe vom Pfarrhaus liegt, verlässlich abgesperrt wurde. Die Liebespaare und die Kommunisten hätten sonst das Klostergelände für ihr unkeusches Treiben missbraucht.

Finden heute die Amtstafel mit den neuesten Gemeindeverlautbarungen, der Schaukasten des Fußball- und Pensionistenvereins dieselbe Aufmerksamkeit wie früher? Die Bewohner sind ehemals davor stehengeblieben und haben sich darüber informiert, welche Fußballspiele und Ausflüge in nächster Zeit stattfinden. Heute klickt man die Webseite der Gemeinde oder der Vereine an und kann sich alle Informationen herunterladen. In der Nähe von stark frequentierten Plätzen standen Plakatwände. Auf ihnen wurden der nächste Kirchtag, die Fahrzeugweihe und das Polentafest angekündigt. Mit den Jahren sind viele Anschlagtafeln vom Wind, Regen und Schnee verwittert, die Bretter morsch, sie werden nicht mehr erneuert. Entlang stark befahrener Straßen machen überregionale Firmen wie Telekom, Lutz oder VW auf Ankündertafeln Werbung. Digitale Anzeigetafeln, die an stark frequentierten Kreuzungen in der Stadt stehen, machen diesen Konkurrenz. Gelten diese als ein Zeichen für den Fortschritt, so ist Arnoldstein auf dem Weg in das dritte Jahrtausend. Die Jugendlichen laden per Apps die aktuellsten Nachrichten, Angebote und Veranstaltungen auf das Handy. Mit einem *Postwurf* wird eine Veranstaltung nur noch selten angekündigt. Dies wird nur mehr als eine Übergangslösung gesehen, bis alle Haushalte im Web vernetzt sind. Von den Behörden wird man aufgefordert, Anträge und Mitteilungen online einzureichen. *Lebende Ankünder* sind in der Getreidegasse in der Stadt Salzburg unterwegs. Diese haben am Oberkörper, vorne und hinten, eine Tafel umgehängt, womit sie für ein Restaurant oder eine Veranstaltung werben. Ist dies moderne Sklavenarbeit oder ist es *in*?

Täglich warnen uns Zeitungs- und Fernsehjournalisten vor Betrügereien im Internet. Eine Ursache für die häufigen Hinweise könnte sein, dass sie im Internet eine Konkurrenz sehen. Sie wollen es nicht vorsätzlich schlechtmachen, aber es passt in die Strategie der Zeitungen, dass es im Web kriminelle Vorkommnisse gibt. E-Mails mit der Aufforderung, für die Auszahlung einer Erbschaft die Kontodaten zu übermitteln – dann wird von Webbetrügern das Konto geplündert. Im Internet finden sich auch Webseiten mit Glücksspiel, Pornografie und Kindesmissbrauch. Bei einiger Vorsicht ist es vermeidbar, dass man auf eine Internetgaunerei hereinfällt. Eine gute Virensoftware filtert vieles aus dem E-Mail-Briefkasten heraus. Direkter wird per Fax versucht, für nutzlose Branchenbücher Werbeinschaltungen zu ergattern. Den Briefkopf ziert das Logo einer staatlichen Institution und eine dicke Überschrift, *Eintrag gratis,* mit der Aufforderung, das Blatt rasch zurückzufaxen. Wer das Kleingedruckte liest, erfährt, welche Zahlungsverpflichtungen man mit seiner Unterschrift eingeht, für einen nicht nachvollziehbaren Nutzen.

Vieles, was wir bestellen oder wissen wollen, ist nur einen Mausklick entfernt. Die elektronische Maus ermöglicht uns die Schuhbestellung in einem Webshop, den Kauf eines Fahrscheines für die Bahnreise, Einsicht in die Wetterlage bei Bekannten in Sydney. Virtuell können wir bequem den Kilimandscharo vom Wohnzimmersofa aus besteigen und die Sehenswürdigkeiten von Berlin betrachten. Informationen über eine Birkenallergie und die Lebensdaten von Alfred Döblin einholen, alles mit einem Klick. Beim Schreiben hat mir der Mausklick neue Freiheiten verschafft. Während des Schreibens sitze ich am PC entspannter als ehemals an der mechanischen Schreibmaschine. Um ein Wort oder einen Satz zu verschieben, zu löschen oder einzufügen, genügt ein Mausklick. Die Gedanken können unkontrollierter fließen, mit einem Klick kann ich Skurriles löschen und Starres lebendig machen.[45]

Eine schöne Handschrift bringt im Berufsleben keine besonderen Vorteile mehr, der Schriftverkehr wird heutzutage am PC geschrieben und ausgedruckt oder als E-Mail versendet. Der händisch geschriebene Lebenslauf für eine Bewerbung bildet die Ausnahme. Aus einem handgeschriebenen Schriftstück kann man mit Sachkenntnis etwas über die Charaktereigenschaften des Verfassers herauslesen. Das Briefschreiben hat das Telefonieren und das Verschicken von SMS mit dem Handy verdrängt. Die leserliche Handschrift hat vor Jahrzehnten an Wert verloren, als die Kofferschreibmaschinen für den durchschnittlichen Haushalt erschwinglich wurden. Am Elternsprechtag beschwerten sich meine Professoren beim Vater über meine unleserliche Schrift. Er vertröstete sie mit

---

[45] Kommentar von E: So gesehen arbeite ich mit der Maus noch genau so wie an der Schreibmaschine. Meine Sätze formuliere ich genauso sorgsam wie damals. Ganz selten, dass ich etwas rauskopiere und dann einfüge.

Kommentar von GO: So oft ich auch versuche, den Laptop auszuschalten, umso mehr überzeugt er mich vom Gegenteil. Sobald man etwas wissen möchte, eine Frage im Hirn auftaucht: Das Internet hat die Antwort.

Kommentar von D: Der PC macht vieles leichter, aber auch vieles flüchtiger und oberflächlicher. Früher war der Klang einer Schreibmaschine Musik, der PC ist ziemlich unmusikalisch und charakterlos. Alte Schreibmaschinen atmen ihre Zeit aus, dies fasziniert.

der Ankündigung, dass ich zum neuen Schuljahr eine Schreibmaschine bekommen werde. Bekomme ich eine handgeschriebene
Glückwunschkarte, betrachte ich kritisch die Form der Schrift – besonders aufmerksam, ist der Absender eine Person mit einem akademischen Grad. Der studierte Neffe hat die ungelenkige Schrift
eines Schulanfängers. Für mich stellt sich die Frage: *Kann man jeman-*
den, der so unleserlich schreibt, die Lenkung eines Pkw anvertrauen? Über-
trägt sich die schlampige Schreibweise auf die Fahrweise, könnte es
beim Kurvenfahren zu ernsthaften Problemen kommen? Im letzten Jahrhundert ist viel von der Schreibkultur verloren gegangen,
so stehen wir beim Besuch einer Klosterbibliothek staunend vor
den handgeschriebenen Bibeln, Messe- und Gesangsbüchern. Beflissene Mönche haben im Mittelalter, in klösterlichen Schreibstu-
ben, die Bibel immer wieder händisch abgeschrieben und die Über-
schriften sowie die ersten Wörter einer neuen Seite reich verziert.

Üblicherweise erwartet man sich bei einem Vortrag, dass der Red-
ner für alle verständlich, Punkt für Punkt zum Kern der Sache
kommt. Meiner Überzeugung nach fehlt diesen Vorträgen die Kre-
ativität. Philosophen und Schriftsteller wählen einen anderen Weg.
Sie erzählen zuerst von den Nebenschauplätzen, verweisen auf
Dinge, die mit dem Thema nur am Rande etwas zu tun haben. Sie
tanzen von einer Wortverbindung zu einem Wortspiel. Das ge-
wählte Thema wird mit sprachlicher Schönheit umkreist. Wie sich
einer schönen Blume Schritt für Schritt zu nähern, ohne die Blume
zu zerstören. Nach meinem Befinden braucht es zur Lösung einer
Frage gute Geschichten und nicht eine Antwort, die alles zerstört.

Eine freie Zeiteinteilung ist für die wenigsten möglich, die meisten Arbeitszeiten sind vorgegeben. In einer Übergangsphase zu einem neuen Lebensabschnitt beschäftigt man sich mit dem Phänomen, wo die Zeit geblieben ist...

Die Zeit drängt, ist eine Aufforderung, eine Arbeit rasch zu erledigen. Um die schönen Sommertage für die Heu- und Getreideernte voll auszunützen, gab es am Bauernhof eine *Hudelei* bei den Mahlzeiten. Es wurde die Zeit für das Mittagessen verkürzt und auf die Nachmittagspause verzichtet. Dadurch war es möglich, das Heu vor einem heranziehenden Gewitter trocken in die Scheune zu bringen. Diese Hast gab es auch bei der Kartoffel- und Krauternte. Am Bauernhof beschränkte sich die Hektik auf die Erntezeit, im Winter hatte man es früher nicht eilig. *Die Zeit drängt*, hört man heutzutage kaum mehr, wir leben in einer dauerbeschleunigten Welt und sind selbst oft in Zeitnot. In einer Generation wollen wir mehr erwirtschaften und erleben als früher in drei Generationen zusammen. Zum Musikhören oder um ein Buch zu lesen, dafür nehme ich mir mindestens eine Stunde Zeit. Das Durchblättern einer Tageszeitung oder Illustrierten ist vergleichbar mit dem Durchschleusen von Touristen durch die Sehenswürdigkeiten von Schloss Schönbrunn. Denke ich an meine Hunderte von Notizheften, Aufzeichnungen aus den letzten dreißig Jahren, sage ich innerlich zu mir: *Die Zeit drängt*. Bei der Fülle an Notizen wird es für mich immer unwahrscheinlicher, alles aufzubereiten. Einen Teil davon zu verarbeiten, ist für mich Glück.[46]

---

[46] Kommentar von P: Die Zeit drängt, diese wieder zu entschleunigen. An den Kassen der Supermärkte haben die Rentner am wenigsten Zeit und fragen dann ganz nervös: „Würden Sie mich bitte vorlassen?" Sie haben noch so viel zu tun.

Kommentar von PE: Musikhören, Lesen ist eine andere Form von Tun. Wer kann nichts tun, wirklich nichts? Einfach nur da sein. Bei Tieren kann man dies beobachten – für mich der größte Luxus im Leben. Im Nichtstun begreife ich Zusammenhänge, die mir kein Buch und keine Musik vermitteln können.

Kommentar von GO: Ich kenne dies auch noch. Als Kinder sind wir auf die Wiese gerannt, um noch schnell das Heu einzufahren, bevor ein Gewitter kommt. Es war eigentlich eine schöne Zeit. Es stimmt: Man ist da

Beim Umgang mit der Zeit bleibt niemand von Problemen verschont. Die einfachsten Tätigkeiten sind an gewisse Zeiten gebunden. Zu jedem beliebigen Zeitpunkt ist es im Innenstadtbereich möglich, eine Jause zu kaufen. Außerhalb der Ballungszentren spielt die Tageszeit eine Rolle. Dort ist es keine Selbstverständlichkeit, immer ein offenes Geschäft vorzufinden. Um eine Überweisung zu tätigen oder ein Paket aufzugeben, ist man an die traditionellen Öffnungszeiten der Banken und Postämter gebunden. Ähnlich ist es bei den Fahrkartenschaltern der Bundesbahnen. Für die genannten Aktionen gibt es neuerdings Automaten und Onlinedienste. Diese stehen uns rund um die Uhr zur Verfügung. Die Tankfüllung vor dem Sonntagsausflug in ein Seitental zu kontrollieren, ist ratsam. Die Tankstelle könnte dort sonntags geschlossen sein. Die Zeit spielt in den Zentren und im Umland eine unterschiedliche Rolle.

Mit der Warnung vor Stress und Burnout ist man derzeit schnell bei der Hand. Immer, wenn in einer Fabrik, im Gewerbe oder im Handel mehr zu tun ist. Der Teilzeitjob, der Haushalt und das Management der Kinder stellen für Frauen eine Stressfalle dar. Freut man sich auf eine Familienfeier am Abend und die Abfahrt von der Firma verzögert sich durch einen späten Kunden oder es tauchen bei der Fertigstellung einer Arbeit Schwierigkeiten auf, dann wird es stressig. Zeitnot und Stress sind miteinander eng verbandelt. Nimmt man sich zu viel vor und läuft nicht alles nach Plan, gerät man aus der Zeitnot in die Stressfalle. Das Maximale in minimaler Zeit zu erleben, ist unsere Vorgabe und diese geht dabei mit unserer Lebenszeit brutal um. Mit überhöhter Geschwindigkeit fahren wir Auto, essen dabei ein Sandwich und telefonieren mit dem Handy. Abends stellen wir fest, dass wir einige Vorhaben nicht erledigen konnten. Neuerdings plagt mich die Frage: *Wieviel Zeit konnte ich*

---

darauf abgerichtet, so viel wie möglich in so wenig Zeit wie möglich zu erledigen. Es ist wirklich schwer, sich dieser Beschleunigung im Alltag zu entziehen.

durch schnelles Fahren, durch das Telefonieren während der Fahrt und durch den Verzicht auf das Mittagessen einsparen? Sind dies Wochen, Monate oder Jahre und habe ich dadurch mehr erreicht? Wo kann ich die ersparte Zeit sehen oder habe ich sie woanders wieder verloren?[47]

Nach einigen Jahrzehnten erkenne ich, dass die Zeit die Ursache für Sorgen und Leid ist. Dies offenbart sich verstärkt im letzten Drittel des Lebens, im ersten Drittel war dies kein Thema. In der halben Zeit konnte ich vieles, im Vergleich zu heute, erledigen. Es gab keinen unpassenden Zeitpunkt und keine Zeit war zu kostbar für Dinge, die Spaß gemacht haben. Dafür war jede Tages- und Nachtzeit recht, dringende Arbeiten verlagerte ich in die Zukunft. Den größten Ärger verursachte die Zeit im zweiten Lebensdrittel. In diesem Zeitraum spielte der Erwerb von Besitz, die Schaffung eines sozialen Umfeldes eine Rolle. Dabei hatte ich das Gefühl, anderen hinterherzuhinken. Auf keinen Fall wollte ich menschliche Optionen versäumen, dies ließ die Jahre kürzer werden. Es war vorhersehbar, dass verschiedene berufliche und menschliche Wünsche in meiner statistischen Lebensrestzeit nicht mehr zu verwirklichen sein werden. Es gibt biologische Grenzen, bestimmte Unternehmungen können im Alter aus Kräftemangel nicht mehr durchgeführt werden. In diesem Lebensdrittel verbergen sich auch gesundheitliche Fallen. Das Verströmen der Zeit gleicht einem Bach, der dem Fluss zufließt. Jetzt, wo mir vieles geglückt ist, ist der Moment günstig, um mit der Zeit Frieden zu schließen. Mein Umgang mit der Zeit wird großzügiger. Dabei bin ich erstaunt über das Erlebte, manches habe ich nicht erwartet. Ohne bestimmte Forderungen betrachte ich jeden Tag als Geschenk, keinen will ich ungenützt verstreichen lassen. Das eine und das andere Neue hinzufügen,

---

[47] Kommentar von G: Zeit zu haben, scheint heute das Schwierigste zu sein. Vorhin brachte ich meine Freundin zum Zahnarzt. Folgerichtig wäre es gewesen, in der Wartezeit schnell zum Friseur zu rennen und zum Drogeriemarkt. Stattdessen las ich eine Stunde in einem Buch.

manche Dinge erledigen sich von selbst. Es ist vergeudete Energie, mit der Zeit zu streiten und zu hadern – einmal wird meine Zeit vorbei sein.

Von den Verwandten wird mir mehrfach die Frage gestellt, wie ich als Buchhändler in Muse den Tag verbringe. Wie die Situation ist, wenn die Tage nicht mehr von der Arbeitszeit und der Arbeit bestimmt werden, ich über die Monate frei verfüge. Gibt es Tätigkeiten, die mit den früheren Aktivitäten vergleichbar sind? Ich erzähle ihnen, dass ich zumeist später aufstehe, länger frühstücke und mich dazu entschließen muss, vom Frühstückstisch aufzustehen. Danach hole ich die Zeitung aus dem Briefkasten und lese darin ein wenig. Es ist an der Zeit, mit der Frau die Zubereitung des Mittagessens zu planen. Dafür fehlt die eine und andere Zutat und diese besorge ich vom Supermarkt. Haben wir noch Lust an der Telegymnastik teilzunehmen, dann war es ein erfüllter Vormittag. In den Vormittagsstunden in einem Buch zu lesen, dafür fehlte mir bis jetzt die Zeit. Am Nachmittag hole ich die Frau mit dem Auto vom Gedächtnistraining ab, gemeinsam fahren wir zum Einkaufen in das Shoppingcenter. Der Besuch des Thermalbades wurde schon am Vortag geplant. Die vergangenen Tage waren heiß, wir mussten die Balkonpflanzen täglich gießen, dabei wurden das Unkraut und die verblühten Rosen entfernt. Diese Tätigkeiten lassen wir im Liegestuhl Revue passieren. Die Entscheidung, den Nachmittagskaffee auf dem Balkon oder im Esszimmer zu trinken, steht noch aus. Zwischen uns entwickelt sich ein Gespräch, dass heute auch Haustiere vor einer Entführung nicht sicher sind. Vor ein paar Tagen wurde in der Nähe eine Maine-Coon-Katze entführt. Ein Nachbar hat beobachtet, wie ein Auto auf dem Parkplatz vorgefahren ist und die Katze von einem Mann in das Auto gesperrt wurde. Seit einigen Wochen sind eine Siamkatze und ein Dalmatiner-Hund aus der Wohnstraße plötzlich verschwunden. Vermutete ich, dass die Katze und der Hund entlaufen sind, sehe ich das Verschwinden der Haustiere nach diesem Vorfall anders. Mit dem Adressenschreiben für einen karitativen Verein habe ich einen sozialen Beitrag zur Gesellschaft geleistet. Beim Abendessen blicke ich auf einen geglückten Tag zurück.

Das Wesen der Zeit ist ein wiederkehrendes philosophisches Thema. Augustinus wollte ergründen und für uns nachvollziehbar machen, wie es sein kann, dass Gott seit ewig existiert. Dies ist vor unserer Zeitrechnung und außerhalb unserer Zeitvorstellung, wo wir im besten Fall hundert Jahre alt werden. Nicht immer und nicht für alle wünschenswert. Eine freie Zeiteinteilung ist für die wenigsten möglich, die meisten Arbeitszeiten sind vorgegeben. In einer Übergangsphase zu einem neuen Lebensabschnitt beschäftigt man sich mit dem Phänomen, *wo die Zeit geblieben ist*. Die vordringlichste Herausforderung im neuen Lebensabschnitt ist, den Tagesablauf selbst einzuteilen. Für welche Tätigkeiten die neu zur Verfügung stehende Zeit verwenden und wie lange will ich diese ausüben? Mir schwebt etwas Sinnhaftes vor, eine Aufgabe, welche mein Leben bereichert. Die Erwerbstätigkeit hatte ihren Sinn in sich, jetzt muss ich um einen neuen Sinn ringen. Im Ruhestand streite ich mit mir innerlich: Was ist eine erfüllende Tätigkeit? Dabei erlebe ich große emotionale Schwankungen. Fällt mir die Entscheidung zwischen mehreren Angeboten schwer, stellt sich Unzufriedenheit ein. Dieser Konflikt hat sich verschärft, da ich bemerkte, dass die Zeit in der Rente begrenzt ist. Lasse ich den Zeitfaktor außer Acht, kann ich gemütlich leben. Morgens und abends habe ich mehr Zeit zum Genießen. In der Schöpfungsgeschichte steht geschrieben: *Es war Abend und Gott sah, dass es gut war*. Kann ich am Abend Ähnliches von meinem Tagwerk sagen, liegt eine entspannte Nacht vor mir. Teile ich das Schicksal von Sisyphos – er bemühte sich Tag für Tag, einen Stein den Berg hochzurollen, und kurz vor dem Ziel ist ihm der Stein wieder aus den Händen geglitten –, dann wird es eine unruhige Nacht. Die Lebensumstände wechseln sich ab, einmal bin ich näher beim Schöpfer, dann näher bei Sisyphos.

Wer sich im Ruhestand befindet, erlebt den sorglosen Umgang mit der Zeit. Am Morgen gibt es keinen bestimmten Zeitpunkt für das Aufstehen, man handhabt dies wie in manchen Betrieben die Gleitzeit. Fallen die täglichen Aufgaben aus dem Zeitrahmen, nimmt man dies nicht weiter übel. Verwandtenbesuche, die man in der Berufszeit um einen Monat verschoben hätte, plant man jetzt um ein Jahr zu verschieben. Bei Reparaturen an der Hausfassade, welche nicht unbedingt notwendig sind, von denen man früher gesagt hätte, diese erledigt man innerhalb der nächsten drei Monate, spielt man mit dem Gedanken, sie in den nächsten drei Jahren zu erledigen. Einen starken Willen braucht es, dass die Muse nicht die Oberhand gewinnt. Beim Rückblick auf die Pensionsjahre sollte man sagen können, dass es keine *verlorene Zeit* war. Musiksendungen wurden während der Arbeitszeit nebenher gehört, jetzt ist das Radiohören erlaubt. Eine neue Wertigkeit erhält die Freiwilligenarbeit. Die Zeitabstimmung zwischen Erbauung, Nächstenhilfe und kreativem Schaffen hat ihre schönen Seiten. Eine Erfahrung ist, dass die körperliche Balance besser wird, die Zeit heilt Wunden.

Die Vorsichtigen lehnen es nach dem fünfzigsten Lebensjahr ab, länger als drei Monate im Voraus zu planen, die Optimisten planen für drei Jahre. Hat man im Voraus eine Reise gebucht, weiß niemand, ob er zu diesem Zeitpunkt gesund sein wird. Bezieht man den Aspekt der Gesundheit ein, ist jede Planung spekulativ, außer man hat den Jugendbonus. Erschwerend ist bei den Vorbereitungen für eine Wanderwoche die Lösung, wer in der Abwesenheit die Wohnung, die Katzen, die Blumen und den Kanarienvogel betreuen wird. Nach diesen Vorarbeiten will man den Urlaubstermin um jeden Preis einhalten, auch um den Preis der Gesundheit.

Im Alten Testament wird darüber berichtet, wie Gott sein auserwähltes Volk Israel, geleitet von den Propheten, in das *gelobte Land* führte. Unwirtliche Landschaften, Berge, Wüste und Meer mussten durchquert werden, dann erwartete sie ein Land, wo Milch und Honig fließen. Gott hat ihnen bei allen Schwierigkeiten weitergeholfen. Vom Berufsleben, einer Beziehung oder der Umsetzung bestimmter Talente können wir Vergleichbares annehmen. Zu Beginn des Berufslebens ist man energisch und versucht schnell vorwärtszukommen, gegen Ende des Berufslebens ebbt dieser Drang ab. In den letzten Berufsjahren geht es darum, gesund zu bleiben. In den ersten Berufsjahren war vieles ohne Anstrengung möglich, mit den fortschreitenden Jahren bereitet manche Tätigkeit Schwierigkeiten. Zu guter Letzt hoffte ich, dass alles gut enden wird, es gab darüber auch Zweifel. Gespräche mit langgedienten Pensionisten waren für mich ernüchternd. Mehrere Rentner haben an der Theke die Meinung kundgetan, als Rentner können sie jetzt immer die Wahrheit sagen. Dies war während des Berufslebens nicht immer möglich. Die Wahrscheinlichkeit, dass sie von den Berufstätigen als Pensionisten gehört werden, ist gering. Viele Pensionisten sehen sich als minderwertige Menschen.

Das Erreichen des Pensionsalters ist für jene Österreicher ein großes Anliegen, welche im fortgeschrittenen Alter sind. Vor ein paar Jahrzehnten hat man hierzulande den Arbeitsplatz nach dem Kriterium: *Nach wie vielen Jahren kann ich in diesem Job und in dieser Firma in Rente gehen?* ausgewählt. In den staatlichen Unternehmen hat man bereits am ersten Arbeitstag gewusst, an welchen Tag man einmal in den Ruhestand gehen wird. Die Pensionsaussichten und der sichere Arbeitsplatz haben das geringere Anfangsgehalt im öffentlichen Bereich kompensiert. Schon Jahre vor meinem Ruhestand hörte ich von Freunden, dass ich mich darauf freuen soll. Mir wurde vorgeschwärmt, was ich alles in der Rente machen kann. Im engsten Familienkreis wurde damit gerechnet, dass sich manche körperliche Gebrechen verbessern. Ich wünschte mir, dass ich meiner Fabulierleidenschaft, die im Arbeitsalltag zu kurz gekommen ist, nachgehen kann. Im Vorfeld werden die Schwierigkeiten, die beim Übertritt von der Berufswelt in die Rente auftreten, der Verlust von Öffentlichkeit und die Regelmäßigkeit des Berufsalltags unterschätzt. Auch nach Monaten hat sich das Pensionsparadies nicht eingestellt. Es ist niemand in der Nähe, der sagt: *Noch heute wirst du mit mir im Paradies sein, im Irdischen.* Die angenehmen Dinge, welche den Ruhestand von der Berufsphase unterscheiden – keine Arbeitsverpflichtung und die freie Zeiteinteilung –, werden von mir verdrängt. Die Altersweisheit lässt auf sich warten.[48]

In verschiedenen Lebenssituationen beneide ich den Schächer, der mit Jesus am Kreuz hingerichtet wurde. Ihm hat Jesus versprochen: *Noch heute wirst du mit mir im Paradies sein.* Hinzufügen muss ich, dass dem Paradies der Tod vorausgegangen ist. Auch uns wird in verschiedenen Situationen das Paradies verheißen. Für die Urlaubswochen versprechen uns die Prospekte der Reiseveranstalter einen Aufenthalt wie im Schlaraffenland. Verbringt man den Urlaub zu zweit, erhofft man sich dies erst recht, auch wenn es zuvor zu Hause zwischenmenschliche Probleme gegeben hat. Junge Paare erzählen, dass es im Urlaub, obwohl man zu Hause gut miteinander harmoniert hat, zu Unstimmigkeiten bei der Auswahl der Menüs gekommen ist. Für die Arbeit wünscht man sich paradiesische Umstände, einen schönen Platz am See oder einen belebten Ort in der Innenstadt und viel Spaß im Job. Ein ständiges Kommen und Gehen von abwechslungsreichen Menschen, welche die Welt in die Arbeitsstätte bringen, und die Arbeit sollte lustvoll sein. Meistens befindet sich das Paradies dort, wo wir gerade nicht sind: auf der gegenüberliegenden Seite.

---

[48] Kommentar von S: Ich glaube, je mehr Verantwortung ein Mensch in seinem Beruf hatte, desto schwieriger wird für ihn das Ausscheiden aus der Arbeitswelt. Das Geld ist nicht das Wichtigste. Was fehlt, ist das Gefühl, gebraucht zu werden, Leistung zeigen zu können.

Der Einzug in eine neue Wohnung gleicht dem Betreten eines Märchenschlosses. Zauberhaft, solange es mit den Wohnungsnachbarn keine Meinungsverschiedenheiten gibt. Über die Art der Belüftung des Stiegenhauses oder darüber, ob am Gangfenster ein Blumentopf stehen darf, kann es verschiedene Auffassungen geben. Unterschiedliche Ansichten bei der Verwendung der Waschküche können einen Glaubenskrieg auslösen. Mein Eindruck ist, die Menschen sehnen sich danach, aus dem Paradies vertrieben zu werden. Sie wünschen sich, den Garten Eden gegen die Wirrnisse der Wildnis einzutauschen. In jedem von uns stecken Gene vom Steinzeitmenschen, dessen Reflexe auf Angriff ausgerichtet waren. Harmonie war damals noch kein erstrebenswertes Ziel. So laufen wir im Beruf, im Alltagsleben und in der Freizeit dem Schlaraffenland hinterher. Die Erkenntnis, dass das Paradies in unserer Zufriedenheit liegt, haben die wenigsten.

Eine stabile Plattform braucht es für einen guten Lebensstart. Liebevolle Eltern und eine umfangreiche Schulbildung bilden eine vorbildliche Basis dafür. In den späteren Lebensphasen muss jeder, je nach Bedarf, selbst für sein Fundament sorgen. Die einen finden Rückhalt in der eigenen Familie, in einem abwechslungsreichen Beruf, bei der Feuerwehr oder dem Roten Kreuz. Ganz zeitgemäß im Internetforum Facebook. Stabile Verbindungen bestehen manches Mal über Jahre, kommt es zu einer Änderung oder bricht ein Teil weg, wird es im Alltag ungemütlich. Dies kann der Ausstieg aus dem Arbeitsleben sein, egal ob Frau oder Mann. Diese Situation ähnelt dem Aufenthalt auf einer Klippe, wo gerade ein Teil unter den Füßen wegbricht. Wo ist das Fundament, auf das ich mein Rentnerdasein stellen kann, und wie mich erden? In dieser Übergangsphase ist es gut, sich für Neues zu öffnen. Eine Bibelrunde zu besuchen oder dem Verein zur Errichtung eines Heimatmuseums beizutreten. Ein neues Fundament können verschüttete handwerkliche und künstlerische Begabungen werden. Für neugierige Senioren werden Computer- und Internetkurse angeboten. Dutzende

Draustädter beginnen das Pensionistendasein damit, bei McDonald's einen Cappuccino zu trinken, in den Zeitungen zu schmökern und den Jugendlichen hinterherzuschauen.

Für die Österreicher war es lange Zeit selbstverständlich und in manchen Fällen gilt dies noch heute, dass die Partei für den Einzelnen alles geregelt hat. Die Parteimitgliedschaft war bei der Suche nach einem Arbeitsplatz oder einer Wohnung sehr hilfreich. Ausgeprägte Formen der Parteibuchwirtschaft gab es in der Verwaltung, im Unterrichtswesen und bei den verstaatlichten Industriebetrieben. Als aufmerksamer Nahversorger hatte ich oft den Eindruck, es genügt der richtige Mitgliedsausweis, um einen Arbeitsplatz oder eine Wohnung zu ergattern. Ein korpulenter Gailtaler Lokalpolitiker hat in seinem Stammgasthaus *die Sprechstunden* abgehalten. Am späten Vormittag konnten ihm die Bürger bei einem Glas Bier ihre Anliegen vorbringen. Am Wirtshaustisch wurden Berufskarrieren oder die Vergabe einer Wohnung entschieden. Mit der Privatisierung der staatsnahen Betriebe, der BBU, der ÖBB und der Post, wurde der Politikereinfluss bei der Postenvergabe abgeschwächt. Eine Ausnahme bilden Bürger, die sich bemühten, ihr Leben ohne die Unterstützung einer Partei, ohne das Vitamin B, zu gestalten.

Lange Reden mit belanglosen Inhalten halten Bezirksobmänner bei Mitgliederversammlungen. In Vorwahlzeiten wird den Mitgliedern aufgeschwatzt, es geht um den Fortbestand der Partei. Sie werden aufgefordert, bei ihren Freunden für die Partei zu werben. In Wahrheit geht es um die Wiederwahl des Bezirksvorstehers. Um mehr öffentliche Präsenz zu erreichen, werden die Tagungsordnungspunkte auf mehrere Sitzungen verteilt. Lokalpolitiker leiden unter Entzugserscheinungen, werden sie abgewählt und können nicht mehr öffentlich auftreten.

Nach der Fahrt mit dem Vaporetto auf dem Canale Grande bin ich in der Lagunenstadt zu Fuß unterwegs. Auf den *Ameisenstraßen*, wo die Fülle der Besucher dahinkriecht, kann ich mich leicht orientieren. Diese enden bei den markanten Sehenswürdigkeiten wie Markusplatz, Rialtobrücke, Guggenheimmuseum oder dem Palazzo Grassi. Die Gefahr, sich zu verlaufen, ist groß, verlasse ich die markierten Wege. Dies trägt dazu bei, etwas Neues zu entdecken und eine andere Seite der Stadt zu erleben. Plötzlich stehe ich vor einem mit Spitzendecken dekoriertem Fenster und blicke in eine Werkstätte für Bilderrahmen. Eine Marienstatue steht in einer Mauernische und darunter hängen religiöse Kinderzeichnungen. Ein Blick in die Seele des Stadtviertels. Bei meiner Absicht, ein unbekanntes Stadtviertel wie Cannaregio oder Castello zu erkunden, stecken die Schwierigkeit im Detail. In den nur körperbreiten Gassen verirre ich mich schnell. Viele sind nicht bezeichnet, nur die Häuser haben eine Nummer. Die Gässchen schlagen einen Haken und enden vor einer Haustüre oder an einem Seitenarm vom Canale Grande. Es gibt keine Brücke in der Nähe, wo ich dringend eine brauche. In dieser Situation hilft kein Stadtplan, weil ich längst die Orientierung verloren habe. Das Beste ist, umzukehren und mich an einem markanten Gebäude neu zu orientieren.

Wie kann man sich im Leben verlaufen? Die Lebensläufe früherer Generationen haben sich an die Routen der Eltern angelehnt, sie waren die pädagogischen Wegweiser. Es gab die Wahl zwischen einem schnelleren oder langsameren Vorwärtskommen. Unverändert sind der Abfahrtsort und der Zielort. Der Einstieg in bestimmte Berufe und die weiteren Aufstiegsmöglichkeiten sind an den Schulabschluss gekoppelt. Mancher wusste vormals beim Betriebseintritt, in welcher Position er in Rente gehen wird. Darunter befanden sich immer Aussteiger und Ausreißer. Heute ist eine solche Lebensplanung undenkbar, es wird Flexibilität erwartet. Flexibel zu sein bedeutet, in ständiger Anspannung zu leben, um den richtigen Augenblick nicht zu versäumen. Dabei bleibt keine Zeit für eine Pause.

Auch nach dem Ausscheiden aus dem Berufsleben wird Gewandtheit gefordert, um den Anschluss an die Gesellschaft nicht zu verlieren. Die Pensionsvorsätze können sein: so beweglich wie möglich und so stabil wie notwendig.

Es ist heute selten, dass sich jemand mit dem Auto verfährt. Vor Jahrzehnten war dies im Ausland öfter der Fall: *Jetzt habe ich mich verfahren.* Meistens in der Nachbarregion Friaul, abseits der breiten Durchzugsstraßen, unterwegs, um ein bauliches Kleinod zu besichtigen oder ein regionales Fest zu besuchen. Dort gibt es eine Reihe von unverwechselbaren Veranstaltungen, das Lavendelfest in Venzone, das Kartoffelfest in Gemona, das Schinkenfest in San Daniele oder die Vogelmesse in Sacile. Hier werden im Ort entlang der Hauptstraße die Vögel in Käfigen zum Verkauf angeboten. Die ganze Luft ist erfüllt vom Vogelgezwitscher. Die meisten Autofahrer benützen heute ein Navigationsgerät, den Routenplaner im Internet oder wie ich eine aktuelle Straßenkarte. Am schnellsten verfahren kann man sich in den Randbezirken einer Großstadt. Kaum in der Innenstadt, das Stadtzentrum ist zumeist gut beschildert. Das zweckmäßige Verkehrsmittel im Stadtbereich ist die U-Bahn. Bei einem Messebesuch in Wien habe ich erlebt, wie bequem und schnell dieses Fortbewegungsmittel ist. Schon beim Buchen eines Hotelzimmers achte ich darauf, dass es sich in der Nähe einer U-Bahn-Haltestelle befindet.

Die Wegkorrektur mit dem Auto kostet ein wenig Zeit, ist aber mit keiner körperlichen Anstrengung verbunden. In geringerem Umfang gilt dies auch für das Fahrrad, dabei sind die körperliche Anstrengung und der Zeitverlust größer. Unangenehm wird es, ist man zu Fuß auf dem Weg und befindet sich plötzlich im falschen Bezirk. Das Zurücklaufen kann körperlich schmerzen, ein Arzttermin verschlimmert die Lage zusätzlich. Im Sommer kann es in den Städten unerträglich heiß sein und im Winter ein eisiger Wind wehen. Die

Situation ist ärgerlich, schiebt einem der Begleiter die Schuld am Verlaufen zu; dieser Hitze oder Kälte nicht aussteht und schlecht zu Fuß unterwegs ist. Bei einer solchen Gegebenheit können Versprechungen wie *Es dauert nicht mehr lange* oder *Wir sind gleich am richtigen Ort* den anderen bei guter Laune halten. Trotzdem kann die gute Stimmung in Aggression umschlagen.

Gründliche Erholung passiert, nach einer anstrengenden Arbeit sich in einem Liegestuhl auszustrecken. Auch nach Freizeitaktivitäten wie Tanzen und Schwimmen müssen wir uns erholen. Für reifere Jahrgänge hat ein Kuraufenthalt den größten Erholungswert. Vorausgesetzt, dabei nicht über die Stränge zu schlagen und die Nacht nicht zum Tag zu machen. Wie der Kuralltag in anderen Häusern abläuft, die Einhaltung der Nachtruhe und der Diäten, gehört dabei zu den beliebten Gesprächsthemen. Darüber werden die unterschiedlichsten Geschichten, meistens sind es Gerüchte, erzählt. Die Nachtruhe beginnt in den meisten Kurheimen um 22 Uhr. Es gibt Kuranstalten, wo die Eingangstüre nachts abgesperrt und die Anwesenheit kontrolliert wird. Nach der *Sperrstunde* muss die Nachtschwester beim Heimkommen verständigt werden. Den Ausschluss aus dem Heilverfahren hat die Missachtung der Bettruhe zur Folge. Diese Vorschrift sorgt bei den Kurgästen für die meisten Unmutsäußerungen. Hinter vorgehaltener Hand kursieren Tipps, wie man diese Anordnung umgehen kann, in welchen Sanatorien dies nicht so streng gehandhabt wird. Nur wenige halten sich nicht an die vorgeschriebene Nachtruhe. Nach den anspruchsvollen Therapien tagsüber freut man sich auf den Schlaf, für *Nachteulen* gibt es in den Zimmern Flachbildschirme.

Die Kassenkuren werden von den über Fünfzigjährigen vermehrt in Anspruch genommen. Viele nützen diese Möglichkeit, um mit guter Gesundheit in Rente zu gehen. Wer sich so strengen Vorschriften nicht fügen und mehr Freiheiten genießen will, bezahlt das

Heilverfahren selbst. Ist im Ruhestand, wo Erholung auf dem *Speiseplan* steht, ein staatlich finanzierter Kuraufenthalt gerechtfertigt? Das Kneipp-Kurhaus in Schärding hat eine hundertjährige Kurtradition. Sebastian Kneipp hat die Kuranstalt im Jahre 1886 besucht. Im Gartenpavillon erinnert daran eine Inschrift. Der überwiegende Teil der Kurgäste sind ältere Menschen. Mit den Tischnachbarn ergibt sich beim Mittagessen mühelos eine Plauderei. Unzählige Unterhaltungen handeln davon, wie sich die Gesellschaft, die Technik und der Alltag verändert haben. Das Wort *dazumal* fällt dabei oft. Gemeint sind die Jahre, die sechzig oder siebzig Jahre zurückliegen, die Kindheit und die Jugendzeit in der ersten Hälfte des vorigen Jahrhunderts. *Der Schritt* im Kopf ist klein und ich denke in meinem *früheren Leben.*

Für den Körper und die Psyche ist ein Kuraufenthalt eine Auszeit vom Alltag. Dabei stehen die Diätformen Basenfasten, Vollwertkost oder das Tausend-Kalorien-Menü zur Auswahl. Alle Kostformen entlasten die Verdauungsorgane, Magen und Darm können sich der Schlacken entledigen. Während des Basenfastens verzichte ich für zwei Wochen auf Alkohol, Limonaden, Süßspeisen, Fleisch und Wurst. Die Versuchung ist groß, statt der Diätspeise zu Mittag das Schmankerlmenü mit einem Glas Wein zu bestellen. Ohne Opfer will ich Erfolg haben. Enthaltsamkeit ist eine persönliche Entscheidung gegen das süße Alltagsleben. Nach zwei Wochen Basenfasten spannt sich der Bauch nicht mehr unter dem Hemd und meine Bewegungen sind geschmeidiger. Bei den Therapien gibt es den aktiven und den passiven Weg. Der Aktive löst durch die Teilnahme an der Wirbelsäulengymnastik und durch Nordic Walking die Muskelverhärtungen im Gesäßmuskel. Beim Passiven werden durch Massagen, Heuwickel und Akupunktur die verspannten Muskeln stärker durchblutet. Wird beides kombiniert, ist der Erfolg am Größten.

Im Kurs *Fit für den Rücken* werden Übungen im Stehen gemacht. Dabei ist es wichtig, auf beiden Füßen ausgewogen zu stehen. Eine Verbindung zum ganzen Universum kann man mit Hilfe der geerdeten Fußsohlen herstellen. Die Reifenindustrie benützt diese visuelle Vorstellung in ihrer Werbung. Vier Gummireifen verbinden das Auto mit der Straße. Sind diese mangelhaft, kann das Auto in brenzligen Situationen, bei Eis, Schnee und Regen, die Bodenhaftung verlieren. Für die Autoinsassen besteht Lebensgefahr.

In einem ständigen Wettstreit mit den Krankheiten befinden sich die Kleinunternehmer. Um Besorgungen zu erledigen, hat man als Vertretung eine Teilzeitkraft. Die übrigen Tage arbeitet man alleine im Betrieb. Die hartnäckigen Rückenschmerzen und die krampfhaften Magenkoliken versucht man bis Saisonende mit Schmerztabletten und Säureblockern abzuwürgen. Beschwerden sind nicht auszurotten, sie verstecken sich nur und treten nach Saisonende verstärkt auf. Notwendige Operationen werden in die umsatzschwache Zeit verschoben. Die Sorge um die Erhaltung der Gesundheit wird mit höherem Alter größer, die Furcht ist keine Gesundheitsoase.

Von immer mehr Menschen wurde im letzten Jahrzehnt die Liebe zum Radfahren entdeckt. Die Einsicht, es ist im Alltag gesünder und billiger, kurze Strecken mit dem Fahrrad zurückzulegen, hat dazu beigetragen. Bei der Begegnung zwischen Fußgängern, Rad- und Autofahrern gibt es im Stadtverkehr eine Reihe von Gefahrenquellen. Von öffentlicher Stelle wird an den gegenseitigen Respekt appelliert, bei wechselseitiger Rücksichtnahme ist im Verkehrsnetz Platz für alle. Die Radwege wurden vielerorts ausgebaut und verkehrssicherer gemacht. Aus unterschiedlichen Motiven werben Gesundheitsapostel und Fremdenverkehrswirtschaft für das Radfahren. Der neue Trend sind E-Bikes, bei Bedarf wird die Muskelkraft durch einen E-Motor unterstützt. Dieser Fortbewegung stehe ich als passionierter Radfahrer skeptisch gegenüber. Tolerierbar für jene, die schlecht zu Fuß unterwegs sind oder eine kraftvolle Unterstützung brauchen, um eine Steigungen zu überwinden. Argwöhnisch beobachte ich Gruppen, bei denen ein Teil mit dem E-Bike und der andere Teil mit herkömmlichen Fahrrädern unterwegs ist. Skeptisch bin ich, benützt ein Partner das traditionelle Fahrrad und der andere fährt mit einem E-Bike. Dies führt zu einer Wettbewerbsverzerrung der Kräfte. Der eine kann mit dem E-Motor die Strecke bequem und schnell zurücklegen, der andere fährt hinterher und fühlt sich gestresst. Ein ungleicher Wettstreit, der keiner Gruppe oder Paarbeziehung guttut. Nicht das Fahren von Punkt A nach Punkt B steht für mich beim Fahrradfahren im Vordergrund, sondern das Loslassen und Entspannen. Das Radeln ist für mich eine Kulthandlung mit meditativem und religiösem Charakter. Die Pausen, wo ich mich niedersetze und meine Beobachtungen in einem Notizheft festhalte, sind für mich ebenso wichtig.[49]

Bei vielen Veranstaltungen hängt der Zulauf vom richtigen Zeitpunkt der Ankündigung ab. Dafür muss das passende Medium gefunden werden, damit die notwendige Aufmerksamkeit geweckt und die richtige Zielgruppe erreicht wird. Die Verlautbarung sollte nicht zu früh und nicht zu spät erfolgen, sodass die Menschen sich daran erinnern und rechtzeitig planen können. Solche Überlegungen gelten auch für Geschäfts- und Ausstellungseröffnungen, für Fachmessen genauso wie für Pilgerreisen, Schiffsrundfahrten und Konzertankündigungen. Auf diese Art geschieht dies bei der Brauchtumswoche und der Saisoneröffnung des Strandbades, bei

---

[49] Kommentar von S: Ich habe gerade eine einwöchige Radtour hinter mir, 380 km ohne E-Bike. Zusammen mit einer größeren Gruppe, in der auch Kinder und über 70-Jährige mitgefahren sind. Ein E-Bike ist nichts für mich. In der Verwandtschaft gibt es eine mollige Sie und von Asthma geplagt. Für die ist das E-Bike prima. Mit ihr mithalten kann ich jedoch nicht.

privaten Ankündigungen wie der Einladung zu einer Geburtstagsfeier, Faschingsparty und Hochzeitsfeier. Für die Nachricht, dass
jemand gestorben ist, gibt es keinen idealen Zeitpunkt.

Pädagogen in Deutschland diskutieren darüber, das Erlernen der
Schreibschrift als Unterrichtsfach abzuschaffen. In Zukunft sollen
die Schüler nur noch die Druckschrift üben. Die digitalen Displays
im Auto, beim Fahrkartenschalter und Bankomat, am Handy und
auf den öffentlichen Anzeigetafeln, sie alle verwenden bei der Anzeige die Druckschrift. Beim PC besteht noch die Möglichkeit, für
den *intimen* Schriftverkehr eine Schreibschrift auszuwählen. Vormals verwendete man im Schönschreibunterricht Redis- und Breit-
federn. Diese, dazu einen Federstiel und ein Tintenfass, erhält man
heute wieder in ausgewählten Papierfachgeschäften. Mein Zeichen-
professor hat die gotischen Buchstaben kunstvoll auf die Tafel geschrieben und wir Zöglinge mussten sie *nachmalen*. Wegen meiner
Sehschwäche konnte ich die feinen Details nicht genau erkennen
und meine Buchstaben gerieten fehlerhaft. Darüber war der Professor dermaßen erzürnt, dass er aus meinem Federstil *Kleinholz* gemacht hat. Damals schrieb ein Teil der Erwachsenen ihre Briefe in
Kurrent. Die Briefe, welche die Mutter mir in das Internat schickte,
waren eine Mischung aus Kurrent- und Lateinschrift. Dadurch
lernte ich ein wenig, Kurrent zu lesen. Für einen Bericht über die
Kriegsjahre in Arnoldstein wurden mir Briefe von einem KZ-Häft-
ling zur Verfügung gestellt. Sie waren in Kurrent abgefasst. Von
einem Verwandten wurden sie in die Lateinschrift übertragen und
dem Bericht angefügt.

Bis Mitte des vorigen Jahrhunderts gab es in den Schulzeugnissen
die Note *äußere Form*. Die Leserlichkeit der Schrift und das äußere
Erscheinungsbild einer Seite wurden benotet. Eine schlechte Form-
Note bekam man für eine unleserliche Schreibweise, durchgestri-
chene Wörter, Spuren vom Radieren oder Tintenkleckse. Dazumal

gab es keinen Tintentod und Korrekturroller. Die störanfälligen Kolbenfüllfedern patzten und man musste die Seite neu schreiben. Die Füllfedern wurden händisch aus dem Tintenfass gefüllt, zu diesen sind die heutigen Patronenfüllfedern Hightechgeräte. Jeder Buchstabe, den der Lehrer nicht lesen konnte, wurde als Rechtschreibfehler bewertet. Dies verhindert nicht, dass es Mühe bereitet, die Schrift jetziger Universitätsabsolventen zu lesen. Ihr Gekritzel erinnert mich an meine Schreibanfänge in der Volksschule. In den Unischreibcentern, wo den Studenten das Wissen für das Abfassen eines wissenschaftlichen Berichts vermittelt wird, sollte der Besuch eine Lehrveranstaltung zur *äußeren Form* Pflicht sein.[50]

Meine Handschrift und die äußere Form der Heftseiten waren in den Augen der Lehrer mangelhaft. Der Vater wurde beim Elternsprechtag regelmäßig darauf angesprochen. Der Professor bedauerte es, unleserliche Buchstaben als Fehler zu bewerten. In der Oberstufe, versicherte der Vater, bekomme ich eine Schreibmaschine. Damit könnten die Schwierigkeiten beim Schönschreiben aus der Welt geschafft werden. Ein PC-Set, bestehend aus Arbeitsstation, Drucker, Tastatur und Bildschirm, ist um vieles leichter als dazumal die gebrauchte Remington-Schreibmaschine. Sie war nicht so transportabel wie ein Laptop. Stenografie war ein Unterrichtsfach, als Freigegenstand wählte ich Maschinenschreiben. Auf dieser Schreibmaschine habe ich die Hausaufgaben und meine ersten Kurzgeschichten geschrieben.

Mit ihren Songs haben die Beatles und die Rolling Stones in den sechziger Jahren die Hitparaden im Radio erobert. Diese Musik wollte ich als Jugendlicher auch körperlich spüren und habe das

---

[50] Kommentar von R: Ich habe Stenographieren in der Schule gelernt, aber alles vergessen. Ich schreibe noch immer gerne mit einem 52 Jahre alten Kolbenfüller. Die Tintenkleckse gehören zu meinen Texten dazu.

Küchenradio voll aufgedreht, bis es vibrierte. Die Mutter sorgte sich um das Radio und mein Gehör, beides werde durch die dröhnende Musik Schaden nehmen. Von den Erwachsenen wurde die Beatmusik als *Lärm* bezeichnet, der das Gehirn zerstört. Am Innsberg, in der Nähe der drei Kreuze, trafen sich bei Schönwetter am Sonntagnachmittag die Jugendlichen aus den umliegenden Ortschaften. Wir ließen uns in der Wiese nieder, um gemeinsam Musik zu hören. Bei den Mädchen stand ein transportables Transistorradio auf der Wunschliste ganz oben, bei den Burschen ein KTM-Moped. *Am Land* öffneten die ersten Diskotheken ihre Pforten, wie die *Bussi Bar* in Fürnitz und die *Seppi Stubn* in Arnoldstein. Die heutigen Jugendlichen sind überall mit Kopfhörern unterwegs, am Hauptplatz, im Bus, in der Straßenbahn und im Park. Der MP3-Player versorgt sie stundenlang mit Musik und die Nachbarn hören mit. Über das Ohr dringt die Musik direkt in das Gehirn. Nach einem halben Tag ohne Fun ist es dem Enkel langweilig, auf der Fahrt zum nächsten Event wird derweil am Handy gespielt. Vor zwei Jahrzehnten war es üblich, zum Frühstück den Fernseher einzuschalten, danach den Gameboy und jetzt ist es der MP3-Player.

In den siebziger Jahren konnte ich ein Mädchen zum Mitfahren überreden, wenn ich ihm vorschwärmte: „Im R4 ist ein Radio eingebaut." Das Autoradio sorgte beim Fahren für Stimmung und Unterhaltung. Die nächste Generation von Autoradios verfügte über einen Kassettenteil. Während der Autofahrt konnte ich die Tonbänder der Ö1-Sendungen *Tonspuren* und *Im Gespräch* anhören. Diese MC besitze ich noch heute, es gab sie in Zehner-Boxen zu kaufen. Meinen Radiorekorder ITT habe ich zum Abspielen dieser MC behalten und nicht entsorgt. Dieser verfügt über ein eingebautes Mikrofon, mit dem es möglich ist, Gespräche aufzuzeichnen. Damit habe ich die Interviews mit interessanten Menschen aus Arnoldstein aufgezeichnet und im Nachrichtenblatt veröffentlicht. Diese Tonbänder befinden sich heute im Heimatmuseum. Mir wurde mitgeteilt, dass die MC auf eine CD gebrannt werden. Staatliche Institutionen haben die finanzielle Möglichkeit, verschiedene Dokumente auf die jeweils neueste Technik zu überspielen. Die Musikkassetten, die Singles und die Langspielplatten sind aus dem täglichen Gebrauch verschwunden, sie wurden von der Compact Disc abgelöst. Ähnliches passierte bei den Disketten, nur wenige PCs verfügen noch über ein Diskettenlaufwerk. Die nahe Zukunft gehört dem USB-Stick. Ob die derzeit verwendeten Datenträger in hundert Jahren noch lesbar sein werden, weiß niemand. Im Vergleich dazu haben sich die gedruckten Bücher in ihrer Art über Jahrhunderte wenig verändert und es werden wohl noch einige Jahrhunderte dazukommen.

Im Oktober gibt es für die meisten Angestellten in den Einkaufszentren eine Verschnaufpause. Die Sommersaison ist vorbei, im Textil- und im Schuhhandel hängt das Herbstgeschäft stark vom Wetter ab. Bei den sommerlichen Temperaturen überlegen sich viele Kunden, ob sie etwas von der neuen Herbstgarderobe kaufen sollen oder gleich auf die Wintermode warten. Vom Bikini in den Wintermantel. Betriebsamkeit herrscht im Baumarkt. Rüstige Männer möchten am Eigenheim noch dieses und jenes vor dem Wintereinbruch ausbessern. Die Handelsprofis planen für die nächsten Monate und überlegen, was sie unternehmen können, um das Weihnachtsgeschäft zu steigern. Unbeeindruckt von den hohen Tagestemperaturen werden im Lebensmittelhandel Lebkuchen, Weihnachtsstollen und der Christbaumbehang in diversen Verkaufsschütten angeboten. Im Wohnzimmer flimmert die erste Weihnachtswerbung über den Bildschirm. Mit der Veranstaltungsreihe *Essen-kaufen-Haben* versuchte die Pfarre Völkendorf, unser Konsumverhalten zu hinterfragen. Der Center-Manager des nahen Einkaufszentrums gibt dazu in der Pfarrkirche ein Statement ab, *wie ein Einkaufszentrum zum Wahrzeichen der Stadt wird.* Einige seiner Thesen sind: *Das Shoppingcenter entwickelt sich zu einem Treffpunkt für die Stadt- und Landbevölkerung sowie für die Menschen des benachbarten Auslands. Die*

Atmosphäre im Warentempel zieht am Vormittag die Senioren, am Nachmittag die Jugendlichen an. Auf der Piazza, einem runden, künstlich angelegten Marktplatz, stillen Mütter ihre Babys und sitzen Besucher bei einem Cappuccino und schauen dem Kommen und Gehen der Kunden zu. Diese wunderbare Konsumwelt wird von einigen Zuhörern angezweifelt, durch andere Sichtweisen ergänzt. Die Kunden des Shoppingcenters fehlen den Handelsgeschäften in der Innenstadt und werden aus allen umliegenden Regionen abgeworben. Auf einer künstlichen Piazza, die in Rekordbauzeit geschaffen wurde, treffen sich die Menschen nach dem Einkauf, im Umland veröden die über Jahrhunderte gewachsenen Ortskerne. Vereine aus der Umgebung bemühen sich um einen Termin für einen Auftritt im Einkaufszentrum, weil sie hier mehr Leute aus ihrem Ort erreichen, als wenn sie zu Hause im Volksheim auftreten. Die meisten privaten Lebensmittel- und Fachgeschäfte in den Dörfern rund um Villach haben nach der Errichtung der Shoppingcenter schließen müssen. Die Kaufkraft wurde abgesaugt. Die Bewohner am Land klagen heute darüber, sie müssen wegen jeder Kleinigkeit in die Stadt fahren. Eine selbsterfüllende Prophezeiung. Die Dorferneuerung in den angrenzenden Tälern bricht ein, weil Mitwirkende aus dem Handel, dem Gewerbe und der Gastronomie ausgestiegen sind. Ein Zeitenwandel, den man achselzuckend zur Kenntnis nimmt.

Gemeinsam streben wir nach *immer höher und immer mehr,* die Menge spielt in unserer Gesellschaft eine große Rolle. Bei der Warenfülle, wie sie seit kurzem im Drogeriemarkt im Alpen-Adria-Einkaufszentrum angeboten wird, kommen die Leute in das Schwärmen und die Augen beginnen zu glänzen. In allem will man die Masse der Auswahl, bei den Toilettartikeln, den Schuhen, der Bekleidung, den Lebensmitteln. Nahtlos findet dies seine Fortsetzung bei den Zeitungen und den Fernsehprogrammen.

Den neuen *Menschenschlag*, welcher in den Einkaufszentren unterwegs ist, beschreibt Pfarrer Deibler so: Die Geschäfte haben keine Eingangstüren, so wird auch kein Kunde beim Betreten oder beim Verlassen des Geschäftes gegrüßt. Die Angestellten sitzen abwesend an der Kassa oder schlichten stumm und unbeteiligt die Ware in die Regale. In den Shoppingcentern hat er immer den Eindruck, als seien die Leute vom Angebot hypnotisiert und ferngesteuert, von Markennamen hierhin und dorthin gezogen, ihre menschlichen Qualitäten völlig vergessend.

Beim Straßenbau hat ein Umdenken eingesetzt. Jahrzehntelang wurden immer mehr und breitere Straßen in die Landschaft und durch die Siedlungen gebaut. Heute bemüht man sich um Verkehrsberuhigung, es werden Straßen rückgebaut. Nicht die größtmögliche Mobilität hat Vorrang, sondern Lebens- und Wohnqualität. Wird dies auch die Zukunft der Shoppingcenter sein, dass nicht noch größere gebaut, sondern bestehende zurückgebaut werden? In der Innenstadt und in den umliegenden Gemeinden würde es dann wieder mehr Nachhaltigkeit und pulsierendes Leben geben.

Neue Konsumentenbedürfnisse, welche für die Unternehmer einen Gewinn versprechen, werden von den Handelsketten rasch aufgegriffen und umgesetzt. Im Trend sind Light-Lebensmittel und Bioprodukte, diese werden auch in den Megamärkten vermehrt angeboten. Vor Jahren haben sich die Bewohner mit naturnahen Produkten beim Bäcker, beim Fleischer und auf den Bauernmärkten eindecken können. Für das neue Biobewusstsein bedurfte es der Werbung, *Ja natur*. Zwischen der Atmosphäre auf dem Villacher Wochenmarkt und dem Klima in einem *Ja-natur-Supermarkt* ist ein beachtlicher Unterschied. Am Markt läuft der Schmäh, der schnelle Tratsch, die persönliche Ansprache: „Schöne Frau, eine kleine Kostprobe gefällig?"

Die Erinnerungen an Enttäuschungen verflüchtigen sich bei vielen Menschen nach acht Stunden Schlaf. Manches Mal lassen der Ärger über einen versäumten Zuganschluss, die Schmerzen im Bein, die Nierenbeschwerden, das Sodbrennen keinen Schlaf zu. Bei meiner Rast am Unterbergerbrunnen, in der Nähe vom Draukraftwerk Villach, scheint in der Früh die Sonne. Als Papierhändler in Muse frage ich mich: Wird das Sterben eine schlaflose Nacht sein, die, hat man das Tor des Vergessens durchschritten, im Paradies endet? Wo alles Irdische vergessen sein wird? Das meiste menschliche Leid wird dadurch hervorgerufen, dass unsere Körperzellen und unsere Gehirnsynapsen die belastenden Ereignisse nicht vergessen. Undine zieht instinktiv die linke Vorderpfote ein, wenn sie zu einem Sprung ansetzt. Vor einigen Jahren hat sie sich die Vorderpfote eingeklemmt. Wir zucken mit dem Körper zusammen, wenn sich hinter uns etwas bewegt oder zu Boden fällt.

Von den Verhaltensweisen der Tiere können wir Manches lernen, der Mensch ist nicht in allem klüger. In einer Stadtwohnung, wo Katzen und Menschen in einer *Wohngemeinschaft* zusammenleben, sind sie ein Vorbild für gesundes Aufstehen. Die Katze erhebt sich vom Nachtlager und führt Dehn- und Streckübungen durch, *den Katzenbuckel.* Wir werden morgens durch das Klingeln des Weckers in einen *Alarmzustand* versetzt. Die Morgentoilette bringen wir schleunigst hinter uns, den Cappuccino trinken wir in der Küche im Stehen. Unser Körper bekommt keine Zeit, seine Systeme langsam hochzufahren, den inneren Motor aufzuwärmen. Wir fahren gleich mit dem dritten Gang los.

Nach dem Fressen putzt sich die Katze ausgiebig ihr Fell, sucht ihren Lieblingsplatz auf, rollt sich zusammen und hält einen Verdauungsschlaf. Sie hängt dem Essensgenuss nach und gewährt dem Magen die nötige Pause. Bei uns reicht die Zeit auch tagsüber oft nur für einen Imbiss im Stehen. Haben wir die Muße für ein Mittagessen, so suchen wir nach einer möglichen *Nebenbeschäftigung.* Im zeitgemäßen Restaurant sind an den Wänden Flachbildschirme installiert, überall läuft ein anderes Programm. Die Dauerberieselung mit Musik ist alltäglich. Fehlen die Bildschirme und die Musik, dann *angeln* wir uns eine Tageszeitung. Während wir die Frittatensuppe mit dem Löffel in den Mund schieben, lesen wir darin von der Dürrekatastrophe in Südindien. Verzögert sich das Servieren der Hauptspeise, blicken wir ungeduldig auf die Armbanduhr. Die meisten werden durch mehrere Anrufe beim Essen unterbrochen. Beim Bezahlen ist man gedanklich am Arbeitsplatz. Eine Verdauungsphase ist nach dem Essen nicht vorgesehen, am Nachmittag leiden wir an Sodbrennen und Magendrücken.[51]

Hunde und Katzen werden im Seniorenheim der Diakonie bei der Betreuung von älteren Menschen eingesetzt. Das vibrierende Schnurren der Katze, das Streicheln des feinen Fells lösen Gefühlsblockaden bei den Bewohnern. Öffne ich die Wohnungstüre, werde ich von den Politzner Kampfkatzen freudig begrüßt. Gleich darauf verlangen sie ihr Fressen. Charly und Undine, Geschwister vom selben Wurf, waren über viele Jahre ein Herz und eine Seele. Gegenseitig haben sie sich die Ohren geputzt und miteinander *Gummiball*

---

[51] Kommentar von GO: Die alten Indianer wussten bereits, dass man von den Tieren lernen kann und man überaus stark ist, steht einem ein Tiergeist zur Seite. Lese ich das oben, fühle ich mich privilegiert, an den meisten Tagen nach meiner „eigenen Uhr" leben zu dürfen, und esse ich, esse ich. Da gibt es keinen Bildschirm und Radio. Das ständige Gedudel kann ich nicht leiden. Auf die Bedürfnisse der Menschen und ihres Körpers wird kein Wert gelegt. Hauptsache, es wird Geld verdient, und wehe dem, der hinterherhinkt.

Kommentar von W: Die Dehn- und Streckübungen mache ich auch nach dem Aufstehen und manchmal auch das Mittagsschläfchen. Was das Körperbewusstsein betrifft, bin ich meiner Katze überlegen. Sie ist nicht fähig, den Polster, den sie selbst vom Stuhl geschoben hat, wieder hinaufzulegen.

gespielt. Nach einer Rauferei haben sie sich untereinander um das Wohnungsrevier gezankt. Diese Zankereien waren geprägt von Verfolgungsjagden und Zwistigkeiten. Mir ist die Angst hochgekommen, haben sie sich angefaucht. Danach waren die *Kampfstätten* übersät mit Haarbüscheln. Die Schmusekatzen haben sich plötzlich in Raubtiere verwandelt. Als friedliebender Bücherwurm versuchte ich, Charly – vorbei an der Undine – in ein anderes Zimmer zu tragen. Bei seinem Anblick hat sich Undine auf mich gestürzt und ist an mir hochgesprungen. Mit ihren Krallen hat sie sich am Unterarm festgehalten und in der Folge in meinen Fuß verbissen, bis ich Charly fallen gelassen habe. Der Vorfall hat mir einige Kratzer und Bisswunden eingebracht. Das jahrelange anschmiegsame Verhalten der *Stubentiger* hat mich vergessen lassen, dass sie nach ihren Instinkten Wildkatzen und keine Stofftiere sind.

Unsere Nachtruhe wird durch die neu aufgeflammten Revierkämpfe der Wohnungskatzen Charly und Undine immer wieder gestört. Der Streit zwischen den Katzen ist für mich so aufreibend wie eine Hakelei mit der Partnerin. Die Duftsteine, Antistresstabletten und homöopathischen Beruhigungstropfen üben auf die *Schmusetiere* keine dämpfende Wirkung aus. Unsere Bemühungen, dass sie wieder friedlich zusammenleben, scheitern. Der *Katzenkrieg* wird zu einer Belastung über Wochen. Wir versuchen, für Charly einen guten Pflegeplatz zu finden. Mich stimmt es traurig, dass sein Abschied bevorstehen könnte. Für ihn wird es keinen Unterschied geben, von wem er gefüttert und gestreichelt wird. Das Wesentliche ist, er bekommt genug zum Fressen und wird verwöhnt. Vielleicht lege ich menschliche Gefühle in das Verhalten der Haustiere. In der Bäckerei, beim Tierarzt und im Supermarkt haben wir einen Steckbrief von Charly angeschlagen, um für ihn einen schönen Platz zu finden. Bei den Rückmeldungen kam als Erstes die Frage nach seinem Alter, für einige war er zu alt. Wie im Arbeitsleben: *Ab einem gewissen Alter hat man weniger Chancen.* Eine Anfrage kommt von zwei Schwestern, sie suchen für ihren neunzigjährigen Vater eine Katze.

Seine wurde vor einem halben Jahr eingeschläfert. Charly wird von den Frauen wie ein Sklave nach seinem Aussehen, seinem Verhalten und seinem Gesundheitszustand in Augenschein genommen. Unsere Hoffnung, es würde sich niemand auf unseren Aufruf melden, schwindet. Mitte November meldet sich eine Friseurin, welche für die Oma eine anschmiegsame Katze zum Verwöhnen sucht. Charlys Alter von über zehn Jahren ist kein Hindernis. Am letzten Samstag im November bereiten wir in den Morgenstunden die Übersiedelung von Charly nach Lavamünd vor. Wir wollen ihm seinen Transportkorb, das Katzenklo, den Kratzbaum, seine Schlafdecke und den Fressnapf mit verschiedenen Sorten vom Katzenfutter mitgeben. Damit soll ihm die Eingewöhnung in das neue Zuhause leichter fallen. Auf einem *Beipackzettel* habe ich die Vorlieben und Eigenheiten von Charly festgehalten. Zu Mittag kommt die Friseurin und holt ihn unmissverständlich ab. Sie lässt uns keine Chance, unsere Absicht zu ändern. Plötzlich war er nicht mehr da, dafür der Schmerz über den Verlust, wie ein Stoß in den Bauch. Nach einer kurzen Zeit der Eingewöhnung wird er sich im neuen Haushalt durchsetzen.[52]

Seit einigen Tagen ist Charly fort. Undine hat es noch nicht erfasst, dass er nicht kurzfristig weg ist, sondern für immer. Hört sie aus dem Vorraum ein Geräusch, hebt sie den Kopf und sieht nach, ob Charly auftaucht. Vom Fressen läuft sie weg und macht einen Blick aus der Küchentür, um zu sehen, wo er bleibt. Gehe ich zu sehr

---

[52] Kommentar von S: Das tut mir leid, wir haben auch zwei Katzen. Zum Glück können sie sich draußen austoben und der Kater Momo kann mit den Nachbarkatzen raufen. Denn ganz „grün" sind sie sich nicht. Wenn ich darüber nachdenke, dann haben die beiden Schlingel tatsächlich eigene „Reviere" in unserer Wohnung. Ist mir noch nicht so deutlich aufgefallen. Die Diva bestimmt, denn sie war zuerst da. Man hängt doch sehr an einem Haustier, auch wenn es „nur" eine Katze ist. Die Vorbesitzerin unserer Diva, die ihre Katzen wegen einer Allergie abgeben musste, hat zwei Jahre später noch mal angerufen und gefragt, wie es ihr geht. Eurem Charly wird es in seinem neuen Zuhause bestimmt gefallen.

von meinen Empfindungen aus? Auch in der *Streitphase* haben sie einander beim Fressen in Ruhe gelassen. Danach war die Situation angespannt, Charly hat sich aus der Küche nicht hinausgewagt und ist dort sitzengeblieben. Nach langer Zeit hat er einen Ausbruchversuch unternommen. Durch den Vorraum ist er in das Bad gerannt, um sich hinter der Waschmaschine vor Undine zu verstecken. Aus Lavamünd bekommen wir einen Telefonanruf, Charly ist gut angekommen, aber noch etwas verschüchtert. Es wird keine Woche vergehen und er wird mit seiner *Kratzpfote* verlangen, was er will. Mit Google Earth können wir sehen, wo seine neue Bleibe ist. Das Haus liegt, gemeinsam mit ein paar anderen Häusern, inmitten von Wiesen und Feldern. In einiger Entfernung gibt es einen Wald und noch weiter entfernt fließt die Drau vorbei. Die neue Umgebung wird Charly herausfordern. Im Sommer hat er den Aufenthalt auf der Loggia geliebt, im nächsten Frühjahr kann er seinen Jagdtrieb in der freien Natur ausleben.

Das Unterhaltungsangebot im Radio, Fernsehen und im Kino ist zum bevorstehenden Jahreswechsel breit gefächert. Musikshows und erotische Filme werden für das junge Publikum gesendet, um ihnen in den letzten Dezembertagen richtig einzuheizen. Das ältere Publikum sprechen Liebesfilme, romantische Komödien und der Silvesterstadel an. Darunter befinden sich Filmklassiker wie Dick und Doof, Hardy und Laurel oder der Silvesternostalgiker *Dinner for One*. Niemand will heute zugeben, dass er alt ist, alt sind immer die anderen. Gehört man dem Seniorenbund an und unterhält sich mit Gleichaltrigen, dann ist das Wort *alt* erlaubt. Bei einer Weihnachtsfeier, einer Busreise oder am Strand zählt man nicht zu den Betagten. In der Geriatrie und im Pflegeheim, dort sind die Alten. Zum Jahreswechsel werden Fernsehfilme vom *Verliebtsein* im Greisenalter gezeigt, die einen Blick in die eigene Zukunft gestatten. Diese Streifen handeln vom Ausbruch aus der Oma- und Oparolle und wenden sich dem Sex ab achtzig zu. Das Liebesbedürfnis der Sechzigjährigen hat man vor zwanzig Jahren verleugnet und darüber geschwiegen. Neuerdings ist die sexuelle Revolution auf die Achtzigjährigen ausgedehnt worden.

Mit dem Jahreswechsel sind verschiedene Rituale und Bräuche verbunden, wie die Neujahrswünsche und das Verschenken von Glücksbringern. Das Angebot in den Geschäften ist so überwältigend, dass einem die Auswahl schwer fällt. Es dominieren die Glückssymbole Schwein, Vierklee, Rauchfangkehrer und Glückskäfer. Die Auswahl bei den Materialien hat sich verbreitet, gab es einstmals fast ausschließlich Schweine aus Gummi, so kann man diese jetzt auch in Porzellan, Glas, Messing und Schokolade erwerben. Neue Kombinationen, Glücksschwein mit Lottokugeln, werden ausprobiert. Das Lotto *6 aus 45* ist in Österreich ein Publikumsmagnet. Wer im alten Jahr Geld bei *6 aus 45* verspielt hat, hofft, im neuen Jahr etwas zu gewinnen. Gehört man zu den *Glückspilzen*, ist es einerlei, ob man diesen aus Kunststoff, Marzipan oder Schokolade erhält. Ein größeres Sortiment an Glücksbringern gab es in den siebziger und achtziger Jahren nur in ausgewählten Geschäften. Vor Silvester wird man in der Stadt vom Angebot erdrückt. Ein Heer von Glücksbringern erwartet einen in den Papierhandlungen, Drogerien, Bäckereien und Supermärkten. Tritt man in ein Geschäft ein, wird man von ihnen *überfallen*, keiner soll dem Glück entkommen. Die wenigsten von uns wissen, was für sie Glück bedeutet, wo sie Glück empfinden und wann sie glücklich sind.

Bei manchen verbreitet sich Angst, weil ein Jahr zu Ende geht und etwas Unbekanntes beginnt. Die Sorgen verschwinden auch mit dem Jahreswechsel nicht, kein Silvestermenü, kein Sekt und keine Feuerwerksraketen können sie vertreiben. Einen erbärmlichen Zustand können wir durch Ausschweifung für ein paar Stunden ausblenden, der danach um vieles stärker in unser Bewusstsein zurück-

kehrt. Damit erklärt sich auch die Fülle von Zerstreuungsmöglich-
keiten, wie sie in den letzten Tagen des Jahres angeboten werden.
Welche Bedeutung haben für uns noch die Prophezeiungen von
Nostradamus und der Mayas? Die heutigen Zukunftsforscher geben vor, die Trends für die nächsten Jahre zu kennen. Was diese
Zunft vor fünf Jahren prophezeit hat, ist längst vergessen. Eine All-
tagshilfe sind die Zukunftsforscher nicht, weil neue Ideen von
schöpferischen Menschen kommen und diese stehen abseits der
Showbühnen.

In den Medien wird darüber spekuliert, welche Veränderungen das
neue Jahr für die Menschen im Alltag bringen wird. Zur Beschwich-
tigung kommen Aussagen von Politikern, die Krise ist bewältigt,
welche uns umso heftiger treffen wird. Zur Eurokrise wurde im abgelaufenen Jahr oft die Meinung geäußert: *Wir können alles stabilisie-
ren, wir haben die Lösung.* Vor dem Jahresende hat ein Regionalsender
die Hörer aufgefordert, im Studio anzurufen und zu erzählen, was
ihnen im abgelaufenen Jahr Glück gebracht hat. Über hundert Hörer haben sich innerhalb weniger Minuten gemeldet. Meinerseits
habe ich den Versuch unternommen, die Jahre zu zählen, welche
mir Glück gebracht haben. Diese Jahre haben die Zahl fünfundzwanzig überschritten. Bei dieser Zahl verlieren einige schlechte
Jahre schnell an Bedeutung, möglicherweise haben sie etwas zu den
positiven Jahren beigetragen. Eine Rückblende auf die Ereignisse
des Jahres gibt es zum Jahreswechsel in den Zeitungen und im
Fernsehen. Einige Vorkommnisse, die sechs oder neun Monate zurückliegen, haben wir bereits *verschwitzt*. Ereignisse wie Erdbeben,
ein Schiffsunglück und eine politische Wende verschwinden blitz-
schnell aus den Schlagzeilen, da schon die nächste Katastrophe an
die Tür klopft und Einlass begehrt. Die Dauerkrisen, Hungersnot,
Kinderarbeit, Flüchtlingselend und Bürgerkriege werden von unserem Hirn ausgeblendet, das menschliche Elend würde uns erdrü-
cken. Öffentlich wird der prominenten Toten gedacht. Am Weih-
nachts- und am Silvesterabend erinnert man sich der Todesfälle in

der Familie. In der Hektik zum Jahreswechsel ist es für uns heilsam, derer zu gedenken, die uns im abgelaufenen Jahr verlassen haben. Die Begrenztheit des Lebens spüren wir in diesen Tagen besonders intensiv.

Heutzutage ist ein Alter von siebzig oder achtzig Jahren für viele etwas Selbstverständliches. Jeder hofft, dass er zu denen gehört, die den Neunziger oder den Hunderter erleben. Ähnlich dem Verhalten im Straßenverkehr, wo bei einem Unfall immer die anderen sterben, mit dreiundvierzig oder mit siebenundfünfzig Jahren. Über einige Jahrzehnte lang habe ich unsere Familie für unsterblich gehalten, weil Tanten und Onkel bereits tot waren. Über einen langen Zeitraum ist niemand gestorben. Nach Jahren sind engere Verwandte verschieden und ich musste erkennen: *Wir sind sterblich.* Eine schmerzliche Erfahrung, die mir bis zum heutigen Tag weh tut und bis zu meinem Tod anhalten wird.[53]

Infolge der verschiedenen Zeitzonen bricht der erste Jänner in Sidney viel früher an als in Wien oder in New York. Es lässt sich darüber spekulieren, wie es bei einem vorhergesagten Weltuntergang ablaufen könnte. Würde dieser zuerst in Australien, später in Österreich und zu guter Letzt in Amerika stattfinden? Wie den Beginn des neuen Jahres könnten wir den Weltuntergang, von Australien ausgehend, live im Fernsehen mitverfolgen. Hier in Europa könnten wir so lange zusehen, bis er uns erreicht und wir mit einem *Flop* ausgelöscht würden. Eine Unterhaltungsshow mit großem Realitywert bis zur letzten Sekunde.

---

[53] Kommentar von S: Wir sind Meister darin, das eigene Sterben, den eigenen Tod nicht wahrhaben zu wollen. Liegt das in unserer Natur? Wie können wir leben, wenn wir nur an den Tod denken? Aber ich denke auch manchmal darüber nach und hoffe auf viele Jahre.

Als Menschen bleiben wir trotz sozialer Bindungen einsam. Betrachten wir die Ausdehnung des Universums, hausen wir verlassen in einem Eck des Kosmos. Der Allvater ist der einzige Zuhörer…

Steht für eine erwachsene Person eine Veränderung bevor, gestaltet sich der Blick in die Zukunft schwierig. Besonders bei Umstellungen, die im Leben einzigartig und keine Wiederholung sind. Dabei, wo man sich nicht vorstellen kann, wie die nächsten Lebensjahre ablaufen werden. Aus vergangenen Erfahrungen kann man Schlüsse ziehen, fehlen diese, bleibt nur der Sprung in das kalte Wasser. Mit dem Älterwerden verbinden wir Atembeschwerden, Sehstörungen, Unbeweglichkeit und das Nachlassen der Kraft in den Füßen. Senioren können mit den Namen und den Begriffen aus der aktuellen Musik- und Filmwelt oft nichts anfangen. Der spielerische Umgang mit dem Handy und dem PC ist ihnen versperrt. Von den Jugendlichen werden ältere Menschen aus ihrem Gesichtsfeld verbannt. Über die respektlosen Fünfzehnjährigen entrüsten sich Fünfundzwanzigjährige: *Dies hätten wir uns nicht getraut.* Auf die coolen Sprüche von Kids reagieren die Fünfunddreißigjährigen mit Misstrauen. Gegen Omas Aussage zum neuen Kleid der Enkelin protestierte diese: „Wie kann die Oma wissen, was heute modern ist?" Im Alter ist es gut, den Humor nicht zu verlieren und sich Trost bei Montaigne holen: *Das Alter bringt neue Sorgen, aber es lässt auch alte Sorgen sein.*

Die Regionalmedien berichten täglich über die demografische Entwicklung der Bevölkerung in Österreich, die Menschen werden älter. Diese Entwicklung haben die Buchverlage für sich entdeckt, die Senioren sind ihr neuer Hoffnungsmarkt. Damit eifern sie den Reiseveranstaltern mit ihren Seniorenreisen, der Lebensmittelindustrie mit ihren Nahrungsergänzungsprodukten und dem Textilhandel, der schicke Kleidung ab fünfzig anbietet, nach. Die Neuerscheinungen, welche sich mit der Lust, der Freude und den Beschwerden beim Altwerden beschäftigen, sind so zahlreich wie die Rentner am Villacher Wochenmarkt. Theologen, Philosophen, Internisten und Hirnforscher, die selbst in das reife Alter gekommen sind, verfassen Ratgeber über das Älterwerden. Eines bleibt unüberwindbar: Am

Prozess des Älterwerdens kann niemand etwas ändern, kein Sachbuch und kein Kinofilm. Die Einstellung zum alternden Körper kann verbessert werden. Annehmen, dass verschiedene Alltagsaufgaben, das Stiegensteigen, die Gartenarbeit, das Kochen langsamer von der Hand gehen und man rascher müde wird. Die Gebrechlichkeit des Leibes nimmt zu.

Während der Geburtstagsfeier wird darauf hingewiesen: *Die Tante ist schon fünfundsiebzig Jahre alt und noch immer gut drauf.* Sie zeigt sich seit drei Stunden von ihrer besten Seite, einfach dazusitzen ist für sie körperlich nicht anstrengend. Familienfeiern bedeuten, die Angehörigen müssen die Feier *absitzen*, wie man eine Strafe absitzt, obwohl man nichts Unrechtes getan hat. Der Hirnforscher Ernst Pöppel beschäftigt sich mit dem Alter, *Je älter umso besser*, so der Buchtitel. Ein Zitat: *Altern bedeutet, vom Müssen zum Wollen gelangen. Es ist die neu geschenkte Freiheit, nicht zu müssen.*

Einen Körper zu spüren, eine Wiese zu betrachten oder dem Meer zu lauschen, gehört für mich zu den zeitlosen Momenten. Dabei fühle ich mich jung. Der Verstand macht mich darauf aufmerksam, dass ich das sechzigste Lebensjahr überschritten habe. Blicke ich auf das Meer, spüre ich wie ein Dreißigjähriger. Den Alterungsprozess, der für die Haut, die Organe und die Muskeln gilt, muss das Gefühl nicht mitmachen. Die Psychologen haben ermittelt, dass Gefühle nicht altern. Sonst wäre es nicht möglich, dass Menschen über siebzig so verliebt sein können wie Vierzigjährige.[54]

---

[54] Kommentar von F: Das ist doch ziemlicher Blödsinn, immer vital und gut drauf zu sein, dass setzt die Menschen ständig unter Druck. Älterwerden macht keinen Spaß, wenn ich dem jugendlichen Ideal nacheifere.

Das Legespiel *Komische Leute* ist weit verbreitet. Schaffner, Bauer, Elektriker, Köchin, Tänzerin und viele andere Berufe werden auf den Spielkarten in ihrer typischen Arbeitsbekleidung abgebildet. Wie bei einem Puzzle sind die Figuren in Teile geschnitten. Aus diesen Teilen kann man völlig neue Personen zusammenstellen. Je mehr Fantasie, umso skurriler werden die neuen Berufe. Einer Tänzerin kann man die Jacke von einem Schaffner anziehen, den Hut eines Jägers aufsetzen und eine Angelrute in die Hand geben. Es ist unterhaltsam, Verschiedenes auszuprobieren. Dabei entsteht das Bedürfnis, sich einen Wunschpartner mit den tollen Eigenschaften von bekannten Persönlichkeiten zusammenzubauen. Diese Möglichkeit wäre bei der Einstellung eines Angestellten auch anwendbar. Der ideale Mitarbeiter würde sich aus verschiedenen Bewerbern und deren Kenntnissen zusammensetzen. Bei der Auswahl eines Betriebsnachfolgers wäre dieser Weg bestens geeignet. Von einem der starke Wille, vom anderen solide Fachkenntnisse und ein dritter Bewerber bringt die finanziellen Ressourcen mit. Dazu gesellen sich Emotionskarten wie Sympathie oder Abneigung. Wer die Lebensgeschichte eines Kumpels erfahren will, schaut nach bei Google. Für die Zusammenarbeit im Berufsalltag ist dies nicht immer förderlich.

Eine Methode, um die Arbeitslosigkeit in Österreich zu bekämpfen, ist, dass die Arbeitslosen vom *AMS* auf den Weg in die Selbstständigkeit begleitet werden. In diesem Jahrzehnt gehen zirka 15.000 Betriebsinhaber in Pension und suchen einen Nachfolger. Vom Kaufmännischen her betrachtet ist es erfolgsversprechender, ein bestehendes Geschäft weiterzuführen, als eine Firmenneugründung. Der wahrscheinliche Geschäftserfolg liegt bei einer Betriebsübernahme bei 70 Prozent, bei einer Betriebsneugründung bei 30 Prozent. Besteht Interesse an einer Selbstständigkeit, ist es naheliegend sich zu erkundigen, welche Geschäfte in der Region zur Übergabe angeboten werden. Möglicherweise kennt man das Unternehmen als Kunde. Bei der Suche bietet das Gründerservice der Wirtschaftskammer seine Hilfe an, andere vertrauen auf das Web. Bei den Verhandlungen für eine Betriebsübernahme, zwischen dem Übergeber und dem Übernehmer, begegnen sich zwei unterschiedliche Anschauungen. Der Angestellte lebt in der Welt des Lohnempfängers, der einen regelmäßigen Lohn und andere Zusatzleistungen erhält. Wie sein Gehalt erwirtschaftet wurde, darum musste er sich nicht kümmern. Für seine Selbstständigkeit wünscht er sich vom Übergeber eine monatliche Gehaltsgarantie. Ihm ist noch nicht bewusst, dass er als frischer Unternehmer Ideen einbringen muss und es keine Garantien gibt. Auch ein bestehender Betrieb muss weiterentwickelt werden, stabil ist zumeist das Kerngeschäft, die Sahne zur Torte muss der neue Unternehmer beisteuern.

Die Erinnerung, wie alles begonnen hat, war im Verlauf der Betriebsübergabe ganz plötzlich vor mir. Für einige Augenblickliche war alles klar, als wären zwischen Betriebsübergabe und Betriebseröffnung nur ein paar Tage vergangen. Dazwischen liegen aber Jahrzehnte. Anfang der siebziger Jahre habe ich durch ein Inserat in der *Volkszeitung* erfahren, in Arnoldstein wird für ein Papierwarengeschäft ein Nachfolger gesucht. Den Ort kannte ich nur von der Landkarte. Mit einem VW-Käfer, abgeteiltes Heckfenster und integrierter Blinker in der Fahrertür, fuhren wir am Vormittag des 24. Dezembers nach Arnoldstein. Sofort aufgefallen sind uns die hohen Schneewechten rechts und links der Straße. Die Papierhandlung war ob des vielen Schnees von der Straße aus nicht zu sehen. Ein paar Jahre später wurde am *Hausberg* der Gemeinde ein Skilift eröffnet und in den nächsten Wintern fehlte der Schnee. Aus Holzregalen, die bis an die Decke reichten, und einem Verkaufspult bestand die Geschäftseinrichtung. Die Regale waren größtenteils leer. Hier bot sich eine Möglichkeit für meine Selbstständigkeit. Die Geschäftsfrau: die Gattin eines Offiziers, der in der Hauptstadt seinen Dienst versah. Die Zeit zwischen der Kundschaft verbrachte sie in einem nahen Café. In den folgenden Tagen wurden die Übernahmemodalitäten ausgehandelt. Als Büchernarr reizte mich die Aussicht, viel Zeit mit dem Lesen zu verbringen. Mit den Geschäftsjahren ist zum Lesen immer weniger Zeit übrig geblieben.[55]

Der Entschluss, dieses Papiergeschäft zu übernehmen, erfolgte sehr spontan. Die Kündigung meiner Arbeitsstelle in der Damenschuhfabrik bildete eine offene Frage. Eine Woche vor der Geschäftseröffnung teilte ich dem Personalchef bei seinem morgendlichen Rundgang durch die Fertigungshalle mit: „Ich werde am kommenden Montag nicht mehr zur Arbeit erscheinen." Diese Ankündigung überraschte ihn und er reagierte erbost. Er bestand darauf, dass ich die vierzehntägige Kündigungsfrist einhalte. Für mich als Absatzschrauber müsse zuerst ein Ersatz gefunden und von mir angelernt werden. Ich arbeitete am Montageband im Akkord, bei jedem Ausfall eines eingeschulten Arbeiters oder einer Arbeiterin kam es zu einem Produktionsrückgang. Wie es Verzögerungen bei der Endfertigung gab, waren Lederoberteile ungenau zugeschnitten. Die Arbeiter wollten die maximalen Stückzahlen erreichen, jeder Schuh war bereits vorbestellt. Zehn Minuten später kam der deutsche Betriebsleiter an meinen Arbeitsplatz und machte mich auf Folgendes aufmerksam: *Sollte ich die Kündigungsfrist nicht einhalten, dann wird jeder Schuh, der deshalb weniger produziert wird, von meinem ausstehendem Lohn abgezogen.* Diese Episode erzählte ich Freunden und sie berichteten von ähnlichen Szenen in einer Fabrik für Fernseh- und Radiogeräte. War eine der Arbeiterinnen am Montageband zu langsam, dann wurde diese von den anderen an den Haaren gezogen.[56]

---

[55] Kommentar von PZ: Einstieg in das kontinuierliche Lesen dank eines dichtenden Papierhändlers im Heimatort Arnoldstein. Alles gelesen, ohne Rücksicht auf intellektuelle Grenzen.

[56] Kommentar von S: Anfang der 80er Jahre habe ich in einer Näherei im Akkord gearbeitet. Anne, geistig etwas langsamer, hat sich mit ihrer Doppelnahtmaschine in den Zeigefinger genäht. Die Nadeln gingen hindurch

Spaziere ich Ende Jänner über den Villacher Hauptplatz, empfinde ich, wie angenehm *die Leere* ist. Vor sechs Wochen war er als solcher nicht zu erkennen. Vollgeräumt mit den Holzhütten des Weihnachtsmarktes, den Punschzelten und den *Würstlstandln*. Dazwischen eine Kindereisenbahn, der stattliche Christbaum und über den Besucherköpfen leuchteten die Weihnachtssterne und die Weihnachtsengel. Nach den Feiertagen ist alles *verräumt* und der Platz in seiner ganzen Größe sichtbar, diese Weite berührt mich. Nach dem Entfernen der Weihnachtsdekoration genieße ich die Mußestunden in der Wohnung. Angespannt blicke ich dem Faschingswochenende, wo der Hauptplatz wieder dekoriert und beflaggt ist, entgegen. Wird mit der Fülle an Dekorationsmaterial eine innere Leere ausgeglichen? Die Stille und die Leere nehmen westliche und östliche Weisheitslehren als Anregung für den Menschen. In der Kirche Völkendorf werden die mit Strohsternen geschmückten Christbäume und die Krippe am Tag Maria Lichtmess *verräumt*, so erstrahlt das Mosaik an der Stirnseite um vieles intensiver.[57]

Ein Schaudern habe ich am Faschingsmontag im Nacken gespürt, als der Radiosprecher die Nachricht vom Rücktritt des Papstes Benedikt XVI. verkündet hat. Mit dem Auto war ich im Gailtal unterwegs und hörte dabei das Mittagsjournal. Der Nachrichtensprecher

---

und steckten fest. Anne wusste nicht, was sie tun sollte. Sie rief nach der vor ihr arbeitenden Moni: „Moni, kannst du mal schauen?" Keine Reaktion. „Moni, schau doch mal, was soll ich tun?" Nach der dritten Bitte von Anne kam von Moni – ohne sich umzudrehen – ein unwirsches „Jetzt nicht, in der Pause." Mittlerweile hatte eine andere Kollegin gemerkt, dass etwas nicht stimmt. Sonst hätte die Arme wohl bis zur Pause so sitzen bleiben müssen. Wir waren darüber, dass Akkordarbeit so weit gehen kann, ziemlich erschrocken.

[57] Kommentar von E.: „Würstlstandl" und das mörderische „verräumt" werden jetzt meine Lieblingswörter. Oft scheint es, als könnten die Menschen die Stille genauso wenig ertragen wie die Leere. Als fürchteten sie, nicht am Leben teilzunehmen.

sagte, die Meldung vom Papstrücktritt wurde gerade offiziell bestätigt. Die diesbezügliche Meldung am Vormittag habe ich für einen komischen, aber guten Faschingsscherz gehalten. Dass ein Papst freiwillig zurücktreten wird, konnte ich mir nicht vorstellen. Für mich regierte der Papst auf Lebenszeit und wenn er zurücktritt: Was macht ein Papst in der Pension und bleibt er weiterhin unfehlbar? Offene Fragen, welche durch meinen *Greißlerkopf* schwirrten. Dieser Rücktritt macht den Weg frei, dass künftige Päpste ebenso vom Amt zurücktreten können; in letzter Logik von den Bischöfen abgesetzt werden. Eine skurrile Entwicklung für das Göttliche, Jesus sagte: „Du bist Petrus und auf diesem Felsen werde ich meine Kirche bauen und die Stürme des Meeres werden nichts ausrichten können." Aus Rom meldete sich die Korrespondentin des österreichischen Rundfunks und sprach von einer zuerst unverständlichen und dann mit ungläubigem Staunen aufgenommenen Meldung: *Der Papst hat seinen Rücktritt erklärt.* Diese Nachricht hat im Vatikan wie eine Bombe eingeschlagen. Am Nachmittag saß mir der Schalk, bei Kaffee und Faschingskrapfen, zwischen den Augen. Beiläufig erwähnte ich gegenüber der Lebensgefährtin: „Der Papst ist zurückgetreten." Darauf reagierte sie mit einem ungläubigen Blick und hielt dies für einen blöden Faschingsscherz. Um siebzehn Uhr berichtete das Fernsehen in der *Zeit im Bild* ausführlich über den Papstrücktritt. Während des Liveberichts tobte in Rom ein Gewitter und in die Kuppel des Petersdoms schlug der Blitz ein.

Nach diesem Rücktritt plädiere ich dafür, das Verfahren für die Papstwahl zu reformieren. Ein von den Kardinälen gewählter Papst kann von diesen auch wieder abgesetzt werden und ist in Glaubensfragen keine unfehlbare Instanz. Der nächste Gedanke war, die katholische Kirche zu demokratisieren. Jeder volljährige Christ hat das aktive und passive Wahlrecht, Bischöfe und Kardinäle werden vom Kirchenvolk direkt gewählt. Nach einer soliden Ausbildung in Glaubensfragen kann jeder Katholik zum Bischof gewählt werden. Sollte die katholische Kirche künftig auf ein Oberhaupt verzichten?

Von meinen Überlegungen und vom Sprung, den die Kirche in die Zukunft machen könnte, war ich restlos begeistert. Ich plante, meine Ideen beim nächsten Pfarrfest einem größeren Personenkreis mitzuteilen. Von Verwandten wurde ich davor gewarnt, es war ein Verbot.

Die biblische Sintflut hat alles Sündige vernichtet. Nur Noah, seine Frau und eine Schar ausgesuchter Tiere überlebten in der Arche. Nach der Sintflut sprach Gott zu den Menschen: „Ich schließe mit euch einen neuen Bund, ich verschone euch mit Sturm- und Sprintflut, wenn ihr meinen Gesetzen und Geboten gehorcht." Es gibt heute Milliarden gläubiger Menschen und das Wort Gottes wird weltweit verbreitet. Wo bleibt der Bund, frage ich mich heute, den Gott versprochen hat? Ist die Katastrophe von Fukushima ein Wortbruch Gottes? Bei dem Seebeben im Indischen Ozean und der nachfolgenden Sturmflut wurde in Fukushima ein Atomreaktor beschädigt und es kam zu einer Kernschmelze. Große Küstenstreifen um das Atomkraftwerk wurden verstrahlt und sind seither unbewohnbar. Bis heute herrscht Unklarheit darüber, wie viele Menschen an den Verstrahlungen noch sterben werden und wie das verseuchte Kühlwasser entsorgt werden kann. Beim Pfarrcafé habe ich den Stadtpfarrer auf diese Katastrophe angesprochen. Er ließ anklingen, Gott hat eine Sturmflut geschickt, weil wir Menschen sündigen, ein Signal zur Umkehr. Vielerlei Katastrophen haben ihre Ursache in unserer Sündhaftigkeit.

Nach dem Gesichtspunkt, welchen emotionalen Nutzen ein Ereignis für uns hat, treffen wir die Auswahl. Im Innersten sind wir Nutztiere mit höherem Bewusstsein. Ob Freude, Glück oder Schmerz – wir überlegen, welchen Ertrag wir daraus ziehen können. Jeder trachtet danach, dass seine menschlichen Kontakte zum eigenen Vorteil geraten. Die Zuneigung zu anderen Personen erfolgt aus dem Blickwinkel: Welchen Nutzen werde ich daraus ziehen? Den meisten Erfolg erzielen wir durch unser moralisches Verhalten. Wir geben uns anderen gegenüber hilfsbereit, hoffend, dass uns einmal geholfen wird. Hinter dem Schwur *Ich liebe dich* verberge sich der Wunsch nach eigener Anerkennung. Jeder nützt jeden aus. Bleiben die Gewinne aus, dann fühlen wir uns zurückgesetzt und werfen das nutzlose Leben weg. Tauchen im Leben Furcht, Sorgen und Ängste auf, dann ist eine himmlische Perspektive hilfreich. Der Glaube ist ein Nutztier auf metaphysischer Ebene, damit es der Seele gutgeht.

Von mancher menschlichen Tragödie erfahre ich aus der Zeitung, aus dem Fernsehen und von den Nachbarn. Auch mir bleiben Krisen und Schicksalsschläge nicht erspart. Im Geheimen und abseits von Häusern schimpfe ich lauthals mit dem Herrgott. Gegen ihn richtet sich mein Zorn, weil welcher Mitmensch könnte diesen ertragen? Von meinem Leid und meiner Freude erzähle ich ihm, niemand sonst ist zu jeder Tages- und Nachtzeit erreichbar. Als Menschen bleiben wir trotz sozialer Bindungen einsam. Betrachten wir die Ausdehnung des Universums, hausen wir Menschen verlassen in einem *Eck* des Kosmos. Der *Allvater* ist der einzige Zuhörer, den wir fernab unserer Erde haben – dem Vater das *Du-Wort* anbieten.

Auf Wohnstraßen gilt für Autofahrer eine Geschwindigkeitsbeschränkung von 30 km/h. Trotz Verständnis für diese Regelung fühle ich mich beim Schritttempofahren unwohl. Zum wiederholten Male werde ich dabei von einem durchrasenden *Auswärtigen* überholt. In der Fastenzeit kommt die Gewissensfrage, ob ich beim *Geschwindigkeitsfasten* mitmachen soll. Dies verlangt, die Geschwindigkeit in Ortsdurchfahrten und Wohnsiedlungen genau zu beachten. Als Bußverschärfung im Ortsgebiet statt mit 50 km/h mit 30 km/h und in Wohngebieten statt mit 30 km/h mit 20 km/h zu fahren. Der Verzicht auf unnötige Autofahrten und im Heckfenster vom Pkw die Tafel *Geschwindigkeitsfasten*. Es ist fraglich, wie mein Verhalten von den anderen Autofahrern aufgenommen wird. Mit dieser Aktion könnten auch solche zur Einsicht gebracht werden, die mit doppelter Geschwindigkeit durch die Dörfer rasen. Ein wenig erinnert mich diese Aktion an die Strafpredigten in der Kirche, die Aufforderungen zur Umkehr. Menschen, welche über die Stränge schlagen, werden damit selten erreicht, weil diese die Sonntagsmesse schwänzen. Es ist christliche Tradition, die meisten Opfer von denen zu verlangen, die schon Opfer bringen.[58]

Rezepte zum Abnehmen findet man während der Fastenzeit in jeder Zeitschrift. In exklusiven Restaurants, wo sich alles um das gute Essen dreht, werden in dieser Zeit Fastenspeisen angeboten. Gerichte mit wenig Kalorien, dafür raffiniert angerichtet. Von den Lebensmitteldiskontern wird für fettreduzierten Käse, Joghurt, Schinken und Wurst intensiv Werbung gemacht. Haben die Konzerne dabei eine Verkaufsnische entdeckt oder steht die Gesundheit der Kunden im Vordergrund? Beim Gedanken: Morgen beginne ich mit dem Fasten, genieße ich heute die Nusstorte zum Kaffee. Diese hätte ich mir ansonsten nicht gegönnt. Ein Ritual, dass sich täglich, eine Woche lang, wiederholt. Nach der Gewichtskontrolle bin ich erleichtert, weil alles gleichgeblieben ist, gewappnet mit den besten Vorsätzen für die neue Woche.

---

[58] Kommentar von G: Zum Geschwindigkeitsfasten würde zwingend Aktivitätsfasten gehören, ein Erlebnisfasten und Pflichtfasten, vielleicht auch ein Statusfasten und Geldfasten.

Kommentar von EW: Famos, aber ich kenne sie, die dich dann anhupen und anblinken, weil es ihnen nicht schnell genug geht. Weil du sie zur Langsamkeit zwingst und du ihnen mit deiner meditativen Art tierisch auf den Geist gehst.

Für die Katze und den Hund werden auch fett-und kalorienredu-
zierte Nahrungsmittel angeboten. Herr und Hund fasten gemeinsam, dabei ist es ein Erfolg, wenn Herr und Hund nach vierzig Tagen nicht zugenommen haben. Einen starken Willen zum Durch-
halten erfordert die zehntägige Basenfastenkur. Gestärkt durch ein
Haferbreimüsli am Morgen folgen die Kuranwendungen. Zur Belohnung gibt es mittags einen Gemüseteller und abends eine Basen-
suppe. Verspricht mir jemand, das Basenfasten verlängert mein Leben, wiederhole ich nächstes Jahr die Basenfastenwoche.[59]

Werden Hauskatzen angegriffen, versuchen sie, dem Gegner die
Augen zu verletzen. Bei einem Zerwürfnis starren sich die Katzen
gegenseitig lange Zeit an. Senkt eine den Blick und wendet sich ab,
ist der Streit ausgesetzt. Für *Stubentigerbesitzer* ist der Auslöser einer
Rauferei meistens nebulös. Im zwischenmenschlichen Umgang gibt
es den Spruch: *Ich kratze dir die Augen aus*. Diesen Spruch schreibt

---

[59] Kommentar von P: Ich sehe fasten als Möglichkeit, seinen Willen zu
stärken und Gewohnheiten zu brechen. Bei den Light-Produkten ist dies
sicher nicht der Fall.

Kommentar von E: Dem Fasten als einer Frühjahrskur bin ich nicht ab-
geneigt. Ich halte es für dekadent, wenn die Leute nicht mehr wissen, welches In-Gericht sie noch ausprobieren sollen. Es scheint, dass alles vom
tieferen Sinn entkernt, teuer verkauft wird.

Kommentar von GO: Es geht, so wie immer, nur ums Geld. Es dürfte
wohl fast jeder begriffen haben, dass es nicht um Menschlichkeit geht,
wenn fettreduzierte Lebensmittel angeboten werden. Ein neuer Markt
wurde entdeckt. Erst werden die Leute fett gefüttert, dann wird ihnen gesagt, was sie für „Loser" sind, und schon verkaufen sich die Diäten im
Handumdrehen.

Kommentar von SP: Auch für Tiere besteht das Gebot zu fasten, im Buch
Jona des Alten Testaments. Auf jenes Fasten der Tiere bezieht sich im
Neuen Testament doch vielleicht augenfällig das Lukasevangelium. Jesus
entsendet zwei Jünger, um das Junge einer Eselin zu holen, das noch kein
Mensch als Reittier benützt haben darf.

man Frauen zu, wenn sie ihre Fingernägel als Waffe einsetzen, um das Gesicht der Rivalin zu zerkratzen. Der Auslöser für einen Streit ist meistens ein Mann oder eine Beleidigung. Die heftigsten Reaktionen löst bei den Frauen die Eifersucht aus. Oft ist es nur eine Vermutung oder ein Zeichen der Vernachlässigung. Die Verletzungen durch Eifersuchtsszenen können körperliche und seelische Schmerzen verursachen. Das harmonische Zusammenleben artet wie bei den Hauskatzen von einer Minute auf die andere in einen zwischenmenschlichen Kampf aus.

Nach traumatischen Erlebnissen ist es sinnvoll, psychotherapeutische Hilfe in Anspruch zu nehmen. Ein Großteil der Landbevölkerung hat dafür wenig Verständnis. Die landläufige Auffassung ist, beim Tod des Partners oder der Eltern, bei einem schweren Arbeitsunfall oder bei einer chronischen Erkrankung mit den Geschehnissen alleine zu Rande zu kommen. In den meisten Fällen verschreibt der Hausarzt eine Schlaftablette gegen die Schlafstörungen, eine Beruhigungstablette bei Nervosität, Schweißausbrüchen und Herzrasen. Ohne sich mit den Ursachen auseinanderzusetzen, werden die Pillen eingenommen. Es wird versucht, die Beschwerden vor der engeren Verwandtschaft zu verbergen. Die Angehörigen halten Nervosität für ansteckender als Grippeviren. Lieber monatelang an Gelenksschmerzen leiden als an etwas *Seelischem*. Nach einem Zugs- oder Busunglück, Lawinen- oder Tunnelunglück hat sich die Praxis durchgesetzt, die Betroffenen psychologisch zu betreuen. In solchen Fällen gesteht man den Opfern diese Hilfe zu. Innerhalb des Familienverbandes ist es nicht immer möglich, belastende Erlebnisse aufzuarbeiten. Jeder reagiert auf einen Unglücksfall anders. Die bedrückenden Gedanken werden von den nächsten Familienangehörigen nicht immer verstanden. Ein Familienvater ist mit seinem Motorrad frontal gegen einen entgegenkommenden Linienbus gerast und war auf der Stelle tot. Nach einem halben Jahr ist die Tochter vom Unfalltod noch immer traumatisiert. Bietet sich ihr eine Möglichkeit in einem Geschäft, an einem Bank- oder Post-schalter, dann erzählt sie vom schrecklichen Unfall ihres Vaters. Zum Beweis zieht sie die in eine Folie eingeschweißte Zeitungsno-tiz mit der Überschrift *Biker raste in den Tod* aus der Handtasche. Sie entschuldigt sich für ihre Offenheit, in ihrer Familie wird darüber geschwiegen.

Um für den Osterhasen einige Besorgungen zu erledigen, fahre ich am Vormittag des Karsamstags in das Zentrum der Draustadt. Ich bin überrascht, wie viele Menschen am Hauptplatz unterwegs sind, in den Geschäften kommt es bei den Kassen zu Wartezeiten. Der Andrang dürfte damit zu tun haben, dass in Kärnten und in keinem anderen Bundesland in Österreich alle Handelsbetriebe am Kar-samstag um dreizehn Uhr schließen. Diese Regelung wurde zwi-schen der Wirtschafts- und Arbeiterkammer und der katholischen Kirche abgesprochen. Dieser Tag hat bei den Geschäftsöffnungs-zeiten denselben hohen Stellenwert wie der 24. Dezember, der Hei-lige Abend. Auch die großen Handelskonzerne machen mit und halten ihre Filialen nachmittags geschlossen. In den Gotteshäusern finden am Nachmittag die Speisensegnungen statt, im Volksmund *Fleischweihe* genannt. Dieser regionale Brauch hat sich über Jahr-zehnte in der Bevölkerung erhalten. Gekochter Schinken und Speck, Hartwürstel, Eier, Rippalan und Kren werden in einen Wei-denkorb gegeben und zur *Fleischweihe* in die Kirche gebracht.

Der neuerliche Wintereinbruch hat gerade eine Pause einlegt, in der Nacht auf den Ostersonntag soll es weiterschneien. Das Gewusel in den Geschäften ist groß. Der Kundenandrang in der Stadtapo-theke lässt den Schluss zu, dass die Grippewelle an diesem Wochen-ende ihren Höhepunkt erreichen wird. Vor einem Feiertag geht zu-meist dieses und jenes Medikament im Haushalt zu Ende oder ein Familienmitglied wird plötzlich krank. In Grippezeiten meide ich Ordinationen und Apotheken, meinem Bauchgefühl nach herrscht hier ein Luftgemisch aus ansteckenden Viren und Bakterien. Im Leben ist nicht alles Unangenehme vermeidbar. Die meisten Leute scharren sich im Lebensmittelmarkt um die Fleischtheke und die Gemüsevitrine. Der Aufsteller mit den Schokoladeosterhasen in der Gangmitte ist fast leer geräumt. Etliche Kunden schieben mit einer Hand den Einkaufswagen durch den Markt, mit der anderen Hand halten sie das Smartphone zum Ohr. Sie erkundigen sich zu Hause, welches Fleisch und Gemüse sie für den Mittagstisch am Ostersonntag kaufen sollen. Wünschenswert wäre ein ähnliches Gesetz wie in Italien, wo die Benützung des Handys in Restaurant und Supermärkten verboten ist. In Österreich gibt es seit kurzem eine Verordnung, welche beim Radfahren das Telefonieren mit dem Handy verbietet. Der Exekutive bereitet es schon Schwierigkeiten, das Handyverbot bei den Autofahrern zu kontrollieren. Die Schokoladehasen und -hennen versperren den Weg in die Konditorei, sie lassen niemanden vorbei, der bei ihnen nicht zugreift.

Vor dem benachbarten Blumengeschäft warten die Leute auf dem Gehsteig. Verlässt ein Kunde das Geschäft, dann kann der nächste eintreten. Es ist ein kleiner Laden, mit österlichen Gestecken im Schaufenster. In meiner Zeit als schrulliger Papiertandler hatte mein erster Verkaufsraum eine Fläche von ca. 25 m². An starken Verkaufstagen ist es vorgekommen, dass die Leute vor dem Geschäft warten mussten. Der nächste Blumenhändler befindet sich um die Häuserecke und die Auswahl an Blumen entspricht meinen Kaufabsichten. Zur schnellen Mitnahme vorbereitet: Blumen arrangiert in Weidenkörben und fertige Gestecke in Geschenksverpackung. Ich finde das Passende und reihe mich in die Warteschlange vor der Kassa ein. Zusätzlich brauche ich noch einen Frühlingsstrauß und wende mich an eine Verkäuferin. Die Farbzusammenstellung überlasse ich ganz ihrem Geschmack. Die Floristin hat einige Blumen ausgesucht, da meldet sich die Dame hinter mir zu Wort. Sie bemängelt, dass die Farben der Blumen auf keinen Fall zusammenpassen, diese seien total unharmonisch. Die Angestellte fühlt sich in ihrer Floristenehre gekränkt und kontert: „Ich verfüge über eine zwanzigjährige Berufserfahrung. Bitte mischen Sie sich in meine Arbeit nicht ein. So etwas ist mir in meinem Verkäuferdasein noch nie untergekommen." Die Verkäuferin, die Kassiererin und die wartenden Kunden werden nervös und ungeduldig. Die Dame lässt nicht locker und erwidert: „Ich bin Malerin und habe ein Gefühl für Farben." Zwischen den beiden Fronten versuche ich zu vermitteln und rufe dazwischen: „Es steht nicht dafür, sich wegen einem Blumenstrauß *in die Haare* zu geraten. Morgen feiern wir das Osterfest und Jesus sagte: ‚*Der Friede sei mit euch!*'" Auf meinen Versuch, den Streit zu schlichten, reagieren die anwesenden Kunden mit einem Schmunzeln auf den Lippen. Der Schlagabtausch zwischen den Frauen endet, als die Malerin das Blumengeschäft verlässt. Die Floristin ruft ihr zur Tür nach: „Von Ihnen möchte ich kein Bild kaufen!" Sie könne sich jetzt vorstellen, wie sie male. Zu Mittag erreicht das Einkaufstreiben seinen Höhepunkt. Am Hauptplatz nützen die Kinder die Wartezeit für eine Fahrt mit dem Bummelzug und dem Ringelspiel. Mit einer dünnen Schneedecke sind die Frühlingsblumen, welche die Stadtgärtner in der Fußgängerzone gepflanzt haben, *angezuckert*. Um den Kindern die Geschenke zu bringen, wird der Osterhase dieses Jahr die Skier anschnallen. Vor der Garage läuft mir ein Hase über den Weg.

Die Flurreinigung gehört am Bergbauernhof zu den ersten Arbeiten im Frühjahr. Dabei werden die zahlreichen Maulwurfshügel auf den Feldern, nach der Schneeschmelze, glattgestrichen; die größeren Steine aus der Wiese entfernt und am Wegrand abgelegt. Der Ackerboden bewegt sich über den Winter und hat die Steine *ausgebrütet*. Die an Laubwälder grenzenden Wiesenflächen werden vom Laub gesäubert. Beim Mistausführen werden die Abfälle am Rückweg eingesammelt. Auch auf den Feldern zwischen den Wohnblocks in Völkendorf ist eine Flurreinigung notwendig. Der *Mist* sind Teile von den Silvesterraketen, leere Flaschen vom Mineralwasser, Limonaden und Bier. Aludosen von Red Bull, Coca Cola und Fanta, zahlreiche Fischkonserven, Dosen vom Fleischschmalz und Hundefutter. In den Wiesen liegen die bunt bedruckten Verpackungen von Chips, Zuckerln und Erdnüssen. Plastiktragtaschen sind nicht in der Mülltonne entsorgt worden, sondern auf dem Acker. Beim *Räumen* findet man auch Exotisches, Faschingsmaske und Souvenirteller.

Länger als von den Pensionsgesetzen vorgeschrieben arbeiten manche Personen. Selbst im fortgeschrittenen Alter gönnen sie sich keine Ruhe. Weil man ohne Partner oder dieser vor Jahren verstorben ist, spielt auch die Furcht vor der Einsamkeit eine Rolle. So bleibt man im Berufsleben, bis einem der Arbeitgeber in Pension schickt. Die Selbständigen haben für die Verlängerung der Lebensarbeitszeit eine bessere Ausgangslage. Sie können zwischen einem frühen und einem späteren Pensionsantritt wählen. Der Vorteil ist, nicht anonym in einer Wohnung zu leben. Man verbleibt in der Öffentlichkeit, solange es die Körperkräfte zulassen. Bei einem Gespräch mit der Kundschaft ergeben sich frische Kontakte. Es gibt einen strukturierten Tagesablauf und Pflichten, die man nicht erfinden muss. Das *Strecken* der Lebensarbeitszeit kennt man auch in der Landwirtschaft. Die Altbäuerin und der Altbauer machen sich am Hof, solange es ihre Kräfte zulassen, nützlich. Sie, die viele schon in das Grab wünschen, weil man sie nur als überflüssige Esser sieht, entfliehen so der Wertlosigkeit. Nur der Tod zwingt sie zum Aufhören.

Das Zillerbad in Warmbad-Villach gehörte bis zur Jahrtausendwende zu den schönsten Freibädern in Kärnten. Eingebettet in einen großen Park war es vom Frühsommer bis in den Herbst ein gern besuchter Badeplatz für Jugendliche und Familien. Das Freibecken wurde mit warmen Thermalwasser gespeist. Unter einem der schattigen Bäume konnten die Badelustigen ihre Decke ausbreiten und je nach Belieben die Liegestühle in die Sonne oder in den

Schatten stellen. Die halbwüchsigen Mädels und Jungs bevorzugten die Plätze auf dem Lattenrost rund um das Freibecken. Sie wollten etwas sehen und gesehen werden. Heute ist der Eingang mit einer Faserplatte zugenagelt, das Drehkreuz entfernt und aus dem Boden des Schwimmbeckens sprießen Gräser und Sträucher. Bei den Duschen und Umkleidekabinen fehlen die Türen und die Fenster. Auf der Wiese grasen die Pferde vom naheliegenden Reitstall. Wer eine Stunde reitet, steigt mit einem Lächeln im Gesicht vom Pferd. In der Nähe weiden Kühe und Schafe, die für das allgemeine Verständnis Nutztiere sind. Milch und Fleisch wird zu Lebensmitteln verarbeitet, die Wolle versponnen und die Haut zu Leder gegerbt. Die Geschäfte entlang der Kärntner Bundesstraße *grasen* die Shoppingsüchtigen ab.

Vom Radfahren müde sitze ich auf einem Stein am Zusammenfluss von Drau und Gail. Der Himmel ist bedeckt, mein Körper erhitzt, hier kommt der Atem langsam zur Ruhe. Ich suche den *Schöpfer*. Mir wurde gesagt, dass ich in der Natur fündig werde. Der Allmächtige offenbart sich dem, der intensiv die Vegetation betrachtet. Ich blicke das Gailufer entlang auf die Weiden und Bäume, die Gräser, die Blumen und das Gestrüpp. Wo verbirgt sich der Schöpfer, sitzt er wartend zwischen den Sträuchern auf einem Flussstein? Von Vogelstimmen begleitet schwimmen zwei Schwäne flussaufwärts. Die Tiere und die Pflanzen ergänzen sich gegenseitig. Braucht es für die Abläufe in der Natur, im Großen wie im Kleinen, einen Schöpfer, ist sie nicht Schöpfer ihrer selbst? Zwischen den Wolken erscheint kurz die Sonne.[60]

---

[60] Kommentar von G: Beschäftigt man sich mit der Biologie etwas näher, dann kann man oft nicht glauben, was man da an Intelligenz in der Natur vorfindet. Ist das nun das Werk eines Schöpfers oder einer innewohnenden Kraft in der Natur, die Komplexität von sich aus schaffen will? Unlängst beschäftigte ich mich mit dem Auge. Einst nur ein Augenfleck, schaffte es die Evolution, so ein überirdisch komplexes Teil wie das Auge zu schaffen.

Ganz in Weiß sind die Wände und die Decke in der Herz-Jesu-Kirche in Welzenegg ausgemalt. Eine historische Christusfigur hängt an der Stirnseite. Am Pfingstsonntag wurde die Messe *Atem der Reinheit* uraufgeführt. Eine Komposition für zwei Musiker und einen Pfarrer. Als einstiger Ministrant sitze ich mit vielen Erwartungen in der Kirchenbank. Der Einzug des Pfarrers wird von Atemgeräuschen begleitet, sind es seine oder meine, die durch die Lautsprecher noch verstärkt werden? Er fordert uns Messebesucher auf, sieben tiefe Lungenzüge zu machen. Sein Messgewand ist bunt wie ein afrikanisches Frauenkleid. Es unterscheidet sich wesentlich von den Messgewändern mit gestickten Goldornamenten. Hossam Mohmoud beginnt auf der Oud, Frank Stadler auf der Violine zu spielen. Die Musik bringt meinen Bauchraum zum Vibrieren. Zur inneren Sammlung wird zum Gloria, Sanktus und Agnus Dei arabische Musik vorgetragen. Vom Geistlichen werden die Texte zu Introitus, Kyrie und Offertorium Wort für Wort ausgehaucht. Ganz bewusst wird der Atem eingesetzt, die Kirchenbesucher antworten im selben Rhythmus. Der stoßweise Atem der Pfarrmitglieder verbindet sich mit der Musik. Das *Glaubensbekenntnis* und das *Vaterunser* werden im Körper spürbar, die Wörter mit dem Ausatmen entlassen. Die fallen gelassenen Wörter fangen die Musiker mit der Oud und der Violine wieder ein. Für den Komponisten Hossam Mohmoud pulsiert die ganze Natur und mit jedem Atemzug wird Gottes Namen gerufen. In der Bank vor mir sitzt ein behindertes Kind auf dem Schoß der Mutter. Gehüllt in eine Decke, schläft es dem äußeren Schein nach. Bei den Atemgeräuschen kann ich nicht mehr unterscheiden, ob sie von ihm oder von den Musikern stammen. Es atmet einmal leise, dann laut, je nachdem, ob es selig schläft oder sich unruhig hin und her dreht. Eine Willensäußerung des Kindes ist sein Atem. Für mich ist er selbstverständlich und meistens gehe ich damit sorglos um.

Beim Konsum von Nachrichtensendungen kann man sich verlaufen. Wie in einer Stadt kann die Orientierung für einen Ortsunkundigen mühselig werden. Vorbei sind die Jahre, da im Radio dreimal pro Tag Nachrichten gesendet wurden: um acht Uhr früh, um zwölf Uhr Mittag und um zwanzig Uhr am Abend. Der Hörfunk sendet heute stündlich Nachrichten, dazwischen halbstündlich Kurznachrichten, ergänzt durch Journalsendungen. Beim Fernsehen war die Entwicklung ähnlich. In Österreich gab es dazumal, gleichzeitig auf ORF 1 und ORF 2, um 19.30 Uhr die Nachrichtensendung *Zeit im Bild*. Zu dieser Uhrzeit versammelte sich ein Großteil der Erwachsenen vor dem Fernseher. Das Abendessen wurde mit diesem Termin abgestimmt. Rückblickend kann ich feststellen, dass wir durch die Nachrichten oft getäuscht wurden. Ich habe angenommen, dass Politiker, Wissenschaftler oder Fachleute in Fernsehsendungen die ganze Wahrheit sagen. In den sechziger und siebziger Jahren haben die Reporter bei einem Interview keine kritischen Fragen gestellt, wir haben alles geglaubt.

Die privaten Nachrichtensender senden inzwischen rund um die Uhr Berichte und Fotos aus allen Teilen der Welt. Die Arbeitslosen, Kranken oder Rentner verfügen über sehr viel Zeit und geraten so in den Sog dieser Nachrichten. Fotos aus den Krisengebieten und von Katastropheneinsätzen wirken erdrückend. Die eigenen Aktivitäten ertrinken in der Bilderflut. Zurück bleibt die Feststellung: Alles bricht zusammen. Der Bilderstrom schwillt durch die Livebilder der Wetterkameras aus den Tourismusgebieten weiter an. Eine zierliche Rentnerin hat täglich um zehn Uhr Vormittag die Bild-Zeitung gekauft und dabei erzählt, was sie im Wetterpanorama gesehen hat. Von allen Bundesländern hat sie gewusst, welches Wetter dort gerade herrscht.

Die kaufmännischen Geschäftsführer der Fernsehsender setzen alle erlaubten Kunstgriffe ein, um die Zuschauerzahlen zu steigern. Nur so sind die Sender für Werbeeinschaltungen attraktiv. Die stärkste Motivation für das Produzieren von Sendungen ist das Lukrieren von Werbeaufträgen, nicht die Anhebung des Bildungsniveaus. Die Gier der Zuschauer nach Horror, Grusel und Ekel wird immer stärker. Es verbreitet sich die Illusion, dass die Soapdoku in der Nachbarschaft Realität ist. Egal, ob es sich um eine Soap, *Frau mit Kind sucht Mann*, *Bauer sucht Frau*, neuerdings *Bauer sucht Bauer*, das *Dschungelcamp* oder *Richterin Barbara* handelt. Die Wirklichkeit wird künstlich nachgestellt, die TV-Kamera ist immer dabei und es werden große Gefühle verlangt. In diesen Serien werden zumeist Laienschauspieler eingesetzt, die stellvertretend für andere ihren Emotionen freien Lauf lassen. Bei einer Messie-Soap wurden schreckliche Bilder gezeigt, Ratten in der Wohnung, Müll bis an die Decke, verstopftes WC und ein verdrecktes Bad. Zwei Drittel der Zuschauer müssten sich übergeben, könnten sie den Gestank aus den nachgestellten Wohnungen riechen.

Spreche ich mit Freunden darüber, was sich in den letzten Jahrzehnten geändert hat, dann wird zumeist der technische und medizinische Fortschritt erwähnt und wie sich in unserer Gegend der Wohlstand ausgebreitet hat...

Die Musliminnen sorgen in der Draustadt abwechselnd für Aufmerksamkeit und Diskussionen. Die verschleierten Kopftuchträgerinnen heben sich äußerlich wesentlich von den bodenständigen Frauen ab. Zum Thema Ausländer trägt jeder seinen *Senf* bei, auch in Kärnten, obwohl die Anzahl der Migranten gering ist. Bei seinen Aussagen stützt man sich zumeist auf die Berichte aus den Zeitungen und dem Fernsehen. Strengere Einwanderungsbestimmungen, wie sie andere EU-Staaten anwenden, sind die oberste Forderung der Österreicher. Dabei ist es belanglos, ob man persönliche Begegnungen mit Zuwanderern hatte oder nicht. Vom Staat verlangt man die volle Schärfe des Gesetzes. Die Ausländer sollen auf uns zugehen und sich uns anpassen. Wie sollen Bewohner aus verschiedenen Kulturen im Gemeindebau harmonisch zusammenleben, wenn unter Inländern Mehreres an unterschiedlichen Meinungen scheitert? Dies kann eine Silvesterparty im Gemeinschaftsraum oder ein Sommerfest im Garten sein. Das Miteinander funktioniert auch oft unter Österreichern nicht.

In der Bahnhofshalle der Draustadt standen vor der Jahrtausendwende an Sonntagen Männer in abgewetzten Anzügen in kleinen Gruppen beisammen. Sie plauderten in einer unverständlichen Sprache, dabei machten einige Flaschen Bier die Runde. Von den Kärntnern wurden sie in der Umgangssprache als *Jugos* bezeichnet. Wochentags waren sie im Stadtleben nicht präsent. Sie arbeiteten beim Hoch- und Tiefbau oder beim Straßenbau. Gab es zwischen ihnen einen Raufhandel, wurde bei der Berichterstattung in der Lokalzeitung *Gastarbeiter* wie eine Berufsbezeichnung hinzugefügt.

Die Schuhfabrik in Spittal/Drau erfuhr in den siebziger Jahren eine Erweiterung und damit wurden neue Arbeitsplätze geschaffen. Die Arbeitskräfte wurden mit Firmenbussen aus den Tälern der Bezirke Spittal und Villach zur Fabrik gekarrt, es waren immer noch zu wenige. Im benachbarten Jugoslawien wurden Frauen für die Fabrikarbeit angeworben und in den leer stehenden Ledigenheimen der umliegenden Gemeinden untergebracht. Uns Halbwüchsige, wie wir damals als Zwanzigjährige bezeichnet wurden, reizten die zugezogenen Gastarbeiterinnen. Ihre südliche Ausstrahlung und Freizügigkeit, anders als die einheimischen Mädchen. Die Eltern warnten uns vor dem Umgang mit den *Jugoweibern*, was sie erst recht begehrenswert machte. In den Gasthäusern waren sie gern gesehene Gäste und wurden auf die Getränke eingeladen.[61]

Eine Zuwandererfamilie aus dem ehemaligen Jugoslawien kaufte in der Nachbarschaft ein desolates Haus und hat dieses mit Hilfe von Freunden eigenhändig renoviert. Ihrer Aufforderung, sie einmal zu besuchen, geht man aus dem Weg und bewahrt Abstand. Mit einem Besuch verbindet man gesellschaftliche Etiketten, wie dies unter Einheimischen üblich ist. Wir wollen einen offiziellen Termin mit Kleidungsvorschriften und machen uns Gedanken über ein Gastgeschenk. Die neuen Nachbarn wünschen sich ein *Zusammenhocken* auf der Terrasse, wo man gemeinsam etwas trinkt.[62]

Das Sozialamt einer Gailtaler Gemeinde versorgt Bedürftige zu den *heiligen Zeiten* mit Unterwäsche, Socken, Hemden, Blusen, Hosen, Röcken und Schuhen. Der Bedarf wird nie erhoben, auch nicht, ob

---

[61] Kommentar von R: Gibt es die Schuhfabrik noch? Waren die Gastarbeiterinnen damals in den Straßen und in der Fabrik verschleiert? Bei der bäuerlichen Bevölkerung Österreichs scheint heutzutage das Kopftuch aus der Öffentlichkeit verschwunden zu sein. Die Bauernhöfe werden weniger und mit ihnen auch die kopftuchtragenden Bäuerinnen.

[62] Kommentar von S: Ich frage mich oft, wie das gehen soll: Die Migranten sollen sich in eine Gesellschaft einfügen, die sie nicht kennen. Kennenlernen kann man eine Gesellschaft jedoch nur, wenn man an ihr teilnehmen kann. Um teilnehmen zu dürfen, soll man jedoch die Kultur schon kennen, das wird zu mindestens erwartet. Eine böse Falle.

die Kleider wirklich getragen oder in einem Schrank gehortet werden. Die wohlbeleibte Resi war ein *Gailtaler Original* und ortsbekannt. Aus dem Fenster im ersten Stock schaute sie täglich viele Stunden, Woche für Woche, auf die Bundesstraße. Dabei stützte sie ihren Oberkörper auf einen Polster ab und redete Weiblein und Männlein, die am Gehsteig daherkamen, an. Sie bezog eine Fürsorgerente und das Sozialamt beschenkte sie zu ihrem Geburtstag und zu Weihnachten, Jahr für Jahr, mit einem umfangreichen Kleiderpaket. Tag für Tag trug sie die gleichen abgetragenen Kleider. Bei ihrer Übersiedelung in eine andere Wohnung wurde ein LKW voll unbenützter Kleider aus ihrem Zimmer entsorgt.

In Südkärnten überschreiten die Tagestemperaturen seit vierzehn Tagen die Dreißig-Grad-Marke. Der Wasserverbrauch sprengt die bisherige Rekordmarke. In hitzigen Debatten wird am Wirtshaustisch darüber gestritten, was der beste Durstlöscher ist. Bei einer empfohlenen Flüssigkeitsmenge von täglich drei Litern scheiden für manche alkoholische Getränke aus. Die Anspruchslosen bevorzugen das normale Leitungswasser, andere trinken lieber Tee, Mineralwasser oder Fruchtsäfte. Im Gailtal ist der Genuss des Wassers aus der öffentlichen Wasserleitung unbedenklich. Wasseranwendungen erleben in der Medizin einen neuen Höhenflug. Sie werden als Allheilmittel bei Kreislauf- und Gedächtnisstörungen angepriesen. Kneippanwendungen helfen bei einem breiten Spektrum von leiblichen Defiziten. Die Naturmedizin verspricht, dass die Wassermoleküle die körpereigenen Abwehrkräfte stimulieren. Unter dem Fußboden der Kirche in Siebenbrünn entspringen sieben Quellen mit linksgedrehtem Wasser. Auch bei längerer Lagerung verliert es nicht seinen Geschmack. Dem Quellwasser schreibt man eine besondere Heilkraft zu. Für die Kärntner ist es selbstverständlich, dass ausreichend Wasser zur Verfügung steht. Das schmackhafte Trinkwasser wird auch für profane Verrichtungen wie Duschen, zur Klospülung, zum Wäschewaschen und Geschirrspülen benützt. Mit einer separaten Gebrauchswasserleitung könnte edles Trinkwasser eingespart werden. Darüber würde es sich lohnen nachzudenken.

Am Vorabend haben wir umfangreiche Maßnahmen getroffen, weil am nächsten Tag von 8 Uhr bis 14 Uhr das Wasser wegen Wartungsarbeiten abgesperrt wird. Aus dem Kellerabteil haben wir zahlreiche Töpfe und Kübel, die schon lange nicht mehr verwendet wurden, geholt. Dazu gesellten sich Gießkannen und Kanister von der Terrasse, alles wurde am Abend mit Wasser vollgefüllt. Am nächsten Morgen sind wir früher als üblich aufgestanden, haben ausgiebig geduscht und das Frühstück eingenommen. Uns rechtzeitig vor dem Absperrtermin die Zähne geputzt und das Frühstücksgeschirr abgewaschen. Vorsorglich entleerten wir uns ein weiteres Mal am WC.

Die Wohnungsnachbarn kommen mir während der gemächlichen Autofahrt entlang des Ossiacher Sees in den Sinn. Sie helfen ihrem Sohn in den Sommermonaten im Fischrestaurant. Aufmerksam lese ich die vielen Hinweistafeln entlang der Straße, die genaue Lage des Restaurants ist mir unbekannt. Gasthof, Hotel, Pensionen und *Imbissstandln* reihen sich aneinander, auf der linken Seite das Schild *Campingplatz M.* Vor Ossiach erblicke ich von einer Kuppe aus den See. Das Wasser ist preußischblau, fast schwarz, die Sonne von Wolken verdeckt. Rauchschwaden steigen in der Nähe der Stiftskirche auf. Am Ortsanfang wird der Rauch dichter, der Qualm zieht vom See zum Parkplatz. In der Brandruine sehe ich angekohlte Balken und zwei Schornsteine, die frei in den Himmel ragen. Ein Rest vom Dachstuhl befindet sich in Schieflage, aus allen Luken qualmt es. Das ausgebrannte Fischrestaurant, die ehemalige Stiftsschmiede, ist von Schaulustigen umstellt. Der Großteil sind Urlauber, Babys, Kleinkinder und Erwachsene, teilweise noch in der Badebekleidung. Vom Strand zum Brandherd. Viele halten das Handy hoch und machen damit Fotos. Kaum Brandgeruch, stelle ich verwundert fest. Im Gebälk des eingestürzten Dachstuhls knistert, kracht, glost und raucht es. Der Wind verteilt die Rauchfahnen im ganzen Dorf. Am Seeufer steht ein Feuerwehrauto mit laufendem Motor, sein Saugrohr ragt in das Wasser. In der Nähe der Brandruine unterhalten sich mehrere Feuerwehrleute in dunkelgrünen Uniformen. In der Dämmerung züngelt es ab und zu orangenfarben im Gebälk, ein Wasserstrahl löscht das Glutnest aus.

In eleganter Abendkleidung gehen finanzkräftige Damen und Herrn vorbei. Sie sind auf dem Weg zur Aufführung der Kirchenoper *Sara und ihre Männer* in der Stiftskirche. Etwas diskreter zücken sie ihre Handys für ein Katastrophenfoto. Vis-à-vis der Brandruine ragen zwei dicke, verkohlte Baumstämme aus dem Boden des Stiftgartens. Wurden sie vom Brandherd hierher gebracht? Es ist eine Installation von Johann Feilacher mit dem Titel *Keil zum Keil* – zwei abgeschrägte Eichenstämme mit glatter Schnittfläche und rundherum versengt. Waren sie Vorboten zum Brand, zwei angeschwärzte Keile, die mahnend in den Himmel weisen? Während der Einführung zur Kirchenoper ist es im Pfarrsaal unerträglich heiß. Die Geräusche der Wasserpumpe dringen durch das gekippte Fenster in den Saal.

Bei der Aufführung der Kirchenoper wird Gott, der Sara und Abraham einen Sohn verspricht, nie spürbar. Er ist so abwesend wie heute. Es erscheint ein Feuerschein auf der Zeltplane, dazu spricht er mit der Stimme eines Engels und der Erzählerin. Nur Auserwählte können ihn hören und erwarten von jenen, die nichts sehen und hören, dass sie ihren Aussagen glauben. Das Ringen um Antworten erhält von der Musik keine Unterstützung. Vom Seitenaltar erklingen missratene Töne, das *Ewige Licht* flackert beim Eingang in die Sakristei. Durch die abrupten Klangpausen wird mein Bemühen, bei der Musik zu verweilen, vereitelt, eine musikalische Folter im Kirchenraum. Saras Gesang setzt fragend ein und wird fordernd zu einer Kampfansage an Gott und die Männer. Zum Mitlesen erscheinen die Texte in roter Schrift am Deckengewölbe. Für einen Moment wird der Kirchenraum von einem sanften, weichen Licht ausgeleuchtet, die Musik schweigt, ein Lichtblick.

Von einem ähnlichen Schicksal wird in der Lesung zum Tag *Mariä Himmelfahrt* berichtet. Ein Kind zu empfangen ist für Maria unvorstellbar, da sie mit keinem Mann zusammenwohnt. Sie bleibt eine Frau, die bedingungslos an die Verheißungen Gottes glaubt. Die Geschehnisse bei Sara und Maria entsprechen nicht dem heutigen biologischen Verständnis. An die Verheißungen Gottes bedingungslos zu glauben, fehlt uns heute der Mut. Wir wünschen uns ein risikofreies Leben, gesicherte Straßen und Wanderwege, organisierte Busfahrten und Zeltfeste, gleichbleibende Arbeitsbedingungen und niet- und nagelfeste Sozialleistungen. Heute lässt sich jedes Risiko versichern, nur die Bezahlung muss stimmen. Für die großen Risiken, die Bewältigung der Schulden- und Eurokrise, gibt es vage Versprechungen von den Regierungschefs.

Vor der Finanzkrise haben einige *Gelddinosaurier* immer mehr an Kapital zugelegt. Der einzige Genuss bestand darin, immer mehr Vermögen zusammenzuraffen. Gleich den Dinosaurier sind sie an ihrem Wachstum zugrunde gegangen. Ihr Gehirn war im engen Schädelknochen gefangen. Im Finanzwesen erwartet man Ordnung, gerade dort herrscht schreckliches Chaos.

Die Planungen für die nächste Zukunft sollen mit dem Eintritt in den Ruhestand nicht enden. Das Verharren im Gestern und die Blicke in die Vergangenheit blockieren die Energie für neue Herausforderungen. Auf der obersten Sprosse der letzten Jahre kurz innehalten und diese Lebensphase abschließen. Für die geleistete Arbeit

Milde walten lassen, das Lob der anderen dafür annehmen. Den Zores über vergangene Fehler nicht in die Pension mitnehmen, mit dem verflossenen Leben Frieden schließen. Eine spannende Herausforderung suchen. Für mich ist dies der Besuch von Lehrveranstaltungen an der Universität in Philosophie, Geschichte und Publizistik. Ein Stolperstein zu Beginn war die Anpassung an das System. In den Seminaren musste ich Regeln einhalten und Aufgaben in einem vorgegebenen Schema erledigen. Meine Fantasie hatte nicht immer den notwendigen Freiraum. Durch mein Schielen nach guten Noten war ich verunsichert, wie meine *Abschweifungen* von den Professoren und den Studenten bewertet werden. Als kauziger Krämer habe ich in den vergangenen Jahrzehnten anderen vorgegeben, wie eine Aufgabe zu lösen ist.

Beim Betreten der Aula empfinde ich vieles verwirrend. In allen Winkeln der Halle stehen junge Menschen und plaudern miteinander. Die Tische sind gut besetzt, am Laptop wird *getippt*, am Handy *gewischt*. Wie man bei diesem Stimmengewirr, dem stetigen Kommen und Gehen seine Aufgaben erledigen kann, ist für mich bedenklich. Neben den Hausarbeiten werden E-Mails gelesen und die neuesten Postings auf Facebook verfolgt. Ein *Geschubse* herrscht vor dem Aulabuffet, die Studenten sind hungrig. Ein leerer Magen studiert nicht gerne, das Verzehren von einem Sandwich gehört zur Vorlesung. Als Seniorstudent bringe ich bei manchen Lehrveranstaltungen mein Vorwissen ein. Das Allgemeinwissen der Studierenden erweist sich als beschränkt. Täuscht mein Eindruck, diese nachkommende Generation interessiert sich wenig für gesellschaftliche Veränderungen? Der Professor wird nicht herausgefordert, ihr Interesse beschränkt sich auf das Notwendigste. Es gibt kaum Nachfragen zu den Vorträgen. Die aktuellen Twitter-Nachrichten haben während der Vorlesung oberste Priorität. Aufgaben werden in Moodle im letzten Abdruck halbfertig hochgeladen, wichtig ist die Einreichbestätigung. Bei der Lehrveranstaltung *Schreiben & Publizieren* war man zugleich Autor und Kritiker.[63]

Vom Salzachradweg führt beim Kraftwerk Urstein ein Abstecher zum Schloss Urstein. In den neu adaptierten Räumen befindet sich die *Akademie Urstein*. Ein Weiterbildungszentrum für Freizeit und Tourismus – *heute wissen, was morgen kommt*. In einem Lehrgang wird das Fachwissen zum Schwerpunkt Kulturtourismus vermittelt. In unmittelbarer Nähe ist eine Außenstelle der Universität Salzburg. Die jungen Menschen wollen die Zukunft mitgestalten. Als wirtschaftlich denkender Kaufmann überschlage ich im Kopf die Kosten für die Ausstattung der Räumlichkeiten und die Gehälter für das Lehrpersonal. Soll die Jugend mit einer zeitgemäßen Ausbildung unsere Erwartungen erfüllen oder ihre eigenen? Wie viel darf die Zukunft kosten? Aus meinem Bauchgefühl heraus können unsere Gehirnstrukturen, die aus der Steinzeit stammen, die nächste Zukunft nicht menschenwürdig gestalten. Die Computer werden die verlängerte Werkbank unseres Gehirns.

Wer annimmt, ein Briefkastenaufkleber *Keine Werbung* schützt vor Prospekten, kann sich irren. Findigen Werbeleuten sind solche *Picker* ein Dorn im Auge. Eine neue Form der Prospektverteilung hat die Post kreiert. Im so genannten *Kuvert* befindet sich eine Fülle verschiedener Werbezettel und damit wird das Verbot umgangen. Einmal wöchentlich liegt das *Kuvert* im Briefkasten und wird durch ein Sudoku-Rätsel und die Verlosung einer Traumreise aufgepeppt. Bei der Vorstellung, die Reise zu gewinnen, ist der Ärger über die

---

[63] Kommentar von SP: Jesu Worte am Ende des Evangeliums des Arztes Lukas. Jesus verlangt Speise, die Anwesenden sind in einen manischen Zustand verfallen und nicht in der Lage, über ihren Glauben zu urteilen: Manie und Depression sind aber wohl untrennbar verbunden. Ich sagte das, weil die Institution Medizin doch wohl an die Institution Universität gebunden blieb.

Missachtung des Aufklebers schnell verflogen. So blättern auch die *Anti-Werbung-Freaks* in den Flugblättern und reisen durch das Schlaraffenland. Der mml gewährt auf alle lagernden Matratzen und Lattenroste einen Nachlass von 30 Prozent. Auf die preisreduzierten Leuchten zusätzlich minus 20 Prozent. Zum Schluss das Beste: 50 Prozent Reduktion auf alle Ausstellungsstücke und überschüssige Lagerware. Beinahe überblättert: minus 50 Prozent bei Einbauküchen und dazu einen Geschirrspüler gratis. Die Abverkaufsküchen haben einen *Depscher* und diejenigen, welche bei diesem Angebot nicht zugreifen, auch. Das mml-Möbelhaus ist auch bei den Rabatten mml. Die Angebote werden laufend aktualisiert und verlängert. Wer ist der Kunde – der, der noch den vollen Preis zahlt, und gibt es diesen? Der solide Kunde wird zu einem verrückten Kunden stigmatisiert, wer den normalen Preis zahlt, ist selber schuld.

Über den Tag verteilt werde ich mit Werbebotschaften *berieselt*. Durch Flugblätter, Zeitungsinserate, Werbespots und Werbe-E-Mails. Meine Gehirnzellen werden dadurch schleichend vergiftet. Schlage ich die Zeitung auf, lese ich: am Wochenende minus 25 Prozent auf alle Sekt- und Champagnerflaschen, ebenso auf Waschmittel- und Weichspüler. Auf Geflügelfleisch und die dazu passenden Blattsalate gibt es 30 Prozent Preisnachlass, für frische Kräuter ebenso. Alles gaga im gaga Supermarkt. Die ansteckende *Rabattitis* breitet sich im Kopf aus, ich mutiere zum Rabattjäger. Beim Flanieren durch den Supermarkt erfasst mich das Jagdfieber. Wie die Indianer einst durch die Prärie, schleiche ich durch die Regalschluchten des Lebensmittelmarktes, auf der Suche nach Beute. Vorsichtig spähe ich um das Regaleck und entdecke im mittleren Fach den reduzierten Weichspüler. Dieser landet als Trophäe im Einkaufswagen, wie einst bei den Kopfgeldjägern. Mein Auge reagiert nur auf Preisschilder mit fetten Prozenten. Unser Speiseplan gestaltet sich danach, welche Lebensmittel gerade zu günstigen Preisen angeboten werden. Durch den Mengenvorteil gibt es zu zwei Stück

Semmeln zwei Stück gratis, bei Nudeln und Lasagne zu zwei Packungen eine Packung gratis. Das Frischfleisch von der Pute, dem Schwein und dem Schaf ist um 15 Prozent billiger. Der Werteverlust bei den Lebensmitteln breitet sich wie ein Schimmelpilz in unseren Köpfen aus. Die Rabattaktionen nützen auch Menschen, die es finanziell nicht notwendig haben. Für ein Mehr an Qualität will niemand mehr bezahlen. Die Werbestrategen haben bei uns jahrelang eine Gehirnwäsche durchgeführt. Niemand hat etwas bemerkt, richtig ist, was alle machen: *Billig muss es sein.*[64]

Wiederholt sich der Sterbetag vom Vater, spekuliere ich darüber: Wo wird er sein und wie *lebt* er jetzt? Könnte er sich noch äußern, dann wüsste ich etwa, wie ich einmal nach dem Tod *leben* werde. Die Mittagsstunde ist zu kurz, um am Todestag das Grab des Vaters zu besuchen. In der Mittagspause zünde ich für ihn bei der Kreuzkapelle eine Kerze an und bete ein *Vaterunser.* Der Vater war ein gläubiger Mensch, der nach Möglichkeit an den Sonntagen die Heilige Messe besuchte. In den Sommermonaten konnte es sein, dass bei Schönwetter die Heuernte wichtiger war. Lange Zeit hat er in

---

[64] Kommentar von G: Dies läuft schon jahrelang so. Nur wird die Spirale jetzt nochmal ein Stück weiter gedreht. Was geht noch? Es muss wieder eine Aufklärung her. Wenn ich für Brötchen das Doppelte oder sogar Dreifache bezahlen soll, dann möchte ich auch sicher wissen, dass die teureren Brötchen wirklich besser sind. Ärgerlich ist der Gedanke, dass jemand zuviel verlangt. Wie soll man prüfen, ob der Preis gerechtfertigt ist? So denkt man wohl.

Kommentar von S: Wir sind schon lange einer Gehirnwäsche unterzogen worden. Mit dem Medium Internet zieht die Preisschraube noch einmal fester an. Es ist für Verbraucher schon lange kaum mehr möglich, ehrliche Angaben über Produkte zu erhalten. Längst haben Lobbyisten aller großen Konzerne in allen Bereichen ihre Finger drin, besonders in den Medien. Wenn ich nur billig, billig kaufe, kann ich nichts Hochwertiges erwarten. Ich denke zum Beispiel auch an die Billigfliegerei, wo sich Menschen freuen, für 20 € nach London zu fliegen.

der Pfarrkirche St. Paul als Messner Dienst versehen. Um das Einkommen aus dem Bergbauernhof aufzubessern, war er auch als Grabmacher, im Volksmund Totengräber, tätig. Händisch, mit Pickel und Schaufel ein Grab auszuheben, war eine anstrengende Arbeit. Durch Regen, Kälte und Schnee wurde dies zusätzlich erschwert. Im Winter war die oberste Erdschicht zudem gefroren. Etliche Male habe ich ihm eine Jause mit Speck, Käse und Brot sowie eine Flasche Most auf den Friedhof gebracht. Ungewiss ist, ob der Vater sich durch diese Tätigkeit mit dem Tod versöhnt hat. Er war so lange Grabmacher, bis es ihm körperlich zu mühsam geworden ist. Ärzte sprechen nicht gerne über den Tod, wenn möglich verbannen sie ihn aus ihrem Berufsalltag. Personen mit Nahtoderfahrung erlebten das Sterben als ein Stadium des Wohlfühlens. Sehr irdisch klingen die Berichte, dass sie im Sterbeprozess weiter die Umgebung wahrgenommen haben. Vom Jenseits gibt es in der Bibel sehr ausführliche Schilderungen, himmlisch für alle Auserwählten. Bei einem Verkehrsunfall haben wir Todesangst, Zeit unseres Lebens befinden wir uns in der Todeszone.[65]

Auf dem Partezettel oder bei einer Traueranzeige in der Zeitung steht oft zum Schluss: *Er ist unvergesslich.* Dieser Satz drückt das Gefühl der engsten Angehörigen aus, wo der Verstorbene eine Lücke im Familienverband hinterlässt. In einer Firma wird der verstorbene Mitarbeiter schnell durch einen neuen ersetzt. Sein Nachfolger wird sich bemühen, frische Ideen und Pläne einzubringen, sodass

---

[65] Kommentar von H: Die Geschichte über deinen Vater ist sehr schön. Ich bin darin versunken und hätte noch lange weiterlesen können. Ärzte wollen heilen, deshalb werden die Sterbeseminare vom Pflegepersonal in Anspruch genommen.

Kommentar von D: Die Geschichte über deinen Vater hat mich berührt. Ich denke, es wäre besser über den Tod zu sprechen. Früher wurde der Tote drei Tage zu Hause aufgebahrt, damit jeder Abschied nehmen konnte. Heute fehlt diese Verabschiedung, daher sind wir stumm geworden. Der Tod wird durch das Schweigen nicht vertrieben.

der Vorgänger rasch in Vergessenheit gerät. Drei Wochen zu spät habe ich als eigentümlicher Papierkrämer davon erfahren, dass ein Freund, in dessen Wohnung ich unterhaltsame Abende verbracht habe, verstorben ist. Zu einer Zeit habe ich ihn aus den Augen verloren, obwohl wir im selben Ort wohnten. Werden Leute kränklich, dann ziehen sie sich immer mehr in die eignen vier Wände zurück und zeigen sich selten im Ortskern. Ich erinnere mich an gemeinsame Silvesterabende, wo wir uns bei Hausmannskost und ein paar Flaschen Bier bestens unterhalten haben. Ekelige Zauberwürmer im Bierglas und explodierende Zigaretten haben das Ihrige zur ausgelassenen Stimmung beigetragen. Mit dem Zünden von Silvesterraketen begrüßten wir das neue Jahr.[66]

---

[66] Kommentar von BB: Jesus sagte, dass wir die Toten ihre Toten begraben lassen sollen. Ist nicht zu fragen, wie lange heute ein Arbeitsplatz die Sozialisation von lebenden Arbeitnehmern fördert, wenn diese in Pension gehen? Wären da zwei Tage nicht zu hoch gegriffen? Das war gewiss nicht immer so. Dabei ist heute ein Arbeitnehmer über neunundvierzig Jahre „unerwünscht". Ich könnte scherzen, an die Zeit, als ich fünfzig Jahre alt war, erinnere ich mich nicht mehr. Was meinte Thomas Bernhard, wenn er bemerkte, ab einem Alter von fünfzig Jahren sei für uns alles nur mehr Wiederholung, Abklatsch einer Vergangenheit?

Kommentar von S: Manchmal sind wir bestürzt, wenn wir die Zeitung aufschlagen und darin gut bekannte Namen im schwarzen Rand erblicken. Dann geht man die Namen der Angehörigen durch und denkt vielleicht an die eine oder andere Begebenheit. Unvergessen. Wir schneiden die Anzeige aus und legen sie zu den anderen. Nach einigen Jahren kramen wir in der Schachtel und halten die Anzeige wieder in den Händen. Wir lassen unsere Gedanken zurück in die Vergangenheit schweifen und merken, dass dieser Mensch, der uns schon vor so langer Zeit verlassen hat, noch immer „da" ist, mit allem, was wir von ihm wussten.

Kommentar von G: Vergessen und unauffindbar sind meine Urgroßeltern und die Ururgroßeltern. Eines ist sicher: Sie müssen gelebt haben. Aber wie und wer waren sie? Was haben sie gedacht, was waren ihre Eigenarten? Es ist nichts bekannt, lediglich zwei Bilder der Urgroßeltern existieren noch, immerhin.

Gemeinsam sind wir nach Jugoslawien gefahren, wo er und seine Frau sich mit günstigen Zigaretten eindeckten. Drei Schachteln durfte man pro Person zollfrei einführen. Als nichtrauchender Papiertandler habe ich für andere drei Schachteln mitgenommen. Der Ausflug in das Nachbarland lohnte sich, wenn wir mehrere Stangen Zigaretten über die Grenze schmuggeln konnten. In den siebziger Jahren wurde am Zollamt Wurzenpass rigoros kontrolliert und für das Schmuggeln von Zigaretten oder Spirituosen drohte eine saftige Geldstrafe; bei einem schweren Zollvergehen die Beschlagnahme des Autos. Im Heckfenster eines jeden Autos sah man damals Zierpölster mit Blumen-, Pferden- oder Katzenmotiven. Der Trick war, Zierpölster ohne Füllmaterial nach Jugoslawien mitzunehmen und sie dort mit Zigarettenschachteln zu füllen. Bei der Heimfahrt legten wir sie in das Heckfenster, so kamen wir durch jede Kofferraumkontrolle von den Zöllnern. Der VW-Käfer war für diese Art des Schmuggelns gut geeignet.

Um meine Eindrücke festzuhalten, verwende ich ein Notizbuch. Manche Ereignisse werden lebendig, wenn ich auf alte Fotos zurückgreifen kann. Will es der Zufall, treffe ich einzelne Personen von den Fotos wieder. Es passiert auch, dass Personen gestorben sind und ich davon lange nichts weiß. In jedem Leben ereignen sich unvergessliche Momente. Bei einem Aufenthalt am See, bei einem Familienfest oder in einer Kirche. Manche behaupten, die schlechten Ereignisse, wie ein Fahrradunfall, eine Kündigung oder eine Scheidung, bleiben unvergesslich. Als ich das erste Mal die Kirche in Portoroz betreten habe und die *Kreuzigungsgruppe* von Temschwar erblickte, wurde ich davon berührt. Ein Arm Jesus löst sich vom Kreuz und erfasst die Hand einer hilfesuchenden Frau. Dabei lächelt er ihr aufmunternd zu. Diese Kirche besuche ich bei jedem Aufenthalt in Portoroz und präge mir das Altarbild auf das Neue ein. Die Kreuzwegbilder an den Seitenwänden stammen von der Künstlerin Mira Licen Krmpotic. Auferstehung bedeutet für sie, sich im Leben nach einem Schicksalsschlag wieder aufzurichten.

Die Babys wurden in den sechziger Jahren nach dem Füttern und dem Trockenlegen *eingefascht*. Mit Stoffwindeln wurden die Beine und der Oberkörper umwickelt, es blieben nur die Hände frei. Die Säuglinge hatten das Aussehen einer Mumie. Während die Eltern und die Geschwister bei der Heuernte waren, musste ich auf meinen vier Monate alten Bruder aufpassen. Nach dem Füttern und Wickeln zu Mittag schlief er bis in den späten Nachmittag. Vor dem Aufwachen wurde er unruhig, fing an zu greinen und beim Raunzen verzog er das Gesicht. Er bewegte die Hände und versuchte es auch mit den Füßen. Nach dem Entfernen der Windeln strampelte er heftig mit den Beinen, beruhigte sich und fing zum Lachen an. Wahrscheinlich war ich als Baby in einer ähnlichen Lage. Heute gelten solche Erfahrungen als Kindheitstrauma.

Vergleichbare Umstände gibt es bei einer Kneippkur, bei bestimmten Anwendungen stößt man auf sein Kindheitstrauma. Bei manchen Therapien wehre ich mich gegen das *Einfaschen*. Die Moorpackungen für die Hüfte, die Lenden und den Rücken werden mit Leintüchern fixiert. Wurde es mir dabei zu eng, verlangte ich, dass meine Extremitäten im Freien bleiben. Kein Widerspruch war erlaubt, wurde ich um fünf Uhr morgens aus dem Bett geholt und der Oberkörper zur Stärkung des Immunsystems mit einem nasskalten Frotteehandschuh abgerieben. Dabei gab es keinerlei Nachsicht. Überfallsartig wurde danach ein kalter Salzwickel zur Entgiftung der Leber aufgebracht. Nach den Anwendungen wurde ich im Bett mit Tüchern *eingefascht*. Spreche ich mit Freunden darüber, was sich in den letzten Jahrzehnten geändert hat, dann wird zumeist der technische und medizinische Fortschritt erwähnt und wie sich in unserer Gegend der Wohlstand ausgebreitet hat. Die heutigen Babys erscheinen uns lebendiger und interessierter als in unserer Jugend. Diese Lebendigkeit haben sich die Babys selbst *erstrampelt*, eine Revolution im Kinderwagen. Als Baby führte man dazumal ein eingeschränktes Leben, viel freier geht es heute in der Babypflege zu. Diese Veränderungen lassen uns den gegenwärtigen Alltag gegen früher anders vorkommen.

Mancherorts versuchen Eltern mit Strenge, den Vorschulkindern beizubringen, wie man ordentlich bei Tisch sitzt und isst. Beim Frühstück aufmerksam zu sein und dem Tischnachbar das Marmeladeglas oder ein Stück Weißbrot zu reichen. Wird dies übersehen, so muss es sich dafür entschuldigen. In ihren Augen sollen Kinder lernen, Geduld und Haltung zu bewahren. Haltung zu zeigen gehört zu den Goldtugenden. Nichts über seine inneren Gefühle zu verraten, egal, in welcher misslichen Lage man sich befindet. Dies bedeutet bei einem Sturz mit dem Fahrrad, auch bei Schmerzen jede Träne zu unterdrücken. Verabschiedet sich die beste Freundin für einige Jahre, den Anschein erwecken, als gehört dies zu den Alltäglichkeiten. Das Ziel ist der vollkommene Mensch. Niemand kann präzise definieren, ab welchem Stadium die Vollkommenheit beginnt. Oft sind fehlerfreie Menschen unerträglich und das Zusammenleben mit ihnen beschwerlich. Ein Bibelwort verlangt: *Werdet vollkommen, wie der Vater im Himmel vollkommen ist. Wer nicht vollkommen ist, wird nicht in das Himmelreich eingehen.* Viele Gebrauchsgegenstände sind nicht so fehlerhaft wie der Mensch. Bei uns besteht die größere Wahrscheinlichkeit, dass wir müde und krank werden und zu guter Letzt sterben. Somit erscheint ein Auto, eine Hobelmaschine oder ein Radio weniger störanfällig. In Amerika versucht man einen Roboter zu entwickeln, der nicht sein soll wie der Mensch, sondern besser, wie wir es gerne wären. Dazu gibt es einen Vergleich aus dem Familienalltag. Viele Eltern versuchen alles, dass die Kinder mehr im Leben erreichen als sie selbst.[67]

---

[67] Kommentar von W: Diese Kinder, die du beschreibst, gab es bei uns vor drei oder vier Jahrzehnten: Wir selbst waren es. Die heutigen Kinder sagen: Habe heute keine Lust. Will das haben. Jetzt sofort. Eltern, Tanten und Lehrer haben sich danach zu richten. Trotzdem sind diese undiszipli-

Die Weichen, ob ein Kind dem Unterrichtsstoff folgen kann und ob es ein guter Schüler sein wird, werden oft in den ersten Monaten des Schuljahres gestellt. Wer hier durch Krankheit ausfällt, versäumt vieles, kann dies oft nicht mehr nachholen. Wenige Wochen nach dem Einschulen in der Volksschule hat mich die Mutter, nach nächtlichen Hustenanfällen, in das Bett *gesteckt*. Dort fühlte ich mich eingeengt und drängte in das Freie. Die Eltern lehnten dies ab. Der Husten verschlimmerte sich und der Vater besuchte mit mir den Hausarzt. Dieser diagnostizierte einen Keuchhusten. Dem Vater hat er angeraten, dass ich mich tagsüber im Freien aufhalten soll, der Husten würde schneller abklingen. In den nächsten Wochen stand ich frühmorgens in der Hofeinfahrt und habe den vorbeilaufenden Schulkindern wehmütig nachgeschaut. Nach dem Abklingen des Hustens begleitete mich der Vater in die Schule und sagte zur Lehrerin: „Do is da Bua wieda." Den Drang, bei körperlichen Beschwerden den naheliegenden Wald aufzusuchen, spüre ich noch immer.[68]

---

nierten Kinder keine Spur glücklicher. Die Kinder in den armen arabischen oder afrikanischen Ländern habe ich noch viel freier und undisziplinierter aufwachsen gesehen.

[68] Kommentar von M: Ich war von einer längeren Krankheit zwar nie betroffen, kann mir aber nichts Schlimmeres vorstellen, als an das Bett gefesselt zu sein, während draußen die Sonne scheint und das Leben sich abspielt.

Kommentar von GO: Es stimmt: Die Natur heilt. Als Teenie bin ich mit starkem Husten, in winterlicher Eiseskälte, kilometerweit in den nächsten Ort zur Disco gelaufen. Ich dachte gar nichts, wollte nur mit meinem Freund zum Tanz. Am nächsten Tag, welch Wunder, war die Erkältung besser geworden.

Kommentar BB: Zum Kommunismus gibt es eine einzige Frage, die Frage nach der Sexualität des Kommunismus. Die Antwort ist: Es gab keine Sexualität des Kommunismus. Auskunft erhalten können wir von Simone Weil, der Gastgeberin Leo Trotzkis. Simone Weils Spitzname „la vierge rouge" („die rote Unberührte") ist ein brauchbarer.

Einen Fortschritt sieht man heute darin, dass die Volksschüler den Umgang mit dem PC und dem IPod erlernen. Schon mit den Erstklässlern werden Projektarbeiten und Studien außerhalb der Schule durchgeführt. Nach dem schlechten Abschneiden der österreichischen Schüler bei der Pisa-Studie hat ein Pädagogikprofessor angeregt, im Volksschulunterricht das Augenmerk darauf zu legen, den Kindern Lesen, Schreiben und Rechnen beizubringen. In unseren Schulen scheint beim Unterrichten das Wesentliche irgendwann verloren gegangen zu sein. Der Vater hat mit uns Kindern beim Melken, im Kuhstall, das Einmaleins geübt. Der Schulunterricht begann einstmals mit einer Viertelstunde Kopfrechnen. Die Kinder benützen heute sehr früh einen Taschenrechner und scheitern bei einfachen Kopfrechnungen.

Zu den Kinderbeschäftigungen gehörte, in einem für uns Volksschüler zu großen Rucksack die Hühnereier in das Gemischtwarengeschäft im Dorf zu bringen. Vom Eiergeld musste ich nach einer Liste Zucker, Öl, Maggi, Salz, Oetker-Backpulver und Linde-Kaffee kaufen. Die Zeitschrift *Fix und Foxi* durfte ich mir als Belohnung erstehen. Auf dem Heimweg, der sich über eine Stunde hinzog, habe ich in den kurzen Rastpausen das Comicheft durchgeblättert. Die Geschichten über den Erfinder *Daniel Düsentrieb* gefielen mir wegen seines Einfallsreichtums besonders gut. Spannend fand ich die Berichte, wie Kinder in fernen Ländern lebten. Beim Queren der Materialseilbahn, welche den Magnesit von Radenthein nach Ferndorf beförderte, bin ich mit meinen Gedanken in die ferne Welt aufgebrochen. Weniger Freude hatte ich an den *Micky-Maus-Heften*, weil dort *Dagobert Duck* die beherrschende Figur war. Seine Geldverliebtheit und sein tägliches Bad im Geldspeicher fand ich abstoßend. Er schikanierte auch vorsätzlich seine Neffen *Tick und Tack*. Seine Geldgier könnte ein Vorbild für die Spekulationsgeschäfte sein, welche die Banken- und Wirtschaftskrise vor einigen Jahren ausgelöst haben.

Beim Verkaufen ist es in den Geschäften nicht mehr üblich, dass die *Posten* im Kopf addiert werden. Üblicherweise werden die Waren eingescannt und dadurch die Rechnung erstellt. Die Supermarktkassiererinnen haben damit jedes Gespür für den Rechnungsbetrag verloren, was die elektronische Kasse anzeigt, stimmt. Scanfehler werden kaum erkannt und wahrgenommen. Bei meiner Ausbildung zum Papierkrämer war es üblich, die Posten untereinander auf einen Kassenblock zu schreiben und im Kopf zusammenzuzählen. Es kam vor, dass beim Nachrechnen ein anderes Ergebnis herauskam. Zur Kontrolle hat die *Erste Verkäuferin* bei den Lehrlingen die Rechnung überprüft. So entwickelte ich im Laufe der Jahre ein Zahlengefühl, das Einmaleins konnte ich *im Schlaf.*[69]

---

[69] Kommentar von SP: Nachdem unser Vater, 49 kg wiegend, nach dem Krieg aus dem Osten zu Fuß heimgekehrt war, hätte es seine Mutter wohl gewünscht, dass er als der älteste Sohn den Bauernhof, vulgo „August", hätte erben können. Nun, die Stimme der Frau wurde nicht gehört. Unser Vater erbte nicht, er erlernte 1950, 28 Jahre alt, den Beruf eines Zimmermanns. Unser Großvater hasste unseren Vater. Unser Vater rührte, aus dem Krieg heimgekehrt, auf dem Bauernhof nichts an, ohne „anzuschaffen". Nur Imker blieb unser Vater, diesen Traum erfüllte er sich.

Kommentar von GO: Kein Wunder, dass unsere Kinder immer dümmer werden und ihnen auch sonst sehr viel verloren geht, nicht nur das „Gefühl" für die Zahlen.

Kommentar von M: Ich glaube nicht, dass Kinder immer dümmer werden. Es ist das Ziel der Forschung, das Leben des Menschen zu erleichtern. Wäre die Forschung nicht, würden wir uns noch heute mit lästigen Kopfrechnungen oder sonstigem Kleinkram, der den nächsthöheren Ebenen der Mathematik im Wege steht, befassen. Die Sachverhalte und Problemstellungen im Leben sind zu komplex geworden, um darüber ohne technische Hilfe neue Erkenntnisse gewinnen zu können.

Kommentar von GO: Brauchen wir die Computer wirklich zum Leben? Es ist schön, dass sie da sind und ich mich hier mit dir austauschen kann. Lebenserleichterung – da bin ich voll dafür, besonders in der Küche. Aber dadurch geht uns die Beziehung zur Nahrung, zur Erde, den Elementen, dem Natürlichen verloren. Dümmer sind die Kinder sicherlich nicht. Aber

Am Bauernhof wurde das Elternschlafzimmer als Mehrzweckraum genützt. In einer Ecke stand ein großer Kachelofen, der von der *Labn* aus beheizt wurde. Nach zwei Seiten hatte er eine Holzbank und in den *Mulden* konnte man Äpfel braten. In der Weihnachtszeit wurde er eingeheizt und im Zimmer der Christbaum aufgeputzt. An den Feiertagen saßen wir abends auf der Ofenbank, hörten Radio oder lasen in einem Buch, ich *Die Hochreiter Kinder*. Für alle las der Vater während der Feiertage die *lange Geschichte* aus dem Reimmichlkalender, der als Geschenk unter dem Christbaum lag, vor. Während der Festtage, zu Weihnachten, Neujahr und Ostern wurde das Elternschlafzimmer zum Wohnzimmer. Gleichzeitig diente es als Wirtschaftsraum. Im Speisekasten wurden Mehl, Teigwaren, Kaffee, Butter und Käse sowie verschiedene Haushaltsgeräte aufbewahrt. Im Kleiderkasten befanden sich in zwei Schubladen alle wichtigen Dokumente des Haushaltes: die Geburtsurkunden, der Grundbuchauszug, die Zeugnisse, die Rechnungen vom Lagerhaus und die *Stromstreifen* und etwas versteckt das Bargeld. Daneben standen die Milchzentrifuge und der Rührkübel für die Butter. Beide Geräte wurden händisch bedient. Auf dem Tisch in der gegenüberliegenden Ecke bügelte die Mutter die Wäsche. Über dem Tisch hingen von der Holzdecke die Hauswürstel und zu den Feiertagen eine Stange *Tiroler Wurst*. Die Schlafzimmerfenster waren klein und mit Eisenstäben vergittert. Ein Fenster war nur angelehnt. So hörten die Eltern, wenn im Viehstall das Pferd nachts mit den Hufen scharrte und zu wiehern begann. Gleich wussten sie, dass eine Kuh kalbte. Die meisten Kälber wurden nachts geboren. Der Hofhund

---

„was" lernen sie denn? Wie sie besser arbeiten können, ein besserer Mitarbeiter für ihren Chef werden, besser dienen und buckeln? Schon die Kindergärten werden von den Konzernen gesponsert. Man möchte sich seine Arbeiter heranziehen. Ich finde auch, dass den Kindern ein paar Fächer in den Schulen fehlen. Wer stellt denn die Lehrpläne auf? Der, dem sie nützen. Bei uns war es früher die SED, der sozialistische Staat. Jetzt fragst du, welche Fächer das wären? Seelenarbeit oder Gefühls- und Emotionslehre. Wie wäre es mit Empathie, Kommunikationslehre zwischen allen Wesen? Wer macht das Leben so komplex und kompliziert? Wir Menschen in einer hektischen Zeit, in der uns so viel verloren gegangen ist.

Wächter schlief im Heustadel, näherte sich ein Fremder dem Haus oder dem Stall, begann er geräuschvoll zu knurren.

Am Balkon sind die Rosen verblüht, die Obstbäume im Garten haben die Blätter verloren, das Wachstum geschieht auf Sparflamme. Die Natur ruht sich aus. Wir Hektiker denken im Trubel der Vorweihnachtszeit kaum an Entspannung. Wer nicht abschalten kann, findet in der Apotheke am Hauptplatz Unterstützung. Im Schaufenster hängt ein Plakat: *Wir schenken Ihnen entspannte Weihnachten.* Es gibt keine weiteren Angaben. Es handelt sich wohl um Zusätze für ein Entspannungsbad, Gute-Laune-Tees, pflanzliche Schlaftabletten und Johanniskrautkapseln. Rascher funktioniert die Entspannung durch chemische Präparate. Einnehmen und sich aus dem Weihnachtstrubel *ausklicken*. Nach dem sechsten Jänner den Körper mit Energie- und Vitaminkapseln wieder auf Touren bringen. Die christliche Kirche bietet in der Adventszeit die Rorate-Messen und festliche Sonntagsmessen zum Verschnaufen an. Singgemeinschaften in Stadt und Land tragen in der rastlosen Zeit mit ihren Adventkonzerten zu ein paar Stunden Entspannung bei. Viele Zuhörer findet der *Stille Advent* auf den Draubermen. Die Geschäfte haben bereits geschlossen, der Autoverkehr ist spürbar weniger, das Firmament ein Abbild des Schöpfungsmysteriums. Der eisige Wind stört die Zuhörer nicht, die stimmungsvollen Lieder bringen den Zauber der Adventszeit in die Herzen der Besucher.